古典詩歌研究彙刊

第七輯

龔鵬程 主編

第17冊

楊萬里生平及其詩之研究（中）

陳義成 著

國家圖書館出版品預行編目資料

楊萬里生平及其詩之研究（中）／陳義成 著 -- 初版 -- 台北縣永和市：花木蘭文化出版社，2010〔民 99〕

目 8+198 面；17×24 公分

（古典詩歌研究彙刊 第七輯；第 17 冊）

ISBN 978-986-254-132-6（精裝）

1.（宋）楊萬里 2. 傳記 3. 宋詩 4. 詩評 5. 文學評論

851.4523 99001856

ISBN - 978-986-254-132-6

古典詩歌研究彙刊

第七輯 第十七冊 ISBN：978-986-254-132-6

楊萬里生平及其詩之研究（中）

作　　者 陳義成

主　　編 龔鵬程

總 編 輯 杜潔祥

出　　版 花木蘭文化出版社

發 行 所 花木蘭文化出版社

發 行 人 高小娟

聯絡地址 台北縣永和市中正路五九五號七樓之三

電話：02-2923-1455／傳真：02-2923-1452

網　　址 http://www.huamulan.tw 信箱 sut81518@ms59.hinet.net

印　　刷 普羅文化出版廣告事業

初　　版 2010 年 3 月

定　　價 第七輯 20 冊（精裝）新台幣 28,000 元

楊萬里生平及其詩之研究（中）

陳義成 著

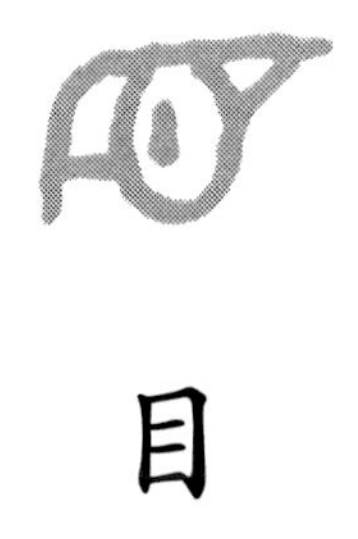

目次

上冊

附錄七十人：

下 冊

第十一章　三度立朝

第一節　除秘監郊勞使客

淳熙十六年十月三日萬里以筠州守臣應召奏事選德殿，至二十九日有除秘書監之命。中書舍人羅點行告詞云：「萬里惟精於學識，然後其是非公，充於道義，然後其去就果，斯人之進將不爲朝之光乎……」按萬里之得以三度立朝，實得力於光宗之知遇於太子時。迨淳熙十六年二月，孝宗內禪，光宗即位，時萬里出知筠州，數月之間，屢昇萬里官等：有四月二日之遷爲朝散大夫，有五月四日之再復直秘閣，有六月五日之遷朝議大夫；至八月十日又衹召還京而有十月三日之奏事，與十月二十九日之除命，皆見光宗拔擢之切與護愛之情。

萬里既除秘書監，並借煥章閣學士爲接伴金國賀正旦使，友人陸游、張鎡等人皆作詩申賀，並寄以厚望：

> 嗚呼大廈傾，孰可任梁棟。
> 願公力起之，千載傳正統。〔註 1〕

時宋金在年節、皇帝生辰，按例互派使者，二國並有接伴使、送伴使

〔註 1〕陸游《劍南詩稿》二一〈喜楊廷秀秘監再入館〉。萬里有和詩，題曰〈和陸務觀見賀歸館之韻〉（本集二七）。張鎡《南湖集》六〈喜楊誠齋赴召〉云：「朝天續集開新詠」。萬里《朝天續集》，初得名於此。萬里和其詩，題曰：〈舟中追和張功父賀赴召〉，時值銜命郊勞使者。

負責迎送，於應酬之外，兼負政治任務。萬里既除之冬，即銜命郊勞使者，舟行過崇德縣（浙江崇德，臨運河，爲交通要道。）蘇州（江蘇吳縣）、無錫、常州（江蘇毘陵）。既抵常州，萬里舊地重遊，不禁興懷，而有時光不再之感。其〈晚過常州〉云：

常州曾作兩年住，一別重來十年許。

按萬里淳熙四年守毘陵，六年移官廣東，常州一別，至是已逾十年，遙想「當年老守攜穉子，芒鞋葵扇繞城行，臘前移梅春插柳，踢雪衝泥不停手」（〈望多稼亭〉）之光景，不禁有「人民城郭依然是，只有向來鬚鬢非」之歎。既離常州，舟續前航過丹陽、練湖、張王廟、新豐（江蘇丹徒東南）泊丹陽館，舍舟登車，過揚子江，面臨宋金邊界，興感萬千，乃成七律二首。其一云：

祇有清霜凍太空，更無半點荻花風。
天開雲霧東南碧，日射波濤上下紅。
千載英雄鴻去外，六朝形勝雪晴中。
攜瓶自汲江心水，要試煎茶第一功。

全詩壯闊超曠，深寓憂國情懷，婉而多諷，微而益顯，感慨殊深。若謂「誠齋詩不感慨國事」，〔註2〕則未免妄言不實。

續過瓜州鎭（江蘇揚州西南），萬里回顧紹興三十一年金主亮南侵兵敗於采石後，其部屬誅之於瓜洲。嗣後宋金休兵，至是已近三十載，撫今追昔，不禁興懷：

夜愁風浪不成眠，曉渡清平卻晏然。
數棒金鉦到江步，一檣霜日上淮船。
佛狸馬死無遺過，阿亮臺傾只野田。
南北休兵三十載，桑疇麥壠正連天。

結語「桑疇麥壠」似是昇平氣象，以休兵而得慶太平，然實意在言外，諷刺感慨怠忽雪恥復仇收拾河山之現況。

續過皀角林，萬里又復懷古：

〔註2〕清光聰諧《有不爲齋隨筆》庚卷：「誠齋與放翁同在南宋，其詩絕不感慨國事。」

水漾霜風冷客襟，苔封戰骨動人心。

河邊獨樹知何木，今古相傳皂角林。

按皂角林，位於揚州南三十里，紹興三十一年冬完顏亮南侵，既得揚州，以兵逐宋帥劉錡，全軍爭奪瓜洲渡。劉錡遣賈和仲等拒之於皂角林，劉錡陷於重圍，下馬苦戰，其中軍第四將王佐以步兵百餘人於林中埋伏，金兵中伏大敗，斬其統軍高景山，並俘敵軍。皂角林之捷，爲世人所稱。萬里詠史，實有激發士氣之寓意，故言之慷慨。

續過揚子橋，萬里遙望河山，又有所感：

今古戰場誰勝負，華夷險要豈山川。

六朝未可輕嘲謗，王謝諸賢不偶然。

六朝偏安江左，然立國禦敵，有王謝諸賢，豈可輕加嘲謗？萬里借古諷今，同爲偏安，而大有南宋不若東晉之沮喪。

舟晚泊揚州，次日過高郵、甓社、寶應、楚州（江蘇淮安）、洪澤，而入淮河。萬里初入淮河，感於宋金交界，原本大宋領土，而竟久陷敵手，胸懷作惡，意緒哀傷，賦成四絕句：

（一）船離洪澤岸頭沙，人到淮河意不佳。

何必桑乾方是遠，中流以北即天涯。

（二）劉岳張韓宣國威，趙張二相築皇基。

長淮咫尺分南北，淚濕秋風欲怨誰。

（三）兩岸舟船各背馳，波痕交涉亦難爲。

只餘鷗鷺無拘管，北去南來自在飛。

（四）中原父老莫空談，逢著王人訴不堪。

卻是歸鴻不能語，一年一度到江南。

清代陳衍《宋詩精華錄》三云：「淮以北久陸沉矣，此四首皆寫南渡後，中國百姓之可憐，可以人而不如鷗鷺乎？可以人而不如鴻乎？」北宋蘇轍出使歸國，嘗云：「年年相送桑乾上，欲話白溝一惆悵。」〔註 3〕然在南宋，船離洪澤入淮河已然中國北境。萬里〈題盱眙東南第一山〉云：

〔註 3〕《欒城集》一〇。

萬里中原青未了，半篙淮水碧無情。

登臨不覺風煙暮，腸斷漁燈隔岸明。

沈痛哀傷，憤慨作句，已不復含蓄。

淮河中流肅使客後，舟即回航。入運河，過萬家湖、淮陰、謝陽湖、高郵、揚州，伴金使登金山，萬里又復感慨：

詩人踏雪來清游。

天風吹儂上瓊樓。

不爲浮玉飲玉舟。

大江端的替人羞，金山端的替人愁！

萬里此行以秘書監爲接伴使，凡所聞見，莫不感於北土久陷，國力未振，故憂國之情緒，屢見於詩篇。

既離金山，晚發丹陽館下，「五更至丹陽縣。舟人及牽夫終夕有聲，蓋謳吟歗謔以相其勞者。其辭亦略可辨，有云：『張歌歌，李歌歌，大家著力齊一拖。』又云：『一休休，月子彎彎照幾州。』其聲淒婉，一唱眾和，因除櫽栝之，爲竹枝歌。」(〈竹枝歌序〉) 歌凡七首，其一云：

月子彎彎照幾州，幾家歡樂幾家愁。

愁殺人來關月事，得休休處且休休。

按萬里於淳熙八年赴廣東任途中而始有竹枝詞，至淳熙十六年赴杭奏事途中再次有竹枝詞，此系第三度有竹枝詞之作。

舟繼前行，過京口（江蘇丹徒）、呂城（江蘇丹陽縣東）、常州、横林、望亭、垂虹亭、太湖石塘、八尺、上湖、平望，終入長安閘、臨平而至都下，完成接伴任務。考《宋史》三六〈光宗本紀〉：

（淳熙十六年）十二月壬子金遣裴滿餘慶等來賀明年正旦。

則萬里接伴者爲金使裴滿餘慶等一行。又考本集二七有〈與長孺共讀東坡詩前用唐律後用進退格〉，知萬里郊勞使客途中，大兒長孺隨侍在側。〔註4〕

紹熙元年正月五日，萬里以送伴借官，侍宴集英殿。未幾，送伴

〔註4〕本集二八有庚戌正月詩〈大兒長孺赴零陵薄示以雜言〉，知萬里接伴使客時，大兒尚隨侍在側，至送伴時，則赴零陵。

金使歸，舟過臨平、崇德、平望、鸚鬪湖、太湖石塘、松江，泊平江百花洲。元月十四日夕，陪使客觀燈於姑蘇館，萬里有「人生行止誰能料，今夕蘇州看上元」之歎。未幾，又與使客共游惠山。元夕雨作，萬里舟中作詩，有云：「此生萬事有期程，多取抛饒竟不曾，誰遣夜來南館裏，千花預借上元燈。」自注：「始蘇館中送伴使泊南館，北使泊北館。」趁夜舟過五牧，明發荊溪館下，過犇牛閘，高郵、新開湖、洪澤、淮陰、磨盤、黃浦、寶應縣、九里亭、揚子嬌、瓜州，大抵沿接伴舊路送伴金使北返，而完成賀正旦使之迎來送往任務，返回都下。

第二節　上輪對箚子論政

萬里完成送金使北歸後，即返都下，並上〈輪對箚子〉陳時政得失。其末有「貼黃」，蓋意猶未盡，乃於箚子後，揭其要以黃紙書之，以顯示論政之動機云：

> 臣近因接送虜使，往來盱眙，聞新酋（指金世宗卒後章宗璟新立）用其宰臣之策，蠲民間房園地基錢，又罷鄉村官酒坊，又減鹽價，又除田租一年：竊仁義，假王政，以誑誘中原之民，又使虛譽達於吾境。此其用意，不可不察。

目睹虜酋蠲免賦稅，萬里不禁憂慮國事，箚子論政，以爲「保國之大計，在結民心；結民心，在薄賦斂；薄賦斂，在節財用。」茲就其論，分述如下：

（一）批評朝廷未得薄賦斂之道：「今之財賦有地基茗課之征，有商賈關市之征，有鼓鑄榷酤之入：有鬻爵度僧之入：猶曰非取於農民也。而取於農民者，其目亦不少矣。民之輸粟於官者，謂之苗：舊以一斛輸一斛也；今則以二斛輸一斛矣。民之輸帛於官者，謂之稅；舊以正絹爲稅絹也，今則正絹之外，又有和買矣。民之鬻帛於官者，謂之和買；舊之所謂和賣者，官給其直，或以錢，或以鹽，今則無錢無鹽矣。無錢尚可也，無鹽尚可也，今又以絹估直，倍其直而折輸其錢矣。民之不役於官而輸其僦直者，謂之免役，舊以稅爲錢也，稅畝一錢者，輸免役一錢也；今則歲增其額而不知所止矣。民之以軍興而暫佐師旅征行之費者，因其除軍帥謂之經制使也。於是有經制之錢；既而經制使之軍已罷，而經制錢之名遂爲常賦矣。因其除軍帥謂之總制使也，於是有總制之錢；既而總制之軍已罷，而總制錢又爲常賦矣。彼其初也，吾民之賦止於粟之若干斛，帛之若干匹而已，今既一倍其粟，數倍其帛矣。粟帛之外，又數倍其錢之名矣。而又有月樁之錢，又有板帳之錢，不知幾倍於祖宗之舊？又幾倍於漢唐之制乎？此猶東南之賦，臣所知者也。至於蜀民之賦，其額外無名者，臣不得而知也。陛下今欲薄賦斂，有司且曰：無以供經常之費也。」

按：宋朝開國之初，蠲除五代十國無名苛細之征，朝薄賦斂之途努力。其後養兵養士，財政支出大增。正稅不足以應所需，乃沿前朝所征舊額以征，或另創新名目令民戶繳納，以平衡支出。唯以用兵禦敵，軍費浩繁，州縣亦因朝廷取索過重，財源無著，乃巧取於民戶，雜稅由是而多。南渡之後，土地減半，而養兵養士及和金之歲幣，多於北宋，於是無名苛細之征乃與日俱增，且各項雜稅，竟漸成常賦。萬里友人蔡戡《定齋集》五〈論科擾之弊箚子〉云：「今二稅之內，有所謂暗耗，有所謂漕計，有所謂州用，有所謂斛面。二稅之外，有所謂和買，有所謂析帛，有所謂義倉，有所謂役錢，有所謂丁布子錢……于二者之中又有析變，又有水腳，又有糜費，有隔年而預借者，有重價而析錢者……然猶未也，有所謂月樁，有所謂鹽產，有所謂茶租，有所謂上供錢，有所謂乾酒錢，有所謂醋息錢，又有所謂科罰錢；其色不一，其名不同，各隨所在有之。」所論更在南宋雜稅較大者之外，時人竟難盡舉如是，可以想見南宋取民之苛暴。縣道貧困，作邑最難，萬里有深刻之體會。友人朱熹於淳熙七年天旱上封事云：「今日民間特以稅重爲苦，正緣二稅之入，朝廷盡取以供軍，而州縣無復贏餘，則不免於二稅之外，別作名色，巧取於民。今民貧賦重，若不討理軍實，去其浮冗，則民力決不可寬。」（《朱文公文集》一一）以地方有限財力供無窮之索取，焉能不困？而地方官吏若爲迎合上司，聚斂爲務，則官民問題，尤導致財政、社會與吏治之不安；而下不服上，上不恤下，與王道之政乖背；而巧立名目，苛斂雜稅，實飲鴆止渴，自取絕路。爲民生家國深慮，萬里所論實有所見而云然。

（二）批評朝廷未得節財用之策：「蓋國家之用，有可得而節者，有不可得而節者：如宮室車服之用，如祠祀之用，如交聘之用，如餉師之用，此不可得而節者也。……至百官之冗，百吏之冗，師旅之冗，是獨不可求所以節之乎？高宗南渡以宋，如節度使，不畀眞俸矣，雖然，猶曰某有某戰之功，不可減也；至於將相積官而除者，王族戚里近習宦寺積恩而除者，是獨不可減乎？如國家之官帑有左帑矣，天子之私藏有內帑矣，且天下之財，孰非天子之有？今也有私藏焉，已非先王之制矣；而又有曰封樁者焉，又有曰南帑者焉。南帑今爲西上帑矣。左帑之用，西上帑之用，則朝廷之經費也。所謂封樁，何爲者也？不過浚所入之贏，以入封樁，又浚封樁之贏，以入內帑而已。天下之財，入於內帑，則豈復可得而稽，亦豈復得而節哉？內帑所在，人有覦心，至使人主不敢一顰一笑也。一顰一笑，則宮闈左右望賜矣。人主不敢一遊一豫也，一遊一豫，則宮闈左右望賜矣。人主不敢一飲一食也，一飲一食，則宮闈左右望賜矣。人主之奉幾何？而浮費或相什伯，或相千萬矣！此獨不可節邪？而臣見其費之增也，未見其費之節也。」

按：左帑，即左藏庫，貯錢帛，天下賦調；內帑，則帝王私藏所。南宋時期內藏諸庫，《宋史》缺載，《通考》所記亦略，唯《夢粱錄》〈六院四轄〉條云：「左藏庫，有東西二庫，有清湖橋……東庫則掌幣帛絁紬之屬，西庫則掌金銀泉券綵纊之屬，蓋朝廷用度，多靡於贍兵，蜀湖之餉，江淮之賦，則歸於四總領；餉諸屯軍，則東西兩庫。……」各庫收入，本朝廷之經費，節用與否，其在帝王。據《武林舊事》載孝宗過德壽宮陪高宗宴樂，依例支賜，承應人有目子錢，近侍進撰進詞，亦各有宣賜如金盃盤、法錦等物，望賜之心不絕，浮費之用日增。

故萬里申言：「節財在陛下而已。」

（三）節用之道：（甲）建議立爲法制：「凡內帑出入，皆令領於版曹，而經於中書；制之以印券，而覆之以給舍；其太過之恩幸，無功之錫予，皆得執奏而繳駁之。」（乙）建議省浮費自宮掖始：「內庭不急之用，悉行裁減。」「宮室車服祠祀之過制，百官百吏三軍之冗食，中外官吏賜予之濫費，亦皆議所以裁節之者。」

（四）節用之效：「浮費既節，帑藏自充，則不惟不取外帑以入內帑而已，亦可如祖宗之時，間出內帑以佐外帑矣。不惟內帑可出以佐外帑而已，如封樁亦可併省而歸於左帑矣。不惟封樁可併而已，如印造楮券之數，亦可少減，鬻爵度僧之政，亦可暫罷，以待軍興不時之須矣，蓋用節而後財可積，財積而後國可足，國足而復賦可減，賦減而後民可富，民富而後邦可寧。」（以上見本集六九）

萬里所論，言簡意賅，節用財積國足賦減以至民富邦寧之道，大抵得之。

第三節　上書乞留劉光祖

劉光祖，字德修，《宋史》三九七有傳。光宗即位，光祖除軍器少監，兼權左郎官。時萬里除秘書監。次年改元紹熙，正月，萬里送伴借官出使，光祖有詩贈行，萬里有詩和之（詳〈交游考〉）。四月劉光祖坐論吳端事忤旨罷，〔註 5〕出爲潼川府路轉運判官。《兩朝綱目備要》一云：

> 吳端者，舊以巫醫爲業，上在儲邸，壽皇有疾，國壽不能愈，端療治有功，慈懿皇后德之，既受禪，擢閤門宣贊舍人，又遷帶御器械……光祖在上疏言小人渝分干請而使給諫不得行其職：輕名利，虧綱紀，掣五權，是一日而三失也。疏入，上命大臣令都司諭止之。光祖言益力，上不樂。

〔註 5〕《宋史》三六〈光宗本紀〉：「（紹熙元年四月）丁未殿中御史劉光祖以論帶御器械吳端罷。」

先是光祖監視折號差誤士人姓名，既覺放罪矣。至是乃用前事徙光祖爲太府少卿，由此遂出。

萬里與光祖雖誼屬初交，然基於爲國留賢之義，聞光祖以論吳端事忤旨而除太府少卿，乃慷慨陳詞，上書乞留劉光祖。云：

適者陛下赫然震怒，斥退一二之臺諫，親擢光祖爲副端，而光祖忠氣奮發，知無不言，言無不盡。陛下虛懷嘉納，言無不聽，聽無不行，在廷相賀，以爲公道之昭明，太平之濟登也。而今也光祖之遷，外議籍籍，或謂光祖以言事犯天威，或謂論權倖除授未蒙施行。臣以爲聖明在上，必無此事。及見不允光祖丐祠之請，益知聖主之可恃，而外議之未然也。昔何武之去，鮑宣留之而復召：孔戣之去，韓愈留之與不從。臣與光祖初無一日之雅，今茲偶然同朝，竊慕二臣爲國留賢之義，願陛下勿詒唐帝失賢之悔。儻聖意幡然遂行其言而復光祖言職，固足以慰中外之望。若其未也，亦當略行其說，使近倖不至輕視陛下耳目之官，朝廷益尊，而光祖亦藉以可留，實天下幸甚。（本集六二〈上皇帝留劉光祖書〉）

上書未報，而萬里之諤諤立朝，秉正仗義，遇事則發，剛毅之風，人所景仰。光祖出國漕潼川，萬里贈詩云：

半世西風吹盛名，晚同朝路慰平生。

一言半語到金石，四海九州成弟兄。

二人過從未深，然忠義之相照，友誼之珍惜，已然雋永；而萬里爲國留賢之義，得以彰明，尤見大臣無畏之風範與大公無私之胸襟。

第四節　日曆易序與留正齟齬

紹熙改元，萬里以秘書監借煥章閣學士，完成爲金國賀正旦使送伴使之任務。五月，兼實錄院檢討官。〔註 6〕尋值孝宗日曆修成，以

〔註 6〕《南宋館閣續錄》九：「楊萬里紹熙元年五月以秘書監兼實錄院檢討官。」

職責關係，依例當由秘書監作序篇。提舉史事參知政事王藺乃以故事俾萬里爲序。七月乙卯留正爲左丞相，王藺爲樞密院使，〔註7〕孝宗日曆改由留正監修，竟違舊例，不用萬里序篇，而別委禮部郎官傅伯𡨴爲之。萬里乃以「失職」求去，上〈秘書省自劾狀〉，云：

> 臣契勘本朝之制，日曆之書必有序。序篇舊例委秘書監少撰述，如高宗皇帝日曆序篇，係權監修官参知政事龔茂良，從舊例委秘書監李燾撰述，今來至尊壽皇聖帝日曆告成，所有序篇，係前權監修官參知政事王藺照例委臣撰述，修寫入冊。今蒙聖旨，改差左丞相留正監修，臣亦呈上件序訖。而今月初二日，左丞相留正別委官撰到序篇一首送下本省，臣即時奉行，今日下寫換，仍將臣所撰序篇即行毀棄。臣聞之蔡墨曰：物有其官，官修其方，一日失職，則死及之。今也撰序篇者，臣之職之，而文辭不足采錄，可謂失職矣。仲尼曰：守道不如守臣。今也撰序篇者，臣之官也，他官乃復改撰，臣可謂不得守其官矣。臣之二罪何敢自恕。臣愚欲望聖慈將臣罷黜，重作謫罰，以爲有司不稱職者之戒。〔註8〕

狀上，光宗封還奏狀，萬里謝恩，上〈謝御寶封回自劾狀表〉，謙述一己「行能空虛，經術淺薄，山哦浦咏，未閑華國之文，蟹躁螳剛，烏識立朝之體。屬緣撰述之拙，自列投劾之辭，蒙天日之龍光，渙雷風而響答。惟君父待小臣之禮前比所無，舉搢紳皆拭目而觀盛時創見，誰謂衰朽所能克堪。……」〔註9〕並上「奏報狀」，以肺氣痰嗽之疾請乞宮觀：

> 臣近以撰述日曆序篇不稱職，具奏自劾。今月初五日巳時，伏準御卦退還奏狀。仰見陛下眷憐之隆，赦其罪而不論，臣銜感之極，至於涕零。重念臣愚戇自信，遂至輕發，揆之進退，豈容無罪，難以復玷朝列，欲望陛下曲垂矜念，保全孤遠之跡，特賜睿旨，與臣宮觀差遣，兼臣見以痰疾

〔註7〕《宋史》三六〈光宗本紀〉。
〔註8〕本集七〇。
〔註9〕本集四七。

在假，竊恐有廢職業，益重過尤。伏乞聖慈早賜處分，臣干冒天威，不勝隕越俟罪之至。〔註10〕

上狀乞去未允。光宗御筆批云：「所請不允，依舊供職。」〔註11〕宣諭勉留，似藉以遏止萬里留正間齟齬相惡之昇高。

按留正字仲至，爲孝宗所賞識。孝宗曾密諭內禪意，并於皇太子參決侍立時顧謂太子曰：「留正純誠可託。」光宗受禪，紹熙改元，七月，留正進爲左丞相，與時任秘書監之萬里並無瓜葛。孝宗日曆成，序篇之作，依舊例當由秘書監撰述，而留正竟轉屬禮部郎官傅伯壽，令人疑惑，然深究之，其主意殆出於孝宗。孝宗猶心存萬里「論高宗配饗疏」之餘恨，故有撰序易人之舉。光宗雖相知於萬里，然亦愛莫能助，亦唯宣諭慰留而已。紹熙元年十月二十六日遷萬里爲「中奉大夫」，〔註12〕似有謀補償之意。楊長孺〈誠齋楊公墓誌〉云：

尋欲擢爲工部侍郎，先君意不肯留。頃之，以直龍圖閣出爲江南東路轉運副使；凡行部之常禮，一切不納，至於折俎交饋，秋毫弗以自入，悉歸之官，爲錢一百六十萬，權總管淮西江東軍馬錢糧。

又本集一三三〈謚文節公告議〉引長孺、次公、幼輿狀奏乞故父楊萬里賜謚云：

光宗皇帝初登寶位，首召先臣萬里爲秘書監，屢欲擢侍從官，大臣有不樂者，先臣萬里不肯少屈，出爲江東轉運副使。

光宗雖有擢昇萬里之意，然礙於「大臣有不樂者」。此「大臣」疑即指留正，而隱指孝宗。《宋史》本傳云：

會進孝宗聖政，萬里當奉進，孝宗猶不悅，遂出爲江東轉運副使。

按日曆撰序事件發生於七、八月間（光宗本紀：「八月己亥帝率群臣

〔註10〕本集七〇。
〔註11〕楊長孺撰〈誠齋楊公墓誌〉。
〔註12〕本集一三三〈中奉大夫告詞〉。

上壽皇聖帝玉牒日曆于重華宮。」）其後又有「進孝宗聖政，萬里當奉進」事件，并爲念舊惡之孝宗所「不悅」。《宋史》所記當有所本，唯長孺所撰墓誌及奏狀，皆隱諱其事，未作實錄，而有意爲此飾詞。又據〈江東集序〉，萬里於十月上章自請丐外，蓋緣於未獲見容於孝宗之故。終於在十一月十三日除江東運副。

將漕江東，友人倪思上書諫留。周密《癸辛雜識》前集引云：

> 孔子曰：吾未見剛者……爲其挺特之操，可與有爲，賢於柔懦委靡，患得患失者遠矣。若朝廷之上，得如此三數輩，可以逆折奸萌、矯厲具臣，爲益非淺。竊見秘書監楊萬里學問文采，固已絕人，乃若剛毅狷介之守，尤爲難得！夫其遇事則發，無所顧忌，雖未盡合中道，原其初心，思有補於國家，至惓惓也。

按倪思與萬里交誼甚篤，其時在中書舍人任，萬里漕江東告詞即其所書行。倪思雖上書諫留，然終告失敗；而萬里「久欲求去，命伯子主簿歸其故廬」，〔註13〕心志早決，終於結束自淳熙十六年十月至紹熙元年十一月計凡一年餘之三度立朝生活，將漕江東，萬里向朝士辭行。〈江東集序〉云：

> 紹熙庚戌十月，予上章丐外，蒙恩除江東副漕，辭行諸公間。參政胡公笑勞曰：誠齋老子是行，夫不以其欠《江東集》耶？予謝不敢當也。既出修門，友人鞏豐追送舟次，因舉似胡公語，且自笑曰：金陵六朝故國，句固未易著，又經半山品題，著句亦未易也。豐曰：先生何謂焉？鍾山吾師也，石城大江豈欺我哉！金陵之勝絕固也，抑詩家未有勍者歟？有勍者則與半山並驅詩壇，未知風月當落誰手？先生何畏焉。

據此知送行諸公間有胡、鞏二人慰勉其行；此行，友人張鎡、樓鑰、袁說友、彭龜年有詩送其行。〔註14〕

〔註13〕張鎡《南湖集》四〈楊秘監補外贈送〉自注。

〔註14〕張鎡《南湖集》四〈楊秘監補外贈送〉；樓鑰《攻媿集》二〈送楊廷

第五節　朝天續集之結集與定名

紹熙元年四月十九日，萬里自序其《朝天續集》云：

> 予隨牒倦遊，登九疑，探禹穴，航南海，望羅浮，渡鰐溪。蓋太史公、韓退之、柳子厚、蘇東坡之車轍馬跡，今皆略至其地。觀予詩，江湖嶺海之山川風物多在焉。昔歲自江西道院召歸冊府，未幾而有廷勞使客之命。于是始得觀江濤，歷淮楚，盡見東南之奇觀。如〈渡揚子江〉二詩，予大兒長孺舉似范石湖、尤梁溪二公間，皆以爲予詩又變，余亦不自知也。既竣事歸報，得詩凡三百五十餘首，目之以《朝天續集》。（本集八一）

據此知《朝天續集》之結集在「既竣事歸報」之後，四月十九日之前。所輯詩以迎送使客途中征行之詩爲最多，包羅淳熙十六年冬至紹熙元年春之作品，凡三百餘首。唯四月十九日至十一月漕江東詩，宋本《誠齋集》尚輯錄數十首，與萬里初刊原本不同，當係其後增補；而其內容以酬贈賡和記跋之作爲主，蓋其時正值諫留劉光祖及與留正齟齬之時。

至於《朝天續集》之定名，緣自張鎡〈喜楊誠齋赴召〉詩：「朝天續集開新詠」（《南湖集》六）。詩作於淳熙十六年八月，萬里赴召，張鎡詩以贈之。及結集，乃以爲名。

秀秘監赴江東漕〉；袁説友《東塘集》一〈送誠齋二首〉；彭龜年《止堂集》一六〈送楊誠齋〉。

第十二章　江東轉運副使

第一節　二度行部一路九郡

紹熙元年十一月十三日，中書舍人倪思行〈江東運副告詞〉云：

> 爾學問詞采，固已絕人；至於挺特之操，白首不渝，士論尤嘉焉。領袖蓬山，急流勇退，茲庸命爾寓直義圖，將漕江介，既可遂爾之志，又克分予之憂，奏計有聞，朕終不汝忘也。可特授直龍圖閣江東轉運副使。〔註1〕

既受補外之命，萬里辭別朝士，之官江左。臨安距金陵未遠，萬里舟行，經平望、垂虹亭、姑蘇而抵官下，寓居金陵，就江東運副職，並上〈江東運副謝到任表〉。〔註2〕按《宋史》「職官志」載轉運使之制云：

> 都轉運使、轉運使、副使、判官，掌經度一路財賦。歲行所部，檢察儲積，稽考帳籍，凡吏蠹民瘼，悉條以上達，又專舉刺官吏之事。有軍旅之事，則供餽錢糧。或諸路事體當合一，則置都轉運使以總之。若副使，若判官，皆隨資之淺深稱焉。其屬有主管文字，幹辦官各一員，文臣準

〔註1〕本集一三三告詞。按《南宋館閣續錄》七：「紹熙元年十月爲直龍圖閣江東運漕。」「十月」當係「十一月」。

〔註2〕本集四七。

備差遣，武臣準備差遣，員多寡不一。

據此知萬里之職責在協掌江東財賦軍馬錢糧；〔註 3〕而「歲行所部，檢察儲積，稽考帳籍，凡吏蠹民瘼，悉條以上達」亦爲其重要工作。

紹熙二年八月，萬里以職責故，首度行部。行部範圍，據〈江東集序〉云：「行部廣德、宣、池、徽、歙、饒、信、南康、太平諸郡。」（按萬里駐金陵，即今南京，南宋時爲建康府，轄縣有五：上元、江寧、句容、溧水、溧陽；又統轄四州：太平州、宣州、徽州、廣德州。）包羅頗爲廣遠。所謂「所部餘千里」，〔註 4〕洵非虛言。萬里巡行所部，首發自金陵，經秣陵（江蘇江寧東南），過方山、横山、烏山而入溧水縣；復登蒲塘河小舟至孔鎮，水行十二里，備見水之曲折與圩丁修圩之狀，乃擬劉夢得竹枝柳枝之聲，作〈圩丁詞十解〉，授圩丁歌之，期以此助其用力，並作序云：

> 江東水鄉，隄河兩岸而田其中，謂之圩。農家云：圩者，圍也。内以圍田，外以圍水。蓋河高而田反在水下，沿隄通斗門，每門疏港以溉田，故有豐年而無水患。余自溧水縣南一舍所，登蒲塘河小舟，至孔鎮，水行二十里，備見水之曲折。上自池陽，下至當塗，圩河皆通大江，而蒲塘河之下十里所，有湖曰石臼，廣八十里，河入湖，湖入江。鄉有圩長，歲晏水落，則集圩丁，日具土石揵菑以修圩。余因作以擬劉夢得竹枝柳枝之聲，以授圩丁之修圩者歌之，以相其勞。

按圩田在江浙農地佔重要地位。據周應合《景定建康志》四〇〈田畝田數〉篇記載：江南東路建康府所轄五縣，除句容一縣外，其他四縣皆有圩田，而以溧水縣爲最多，佔全縣農地總面積百分之九十八點二，有二十九萬一千一百九畝一角。由於圩田農業之生產，關係南宋

〔註 3〕按南宋制，在轉運上加一安撫使。安撫使爲帥，轉運使爲漕，提刑爲憲，提舉常平爲倉。帥、漕、憲、倉四司俱爲監司。紹熙元年，章德茂帥建康，二年元日移帥江陵，繼任建康帥者爲余處恭（詳〈交游考〉）

〔註 4〕本集三二〈明發金陵晨炊義井〉。

之財源，故朝廷頗爲重視而制訂政策。〔註5〕萬里巡行所部，目睹溧水圩丁之修圩，不僅表示關切，而且作歌勸農，「以相其勞」：

年年圩長集圩丁，不要招呼自要行。

萬杵一鳴千畚土，大呼高唱總齊聲。(其六)

兒郎辛苦莫呼天，一日修圩一歲眠。

六七月頭無點雨，試登高處望圩田。(其七)

既離溧水，萬里經漆橋，平公橋、石臼而入建平（安徽郎溪）。在「溧水南頭接建平」途中，沿線所見，大抵農地豐收，不禁感興，而有「一歲昇平在一收，今年田父又無愁；接天稻穗黃嬌日，照水蓼花紅滴秋」〔註6〕之吟詠。未幾離建平，經謝家灣、中橋、忠義渡、雞林坊、誓節渡、花橋、仙山驛而抵宣州宣城（安徽宣城），時已近中秋。既至中秋，行部仍續未止。經青弋江、青陽縣而抵池州（安徽貴池），並宿於池州齊山寺。

未幾登舟秋浦，正值北風凜烈，舟未得行，乃泊於池口，「且看銀峰永今夕」，又移舟入江泊於十里頭潘家灣，然「大波一跳入天半，粉碎銀山成雪片，五日五夜無停時，長江倒流都上西」，〔註7〕大有悔由舟行之意。旅途受阻，舟中無聊，唯藉誦讀謫仙詩以排悶。〔註8〕

風平浪靜之後，萬里舟過大通鎮，從丁家洲避風行小港出荻港大江，觀一水之隔，即是江淮之地，不禁興懷感傷而有憂國之歎。於是作〈江天暮景有歎〉，借鷺之南飛，象徵人民心懷大宋：

只爭一水是江淮，日暮風高雲不開。

白鷺倦飛波正闊，都從淮上過江來。(其一)

一鷺南飛道偶然，忽然百百復千千。

江淮總屬天家管，不肯營巢向北邊。(其二)

未幾，又由於江行阻風，乃於繁昌舍舟出陸，過宜福橋、若山坊，宿

〔註5〕梁庚堯《南宋的農地利用政策》第三章。

〔註6〕本集三二〈入建平界〉。

〔註7〕本集三三〈池田移舟入江再泊十里頭潘家灣阻風不止〉。

〔註8〕同上〈舟中遣悶〉。

峨橋化城寺，復改舟行，過石硊渡、蕪湖縣、望謝家青山太白墓，登牛渚蛾眉亭，有詩懷李白。入暮，宿牧牛亭秦太師墳菴，有詩諷刺秦檜，并注云：「（秦檜）暮年起大獄，必殺張德遠（浚）、胡邦衡（銓）等五十餘人，不知諸公殺盡，將欲何爲？奏垂上而卒，故有新亭之句，然初節似蘇子卿（武），而晚謬已。」批評秦事檜初節可取，晚節可恥。按評者或以萬里比秦檜爲蘇武爲謬，如宋岳珂《桯史》、清翁方綱《石洲詩語》，殊不知萬里持論公允，秦檜早年有可取之處，不必以晚謬而盡爲抹殺。牧牛亭，在金陵郊，次日離去，經新林（南京西南）而返金陵。將至，萬里姪相迎於新亭，萬里有詩紀之云：

> 送客新亭恰放燈，兒曹迎我復新亭。
> 百年事業何爲者，送往迎來過一生。

頗歎迎送之仕宦生活。總計漕江東任首度巡行視察所部，南往北歸，所耗時日約一月。「辭去鍾山一月前，如保知我北歸軒」（〈早炊新林望見鍾山〉）可爲明證；而視察地區廣遠，幾遍府轄大部份州縣。

紹熙三年寒食前一日，萬里以職責故，二度行部。自金陵出發，過牛道山（江寧縣南）、金陵鎮棲隱寺。寒食日，晨炊姜家林，午憩褚家坊，暮宿新市。次日過葉家橋、楊二渡，而抵達青山市（安徽當塗東南）。清明日午憩黃池鎮（當塗東南，越河而南宣城），暮宿橫岡。清明後，經新豐坊、宛陵、黃杜驛、杜遷市、新路店、白雲山、寧國縣、桑茶坑、周村灣、五嶺、湖駱坑、安樂坊、宣歙、新安、黃土龕、泉水塘、高梘石嶺、績溪、紫陽山（安徽歙縣南）、西館、藹岡、祈門（安徽祈門）、閶門溪、浮梁（江西浮梁）、樂平（江西德豐）而至翥山渡。其〈過翥山渡〉序云：

> 自閏月（二月）十九日過宣城，入寧國、績溪、新安、休寧、祈門、浮梁至樂平皆山行。三月四日出樂平縣南二十里許，過渡處始得平地，江流甚闊。

既過翥山渡，改山行爲舟行，經白土嶺，入弋陽界，過芙蓉渡、橫塘橋、馬家店、松源、漆公店、丫頭巖、月巖、上饒明暉閣、小箬、龜峰、安仁、鄱陽湖、棠陰砦、四望山、都昌（江西都昌）、彭蠡湖、廬山（江西彭澤北）、江州（江西九江）、大孤山（九江東南）、湖口縣、彭澤縣、小孤山（江西彭澤北）、東流縣、舒州（安徽潛山縣治）。至是已是三月晦日，復過池陽、銅陵（安徽銅陵縣）、東西二梁山（西梁在和縣北，東梁在當塗西南）、凌歊臺、慈湖（當塗北）、列山、鵝行口，而終歸金陵。萬里自述云：

> 臣屬者祇奉明詔，問囚上饒，因之得以循行郡邑，自當塗，歷宣城，道新安，至上饒；歸塗經鄱陽諸邑，南康池陽，殆遍一路九郡之境，周諏民氓之休戚，廉察守令之能否。〔註 9〕

大抵已明行部之目的，旅程及任務。

總計萬里第二度視察所部郡邑，範圍較首度爲廣，耗時亦較長，約爲二月。所謂「兩月青山不暫離，入城未見有山時」（「舟過鵝行口目望和州雞籠山」）可爲佐證；而「一出還添二百詩，風光投到費推辭」（〈發慈湖過列山望見歷陽一帶山〉），第二度行部得詩竟達二百首，庶幾乎半部《江東集》！〔註 10〕

第二節　五度薦舉所部人才

萬里除江東運副，其職責除歲行所部，檢察儲積，稽考帳籍及反映吏民情況外，「舉刺官吏」之事，亦奉命上達。萬里云：「臣聞人臣之報國，忠莫大於荐士，而捐軀爲下，臣嘗伏讀淳熙十六年十一月四日陛下制詔，以臣寮建請，令監司見有賢才可用者，熟試精察，告之於上。」〔註 11〕職是之故，萬里精勤職守，在運副任內，嘗五度荐士。茲分別述之：

（一）紹熙二年五月初七發奏，奉「準令諸監司到所部半年，或

〔註 9〕本集七〇〈荐舉徐木、袁采、朱元之、求揚祖政績奏狀〉。
〔註 10〕以上引詩未另注者，皆出於《江東集》。
〔註 11〕本集七〇〈荐舉吳師尹、廖保、徐文若、毛宙、鮑信叔政績奏狀〉。

因赴闕奏事，許舉部內所知二人」，萬里首度荐士，上〈荐舉劉起晦、章燮堪充館學之任奏狀〉。〔註 12〕關於劉起晦，萬里荐云：「承直郎監建康府榷貨務劉起晦，前秘書省正字劉朔之子，名父之後，能以儒科自奮，其人氣質端凝，識度宏達，外若柔巽，內實剛方，初爲福州福清縣主簿，帥臣趙汝愚深器重之；今爲務場，責重事繁，從容而辦，知建康府章森亦嘗露章荐之，若置之館學，必能上裨國論。」關於章燮，萬里荐云：「文林郎監淮西總領所西酒庫章燮，操行甚修，問學甚正，蚤魁里選，高擢省闈，其於文辭，尤工牋奏，不越駢四儷六之體，而行以古雅議論之文，有前輩風。至於吏能，尤復精敏。」對於劉、章二人，萬里稱許備至，以爲「此二士者，臣平生行天下，寡見其比」，雖溢美不免，然亦荐舉之用心而無可厚非。

（二）紹熙二年九月十七日發奏（即在萬里首度行部歸來之後），上〈荐舉吳師尹，廖保、徐文君、毛崈、鮑信叔政績奏狀〉，凡荐五人：（甲）關於吳師尹：萬里云：「朝奉大夫江東轉運司主管文字吳師尹，有質直之資，有廉茂之行，試中大法，嘗爲大理評事，決讞平恕，人無異詞，其在本司，凡財賦之職，皆能鈞校其源流，而吏不能欺。凡民訟之事，皆能灼見其情實，而民無不服。」（乙）關於廖保：萬里云：「朝請郎通判建康府事廖保，學優行副，文贍氣剛，吏事通明，民情練達。臣初到任，暫攝府事，聽其贊畫，細大合宜，直而不表，襮以近名通而不苛察以窮物。」（丙）關於徐文若：萬里云：「朝請郎通判廣德軍徐文若，裕於才力而養以和，精於吏事而濟以恕，倅貳小邦，力贊其長，期於集事，而不侵郡權，軀以盡心而不矜己功。」（丁）關於毛崈：萬里云：「承議郎添差通判池州毛崈，經術醇儒，師授鄉黨，頃備朝列，嘗爲大理司直，繼因補外，添貳池陽，自到任以來，廉仁之譽，洽於眾口，近捧憲司之檄疏，決諸邑之囚徒，乃能盡心疚懷，探索情僞。」（戊）關於鮑信叔：萬里云：「承議郎知太平州繁昌

〔註 12〕以下各奏狀并見諸本集七〇。

縣鮑信叔，吏才高於一州，治行冠於諸邑，到任之初，首減罷吏員以除民之蠹，整齊簿書以立民之經，樽節浮費以惜民之財。」以上五人皆經萬里「精試而熟察之」，期朝廷「甄擢以爲一路之官吏之勸。」

（三）紹熙三年三月十五日發奏（按：時在萬里二度行部歸來之後）上〈薦舉徐木、袁采、朱元之、求揚祖政績奏狀〉，所薦凡四人：（甲）關於徐木：萬里云：「朝散郎知饒州樂平縣徐木，上庠名士，文學有聲，而能諳練民事，秉心明恕，治行尤異，初知富陽，撥煩無滯，理財有方，民不加賦，而官府充羨。及來樂平，愷悌之聲，爲一路縣宰之冠。」（乙）關於袁采：萬里云：「奉議郎知徽州婺源縣袁采，三衢儒先，州里稱賢，勵操堅正，顧行清苦，三作壯縣，皆騰最聲。及來婺源，察見徽之諸邑其敝之尤者，專以科罰爲理財之源流，廣開告訐之門，每興羅織之獄，大者誣曾參以殺人，次者謗陳平之帷薄，至其小者，不可殫舉。采首摘其敝，白之監司太守，請痛禁止，自是諸邑之民皆得安堵。」（丙）關於朱元之：萬里云：「承事郎知信州弋陽縣朱元之，兩學知名，歷試能官，下如士夫干求，過客餽贐，經常燕集，並分俸以應，樽節浮費，洗手奉職，不以一錢假人；至如板曹之供，諸軍之餉，官吏兵人之廩，罔不給足，催科有法，兩稅不愆，民樂其輸，不擾而整，聽訟錄囚，邑民自以不冤。」（丁）關於求揚祖：萬里云：「奉議郎知建康府江寧縣求揚祖，惠而能斷，明而不苛。頃爲婺源幕寮，已著能稱，今爲留都郭內之宰，事之繁夥，視他邑十之。公廉自持，人不敢干之以私；至於剖析民訟，庭無留事，拊摩鰥寡，罔不得職。」以上四人皆萬里「自到部即聞其治行，俟之兩年，不變益賢，觀之甚久，察之甚詳，委有績用，不可掩抑。」於是薦舉政績，冀蒙朝廷旌擢。

（四）紹熙三年四月初八發奏，上〈薦舉王自中、曾集、徐元德政績同安撫司奏狀〉，所薦凡三人。（甲）關於王自中：萬里云：「朝奉郎知信州王自中，文詞俊發，才氣高秀，初以王藺薦見壽皇，論天下事如指諸掌，風生穎脫，有過人者，壽皇以爲奇材，出典邊郡，悉心畢力，峙糧訓兵，常若寇至。今典上饒，除苛尚寬，一洗積弊……諸邑吏民，翕然感之，輸租輳集，遂以無乏。」（乙）關於曾集：萬里云：「朝散郎知南康軍曾集，胄出名門，躬服寒素，少從名儒張栻講學，以爲士君子之學不過一箇實字。再立朝列，皆監六部門，不事干謁，不肯附麗，往往皆以爲簡。今守南康，大抵以撫字爲先，以辨集爲次。其政一遵朱熹之舊……南康地褊民貧，每歲流徙樂郊者不絕，今皆安集，無有愁歎。」（丙）關於徐元德：萬里云：「宣教郎添差通判徽州徐元德，浙東名儒，朝列正士，持論鯁挺，特立不阿……民皆稱其廉潔……民皆稱其明斷。」以上三人，萬里以爲係「一路守倅之選」，故舉政績冀朝廷儲材以待異日之用。

（五）紹熙三年四月二十六日發奏，上〈舉眉州布衣程侅應賢良方正科同安撫司奏狀〉，荐舉程侅一人，云：「程侅經明行修，通達國體，其探索王霸，有仲舒師友淵源之淳。其議論古今，得蘇洵父子治亂之學。淳熙十三年間嘗游都下，有所著帝王君臣論及時務利害策凡五十篇，皆造於義理，切於事機，非腐儒文士之空言。」故保舉程侅，以爲堪試賢良方正，而謹錄奏聞。

第三節　議論鐵錢再忤留正

《宋史》三六〈光宗本紀〉云：「（紹熙三年）八月甲寅，詔兩淮行鐵錢交子。」萬里聞詔，以爲不便行使，乃上〈乞罷江南州事鐵錢會子奏議〉，云：

> 今之錢幣，其母有二：江南之銅錢，淮上之鐵錢，母也。其子有二：行在會子，銅錢之子也；今之新會子，鐵錢之子也。母子不相離，然後錢會相爲用。會子之法曰：會子並同見錢行使。今新會子之法曰：每貫並準鐵錢七百七十足行使，又曰：其新交子止許兩淮及沿江八郡界內公私流轉行使。且會子所以流通者，與錢相爲兌換也。今新會子每貫準鐵錢七百七十足，則明然爲鐵錢之會子而非銅錢之

會子矣。淮上用鐵錢用新會子，則有會子斯有見錢可兑矣，是母子不相離也。江南禁鐵錢而行新會子，不知軍民持此會子而兑於市，欲兑銅錢乎？則非行在之會子，人必不與也；欲兑鐵錢乎？則無一鐵錢之可兑也。有會子而無錢可兑，是無母之子也。是交子獨行而無見錢以並行也。……江南官司以新會子發納左帑內帑，左帑內帑肯受乎？左帑內帑萬一不受，則百姓之輸官物，州縣亦不受矣。州縣不受，則是新會子公私無用，上下不受，而使鎮江建康兩稅入納，雖入納百萬而行使不通，不知將何用也！若止欲用之於軍人之支遣，百姓之交易，其肯受乎？萬一有受有不受之間，此喧爭之所從起，而紛紜之所從生也。(本集七〇)

爲避免喧爭與謀軍民之得以安靖，萬里不奉詔而力爭，終忤宰相意。〈誠齋楊公墓誌〉云：

時朝廷上下總領所，欲於江南用鐵錢券，先君不奉詔，上奏爭之。既忤丞相留正及吏部尚書趙汝愚意，即以疾力辭，請祠官。除知贛州，不赴；除直秘閣修撰，提舉隆興府玉隆萬壽宮。

萬里嘗以孝宗日曆撰序事，與留正相齟齬，而以肺氣痰嗽之疾懇祠祿．至是又以行鐵錢事，大忤留正而終於改知贛州。紹熙三年八月十一日中書舍人黃裳行〈知贛州告詞〉云：

爾萬里之從吾游，奇文高標，朕所加禮，召還自外，固將用之，至而不留，豈朕素望。江東近地，宜可少安，何嫌何疑，復有去志，得無使人謂朕疏賢而忘故歟！君臣之好，朕忍忘之。爲爾相攸，贛土足樂，往其小憩，毋有還心。可特授知贛州軍州事。

自告詞觀之，光宗之於萬里，禮遇有加。初召還即用之，既補外而賜江東近地，復賜守贛，亦欲慰留。然萬里倦遊平生，早興掛冠之意，故於壬子八月雖有知贛州之命而不赴，移病棄官，不復出仕，時年六十有六。〔註13〕於是力請宮觀，及至紹熙四年三月二十三日，終得除

〔註13〕本集四五〈和陶淵明歸去來兮辭〉：「予倦遊半生，思歸不得，紹熙

秘閣修撰提舉興隆府玉隆萬壽宮。〔註 14〕

第四節　江東集之結集與定名

《江東集》之輯成，在紹熙三年壬子五月二十五日，〔註 15〕時萬里第二度行部歸來未久，尚未發生議論鐵錢楮券事件。其所輯詩包涵範圍以及集名之初定，自序中自述甚詳：

> 紹熙庚戌十月，予上章丐外，蒙恩除江東副漕，辭行諸公間，參政胡公笑勞曰：誠齋老子是行，夫不以其欠《江東集》耶！（本集八一）

萬里辭行諸公而漕江東，時在紹熙元年庚戌十一月，是集名之初定在斯時。又云：

> 既抵官下，再見夏時，因集在金陵，及行部廣德、宣、池、徽、歙、饒、信、南康、太平諸郡所作得詩五百首，乃命曰《江東集》。

是為輯詩所涵之範圍。今本《江東集》（本集三一至三五）輯詩五百十九首，包涵五月二十五日作序後之詩篇，則其後又有所增補。

壬子，予年六十有六，自江東漕司移病自免，蒙恩守贛，病不能赴。」又本集六七〈答興元府章侍郎〉：「某伏自壬子八月謝病自免，歸臥空山。」〈與南昌長孺家書〉：「至江東漕，遂永棄官，是時吾年六十六耳。」〈答徐居厚史君寺簿〉：「某自壬子八月棄泥而西逮。」〈與鄭惠叔知院催乞致仕書〉：「某辛亥壬子官建康時已動掛冠之興。」又本集六八〈上陳勉之丞相辭免新除寶謨閣直士〉：「歲在壬子六十有六，以移病而去官。」〈與建康帥丘宗卿侍郎〉：「六十六病而棄其官。」

〔註 14〕本集一三三告詞。〈誠齋楊公墓誌〉云：「除知贛州不赴，除直秘閣修撰，提舉除興府玉隆萬壽宮。」《宋史》所記據此。

〔註 15〕〈江東集序〉自署日期。

第十三章　臥家十五年

第一節　數辭恩詔杜門高臥

紹熙三年八月，萬里掛冠返里，自是志在山林，無意仕宦，「杜門高臥十有五年」。〔註1〕其間恩詔屢起，有遷官以示朝廷之恩寵，亦有召赴行在出仕之命。茲條列如下：

1. 紹熙五年十月八日遷中大夫〔註2〕
2. 慶元元年四月二十八日祠祿秩滿。〔註3〕五月召赴行在，以疾辭免。〔註4〕按萬里蒙召行在，上〈辭免召命公劄〉，以「筋

〔註1〕本集一三三〈諭告〉。

〔註2〕本集一三三〈中大夫告詞〉。

〔註3〕本集三七〈四月廿八日祠祿滿感恩〉:「隨牒江湖四十年，寄名臺閣兩二番。全家稟食皆天賜，晚歲祠官是地仙。……」周必大有詩次韻，見《平園續藁》一。

〔註4〕本集一〇四〈答普州李大著君亮〉:「乙卯五月誤蒙上恩收召，亦以疾免。」按《鶴林玉露》一一載：「慶元初，誠齋與朱文公同召，誠齋力辭。永年寄詩云：不愁風月只憂時，髮爲君王寸寸絲；司馬要爲元祐起，西樞政坐壽皇知。苦辭君命驚凡子，清對梅花更與誰？夢繞師門三稽首，起敲冰硯訴相思。誠齋擊節」。《朱文公文集》三八〈答楊廷秀萬里〉:「契丈清德雅望，朝野屬心，切冀眠食之間，以時自重，更能不以樂天知命之樂，而忘與人同憂之憂。勿過於優游，勿過於遁思，則區區者猶有望於斯世也。」是羅永年、朱文公曾勸萬里復出，

力已衰，況復有採薪之疾，左趾跛曳而將廢，右臂痛苦而未瘳」爲由辭免。然「聖旨不許辭免」，乃上〈再辭免箚子〉，以「老益不支，病且垂死，豈不願再瞻於觀闕，正恐先九隕於道塗，不能力疾以造朝」爲由懇辭。〔註 5〕

3. 慶元元年九月十七日升煥章閣待制提舉江州太平興國宮。〔註 6〕按萬里以「晚嬰沈痼，力請退休」爲由，於十二月初四上〈辭免除煥章閣待制恩命箚子〉。〔註 7〕
4. 慶元二年六月一日，萬里七十，引年乞休致，乃上奏狀陳情，未允。〔註 8〕
5. 慶元三年七月，萬里七十一，再上奏狀陳情。〔註 9〕
6. 慶元四年正月六日進封吉水縣開國子食邑五百戶。〔註 10〕
7. 慶元四年正月十七日授大中大夫。〔註 11〕
8. 慶元五年三月十七日除寶文閣待制致仕。〔註 12〕
9. 慶元六年十二月二十五日進吉水縣伯，食邑七百戶。〔註 13〕
10. 嘉泰三年八月十六日進寶謨直學士致仕，〔註 14〕萬里上奏狀並修書陳勉之丞相辭免。〔註 15〕九月三十日，詔書不允。〔註 16〕

然萬里退意堅定，未爲所動。

〔註 5〕本集七〇。
〔註 6〕本集一三三告詞。《宋史》並同。按萬里有啓謝余丞相及周子中，詳本集五五、五六。
〔註 7〕本集七〇。
〔註 8〕同上。本集三八有〈上章休致奉詔不允感恩書懷〉，可資參考。
〔註 9〕同上。
〔註 10〕本集一三三。
〔註 11〕同上。
〔註 12〕同上。
〔註 13〕同上。
〔註 14〕同上。
〔註 15〕奏狀詳於本集七〇，以下不另注。〈與陳勉之書〉見本集六八。
〔註 16〕「詔書」詳本集一三三，以下不另注。

11. 嘉泰四年正月二十六日，進爵廬陵郡開國侯，加食邑三百戶。〔註17〕
12. 開禧元年九月二日召赴行在。〔註18〕萬里以「嬰淋疾」上奏狀辭，十月二十一日詔書不允。萬里復於十一月二十日上奏狀陳情。
13. 開禧二年二月二十二日進寶謨閣學士。〔註19〕萬里上奏狀辭免；三月十日詔書不允。五月八日萬里卒。

據以上蒙聖恩增秩進職致仕情況以觀，萬里歸自金陵後，已作終焉之計。其後雖屢蒙聖詔，已無復起之意。自此杜門高臥，息交絕游。吾人從其致友人尺牘中，不難觀其心跡。如慶元二年〈答湖州虞察院壽光〉云：

某伏自壬子之秋，謝病西歸，即反關荊扉，掃軌世路，遂決終焉之計。姓名不出州閭，書問不至通貴，有如門下同朝知己之舊，詩社論文之契，亦復作疏，非意也，勢也。〔註20〕

又如慶元三年〈答本路不遷運使〉云：

某老病摧隤，爰自壬子八月移疾自免，歸從金陵，深閉荊扉，長往丘岳，不惟自棄於當世，不必息交而絕游，而世與我相遺，物與我相忘，由是姓名不入於脩門，書問不至於通貴，坐分黃犢之草，眠占白鷗之沙，而平生故人，致身青雲，背負霄漢者，亦不復俯視蜩鳩，激活波臣矣。〔註21〕

〈答贛守張舍人〉云：

某自壬子之秋，棄官還山，丙辰之夏，上章乞骸，四年三請，去夏始蒙上恩聽請，放鶴出籠，縱魚入海，方覺吾身之屬我也。〔註22〕

〔註17〕本集一三三。
〔註18〕《宋史》本傳，萬里辭免奏狀。
〔註19〕本集一三三。
〔註20〕本集一〇四。
〔註21〕本集一〇五。
〔註22〕本集一〇七。

既歸南溪，萬里清貧自守，常自稱「誠齋野客」、〔註 23〕「玉隆病叟」〔註 24〕或「誠齋老人」。〔註 25〕次年癸丑正月，新闢東園於屋舍之東，作爲日常遊憩之所。萬里詩云：

> 長恨無錢買好園，好園還在屋東邊。
>
> 週遭旋闢三三徑，只怕芒鞋卻費錢。〔註 26〕

園中有「松關」、「萬花川谷」、「度雪臺」、「碧瑤洞天」、「泉石軒」，並開九徑；江梅、海棠、桃、李、橘、杏、紅梅、碧桃、芙蓉九種花木，各植一徑，命曰「三三徑」，時與親族友好遊賞其中。〔註 27〕唯萬里清貧，「長恨無錢買好園」，東園不過「僅地一畝」，〔註 28〕而所居老屋，甚爲狹窄。《鶴林玉露》一四云：

> 楊誠齋自秘書監將漕江東，年未七十，退休於南溪之上，老屋一區，僅庇風雨，長鬚赤腳，纔三四人。徐雪暉贈詩云：「清得門如水，貧唯帶有金。」蓋記實也。聰明強建，享清閒之福十有六年。〔註 29〕

然君子固窮，放懷事外，不以塵垢粃糠累其胸次之超然。寧皇初元，曾與朱熹同召。朱熹勸其復起，有書〈答楊廷秀萬里〉云：

> 契文清德雅望，朝野屬心，切冀眠食之間，以時自重，更能不以樂天知命之樂，而忘與人同憂之憂。毋過於優游，毋決於遁思，則區區者猶有望於斯世也。〔註 30〕

唯萬里終焉之志已定，高蹈之願不違。曾贊云：

> 清風索我吟，山月喚我飲。

〔註 23〕 如本集七四〈不欺堂記〉、〈山月亭記〉、〈李氏重修遺經閣記〉、〈邵州希濂堂記〉；本集七五〈五美堂記〉；本集七六〈山居記〉，本集七九〈似剡老人正論序〉、〈獨醒雜志序〉等。

〔註 24〕 如本集七四〈泉石膏肓記〉。

〔註 25〕 本集七五〈遠明樓記〉。

〔註 26〕 《退休集》。以下引詩不另注者皆見《退休集》。

〔註 27〕 《退休集》中游賞之作多見，不勝枚舉。

〔註 28〕 周必大《平園續稿》一。

〔註 29〕 明陳宏緒《寒夜錄》卷下轉引，以爲「誠士大夫退處之規範」。

〔註 30〕 《朱文公文集》三八。

醉倒落花前，天地爲衾枕。

又云：

青白不形眼底，雌黃不出口中。

只有一罪不赦，唐突明月清風。

誠能「優優其休，坦坦其遊；進不羨伊尹，退不羨巢由」。〔註 31〕朱熹評其「廉介清潔」；〔註 32〕黃昇稱其「道德風節映照一世，實爲四朝壽俊」，洵非虛言。〔註 33〕

第二節　嘉泰甲子《易傳》脫稿

據萬里淳熙十五年戊申八月二日作〈易外傳自序〉，至嘉泰四年甲子四月八日作〈後序〉，可考訂自下筆以至成書凡十七年。理宗嘉熙元年，是書曾給札寫藏秘閣，其子長孺進狀云：「（萬里）生前所著《易傳》，蓋自淳熙戊申八月下筆，至嘉泰甲子四月脫稿，閱十有七年而後成書，平生精力，盡於此書。」按淳熙十五年戊申八月，萬里以論高宗配享補外，冬赴筠州任：十六年己酉八月召赴行在，十月爲秘書監；紹熙元年庚戊十一月漕江東；三年壬子八月乞祠。數年之間，屢易官職，其時雖已下筆作《易傳》，然專心者述，當在壬子掛冠返吉水之後以至嘉泰甲子凡十三年間。

是書凡二十卷，約十五萬言，前人多謂其書本諸程氏，而多引史傳以證之，如明楊士奇〈題誠齋楊公易傳稿後〉云：

此書本程子，其於說理粹然，而多引史傳爲證。〔註 34〕

書初名《易外傳》，後改爲《易傳》。宋代書肆曾與程傳并刊謂之《程楊易傳》。《四庫提要．經部．易類》一，將古今易學分爲兩派六宗：「易之爲書，推天道以明人事者也。左傳所紀諸占，蓋猶太卜之遺法，

〔註 31〕本集六七〈與南昌長孺家書〉。

〔註 32〕《朱子語類》一二〇。

〔註 33〕《中興以來絕妙好詞選》二。

〔註 34〕《東里文集》五。

漢儒言象數，去古未遠也。一變而爲焦京，入於機祥；再變而爲陳邵，務窮造化，易遂不切於民用。王弼盡黜象數，說以老莊，一變而胡瑗程子，始闡明儒理；再變而李光、楊萬里，又參證史事；易遂日啓其論端。此兩派六宗，已互相攻駁。」全謝山〈跋《誠齋易傳》〉云：「易至南宋，康節之學盛行，鮮有不眩惑其說。其卓然不惑者，則誠齋之《易傳》乎！其於圖書九十之妄，方位南北之訛，未嘗有一語道及。」大抵已說明不論象數爲萬里《易傳》之特色，就萬里〈前序〉自述，其《易傳》實本諸程子之易，而論易宗旨，歸之於心：

> 易者何也？易之爲言變也。易者，聖人通之書也。何謂變？蓋陰陽太極之變也，五行陰陽之變也。人與萬物，五行之變也，萬事，人與萬物之變也。古初以迄于今，萬事之變未已也。其作也，一得一失，而其究也，一治一亂。聖人憂焉，幽觀其變，湛思其通，而逆紬其圖，易之所以作也。

又云：

> 易之爲言變也，故易者聖人通變之書也。其窮理盡性，其正心修身，其齊家治國，其處顯，其傃窮，其居常，其遭變，其參天地合鬼神，萬事之變方來，而變通之道先立。變在彼，變在此，得其道者，蚩可哲，慝可淑，眚可福，危可安，亂可治，致身聖賢，而躋世泰和猶反手也。斯道何道也？中正而已矣。唯中爲能中天下之不中，唯正爲能正天下之不正。中正立而萬變通。此二帝三王之聖治，孔子顏孟之聖學也。後世或以事物之變爲不足以攖吾心，舉而捐之於空虛者，是亂天下者也。不然，以爲不足以遁吾術，挈而持之以權譎者，是愈亂天下者也。然則學者將欲通變，於何求通？曰：道。於何求道？曰：中。於何求中？曰：正。於何求正？曰：易。於何求易？曰：心。〔註35〕

此外，萬里談變，尤見卓越。戴師君仁云：

> 易一名而含三義，所謂簡易，變易，不易。從變易識不易，

〔註35〕本集八〇〈易外傳序〉。

得不易以馭變易，即是簡易。「萬事之變方來」，這是變易；「通變之道先立」，這是不易。變通之道，就是中正。「中正立而萬變通」即是執簡馭繁，即是「易簡而天下之理得」（繫辭語），誠齋此序，眞可謂切要之言。正因爲他能知整個宇宙就是變易。萬事之變，古今無窮，所以他要以史證易。〔註36〕

戴師之說正可道中萬里以史證易之緣由。清錢大昕〈跋《誠齋先生易傳》〉云：

其說長於以史證經，譚古今治亂安危賢姦消長之故，反覆寓意，有槩乎言之。開首第一條論乾卦云：「君德惟剛，則明于見善，決于改過。主善必堅，去邪必決，聲色不能惑，小人不能移，陰柔不能姦。故亡漢不以成、哀，而以孝元，亡唐不以穆、敬，而以文宗；皆不剛健之過也。」嗚乎！南渡之君臣，優柔寡斷，有君子而不用，有小人而不去，朝綱不正，國恥不雪，日復一日，而淪胥以亡，識者謂惟剛健足以救之。誠齋此傳，其有所感而作與！〔註37〕

蓋有所見而云然。唯元吳澄與陳櫟甚非楊傳。吳澄云：

楊先生又因程子而發之以精妙之文，間有與程不同者，亦足以補其不足，然皆推行易道之用，而經之本旨未必如是。〔註38〕

陳櫟云：

文極巧，說極奇，段段節節，用古事引證，使人喜動心目……胡雙湖本義附纂注無半字及之，可見楊傳足以聳動文士之觀瞻，而不足以使窮經之士心服。〔註39〕

至於全謝山則大加頌美云：「予嘗謂明輔嗣之傳，當以伊川爲正脈，誠齋爲小宗，胡安定蘇眉山諸家不如也。」據此足見對《誠齋易傳》

〔註36〕開明本《談易》頁113。
〔註37〕《潛研堂文集》二七。
〔註38〕《臨川吳文正公集》三八〈跋《誠齋先生易傳》草稿〉。
〔註39〕《經義考》二九。

之褒貶參半，說法未一。

第三節　三子一婿相繼之官

萬里退休南溪以來，長子長孺，次子次公，三子幼輿，與婿陳履常，皆已壯年，學有所成，而先後相繼之官。

先是長孺於紹熙元年以蔭補官爲零陵主簿，慶元間爲南昌令。萬里卒後，長孺於嘉定四年守湖州，累官浙東提刑、廣東經略安撫使、福建安撫使，端平間以集英殿修撰致仕；紹定元年起判江西憲台，以敷文閣直學士致仕。（詳家世考篇）

按紹熙元年，長孺赴零陵簿，萬里示以雜言勉之，曾云：「好官易得忙不得，好人難做須著力……」〔註40〕慶元間，長孺爲南昌令，臨行，曾問政於萬里。萬里作〈官箴〉，以廉、恕、公、明、勤贈勉：

> 大兒長孺試邑南昌，辭行，問政於誠齋老人，告之曰：一曰廉，二曰恕，三曰公，四曰明，五曰勤，因作〈官箴〉以贈之曰：吏道如砥，約法惟五，疇廉而殘，疇墨而恕，兼二斯公，別無公處，三者備矣，我心匪通，茲謂不明，借諝爲聰，夙夜惟勤，乃克有終。〔註41〕

既爲南昌令，曾致書萬里，有迎侍二老之意。唯以「窮空煎熬，入寡出多」，萬里未允赴南昌。〔註42〕

未幾，萬里次子次公，三子幼輿先後之官。按次公於慶元六年之官安仁監稅，萬里以廉慈贈勉：

> 汝士今差晚，家庭莫恨離。
> 學須官事了，廉忌世人知。
> 爭進非身福，臨民只母慈。
> 關征豈得已，壟斷欲何爲。

開禧元年，次公入京受縣，萬里以報國爲先贈勉：

〔註40〕本集二八〈大兒長孺赴零陵簿示以雜言〉。

〔註41〕本集九七〈官箴〉。

〔註42〕本集六七〈與南昌長孺家書〉。

汝趁暄和朝北闕，我扶衰病見東風。

弟兄努力思報國，放我滄浪作釣翁。

至於三子幼輿，亦於慶元六年之官澧浦監稅。萬里以不可厚征民生爲先贈勉：

估人耕貨不耕田，也合供輸餉萬屯。

差道厚征爲報國，厚民卻是負君恩。

嘉泰四年，幼輿知縣州。〔註43〕

至於女婿陳經履常，紹元年科第，曾官吉水簿。嘉泰元年秋，以縣丞之官泰州。萬里以詩送之：

玉潤非冠玉，東牀忽易東。

一官新立授，五字后山風。

明月來宵共，清尊何日同。

看君即飛兔，老我自冥鴻。

次年，萬里懇請友人袁起巖等荐舉陳履常，已詳〈家族〉章，茲不贅言。

第四節　與周必大晚年相訪

萬里與必大相識乃至相交凡五、六十年（詳〈交游考〉）。紹熙慶元間，萬里以秘書監退休，必大以宰相退休，實爲廬陵二大老。其間相互造訪，自爲一時盛事。茲將可考見者條述如下：

（一）紹熙五年上巳必大訪萬里於東園：按必大《平園續藁》一有〈上巳楊廷秀賞牡丹於御書扁旁之齋，其東園僅一畝，爲術者九，名曰三三徑，意象絕勝〉之詩。萬里回謝，本集三六有〈上巳日周丞相少保來訪敝廬留詩爲贈和謝一首〉。

（二）慶元元年秋，必大訪萬里於碧瑤洞天：按本集三七萬里有〈大丞相益國周公訪予於碧瑤洞天，劉敏叔寫以爲圖，求予書其後〉。

〔註43〕詳〈家族〉章。

（三）慶元元年冬，萬里訪必大於平園：按《平園續藁》一有〈乙卯冬楊廷秀訪平園即事二首〉。

（四）嘉泰三年秋，萬里入城訪必大，按本集四一萬里有詩二首記之。

（五）嘉泰四年六月，必大病篤，萬里以疾欲前往而未成，十月必大卒。按本集一〇二祭必大文言及其事。

總觀二人互訪，必大訪萬里二次於前，萬里訪必大二次於後，至於其間詩文往還，或年節、或遷官之道賀則多有，唯皆係遣人送達，而非躬親往訪。

第五節　憂韓侂胄用事害政

據《宋史》載：韓侂胄爲韓琦曾孫，父娶高宗憲聖皇后之妹，光宗皇后韓氏爲其姪。自趙汝愚立嘉王即皇帝位，是爲寧宗。侂胄自以有定策功，而汝愚曰：「吾宗臣也，汝外戚也，何以言功？」自是侂胄終不懌。汝愚進右相，侂胄乃託肺腑，出入宮掖，居中用事，並日夜謀引其黨爲臺諫，以擯汝愚。或教侂胄曰：「彼宗姓，誣以謀社稷，則一網無盡矣。」侂胄黨於是奏汝愚以同姓居相位，將不利於社稷，乞罷其政。汝愚失位，侂胄欲根絕異己遂創僞學之禁，凡不附己者，悉指爲僞學而盡逐之。於是奸邪之徒起逢迎，海內知名之士，竄貶殆盡。〔註 44〕

按侂胄寧宗即位之後始漸擅權，自慶元元年至開禧三年（侂胄於三年兵敗，十一月爲史彌遠遣伏兵誅之。）凡十二年間，萬里退休南溪，頗憂其居中用事，危害國政，吾人可自下列數事見之：

（一）拒作〈南園記〉

《宋史》本傳云：「韓侂胄用事，欲網羅四方知名之士相羽翼。

〔註 44〕參見《宋史》〈孝宗紀〉、卷三九二〈趙汝愚傳〉，卷四七〈韓侂胄傳〉、卷二四三〈光宗李皇后傳〉。

嘗築南園，屬萬里爲之記，許以掖垣。萬里曰：『官可棄，記不可作也。』侂胄恚，改命他人。臥家十五年，皆其柄國之日也。」（按：萬里臥家十五年中，侂胄秉國十二年，蓋侂胄慶元元年得政，而萬里紹熙三年退休，《宋史》小誤。）據陸游〈南園記〉：「慶元三年二月，慈福有旨以別園賜今少師平原郡王韓公……」則萬里拒作記，殆在是年。拒作之由，係不欲爲虎作倀同流禍國明甚。侂胄雖恚，亦莫可奈何。

（二）上奏論侂胄之奸

本集一三三〈楊長孺嘉定元年謹呈事實請諡狀〉云：「自奸臣韓侂胄竊弄威福之柄，先臣萬里憤怒不平，既而侂胄平章軍國事，先臣萬里驚嘆憂懼，以至得疾。開禧元年，歲在乙丑孟秋之月，嘗慨然上奏，極陳侂胄之奸，竟以壅閼不得自達而止。」

（三）痛韓用兵手書遺囑

本集一三三〈楊長孺請諡狀〉云：「開禧元年，歲在丙寅，胄矯召生事，開邊釁，起兵端，臣等家人知先臣萬里憂國愛君，忠誠深切，而又老病，恐傷其心。凡聞時事，皆不敢告。忽有族姪楊士元者，端午自吉州郡城書會所歸省其親，五月七日來訪，言及邸報中所報侂胄用兵事。先臣萬里失聲慟哭，謂奸臣妄作，一至於此！流涕長太息者久之。是夕不寐，次朝不食，兀坐齋房，取春膏紙一幅，手書八十有四言，其辭曰：「吾年八秩，吾官三品，吾爵通侯，子孫滿前，吾復何憾！老而不死，惡況難堪。韓侂胄專權無上，動兵殘民，狼子野心，謀危社稷，吾頭顱如許，報國無路，惟有孤憤，不免逃移，今日遂行，書此爲別，汝等好將息，萬古萬古。」其後又書十有四言：右辭長孺母子兄弟姐妹，伍月八日押。又自緘封題云：遺囑付長孺母子兄弟，吾押。既書題畢，擲筆隱几而逝，實五月八日午時也。」按嘉泰四年侂胄已決議伐金，伐金以圖恢復，原係萬里之謀國主張，自無反對之理，然其所以痛侂胄用兵者，在其禍國已久，即使伐金，亦必不能審慎將事，而終遭挫敗。宋軍果於開禧二年五月相繼兵敗，蓋準備未周，佈署未全，草草進兵，贏得倉皇北顧而已。

第六節　淋疾不治卒謚文節

據楊長孺請謚狀所述，萬里之死，緣於老病，重之以韓侂胄伐金之刺激，而終於溘然長逝。其言大抵可信。考萬里自任秘書監時，即有舊疾纏身。其〈秘書省自劾狀〉云：

> 臣舊有肺氣痰嗽之疾，遇秋復發。(本集七〇)

至慶元元年，復得諸疾。其〈辭免召命〉云：

> 筋力已衰，況復有採薪之疾，左趾破曳而將廢，右臂痛楚而未瘳。(本集七〇)

其〈辭免除煥章閣待制恩命劄子〉云：

> 晚嬰沈痼，力請退休。(本集七〇)

慶元二年，其〈公劄〉云：

> 入夏咸濕，臟腑之疾大作，服藥不痊。(本集七〇)

其〈與總領項郎中〉：

> 去冬一病垂死。(本集一〇四，按《退休集》慶元元年詩有〈歲暮自城中一病垂死，病起遣悶四首〉)

其〈答王信臣〉：

> 某老病日侵，臂痛比劇。(本集一〇四)

慶元三年，其〈答朱侍講元晦〉云：

> 某老來得臂痛之疾。(本集一〇四)

慶元六年，其〈答程監簿〉云：

> 蓋臂痛不能多寫。(本集一〇六)

其〈答張尚書〉云：

> 某頃嬰清漳之疾。(本集一〇六)

嘉泰元年，其〈答虞制參〉云：

> 臂病舊疾偶作。(本集一〇九)

其〈答虞制機虞知府〉

某今年七十有五，衰病垂死。（本集一一一）

由於久疾在身，嘉泰二年〈答袁起巖樞密書〉乃有「某官十一年，掛冠十三年，偶未死耳。病身柴立，焚筆棄硯，不知年矣。」（本集六六）之歎。以上引錄爲萬里自述其病況，多見諸與友人尺牘。此外，以病而詩，亦復不少。如嘉泰四年詩，言病最密：

（一）〈五月十六夜病中無聊起來步月〉

（二）〈族人同諸友問疾〉

（三）〈病中復腳痛終日倦坐遣悶〉

（四）〈六月二十四日病起喜雨聞鶯與大兒議秋涼一出遊山〉

（五）〈病中七夕〉

（六）〈淋疾復作〉

按開禧元年，萬里上〈辭免召赴行在奏狀〉有云：「自去秋偶嬰淋疾，當平居則似乎無事，遇發作則痛不可堪，慘毒甚於割烹，呻吟遠於鄰曲。」據此則嘉泰四年秋「偶嬰淋疾」，病況嚴重。又考開禧元年詩：「去歲四月得淋疾，今又四月尚未愈」，則得淋疾在嘉泰四年四月，〈奏狀〉所云：「去秋」宜爲「去夏」。果如是則嘉泰四年所言之病，實即淋疾。自嬰此疾，久而難愈，至開禧元年，病仍纏身。詩中所記，如：

（一）〈病中春雨聞東園花盛〉

（二）〈去歲四月得淋疾今又四月尚未愈〉

（三）〈久病少愈雨中端午試筆〉

（四）〈病起覽鏡〉

（五）〈病中感秋〉

（六）〈病中止酒〉

（七）〈病中喜雨呈李吉州〉

並有〈送戴良輔葯者郛歸城郛〉〈送藥者陳國器〉等，顯示其疾之日趨嚴重。疾病延續至開禧二年夏，詩中所記如：

（一）〈病中感春〉

（二）〈初夏病起曉步東園〉

（三）〈端午病中止酒〉

久疾如此，重之以年高八十，體能衰弱，故端午後二日聞韓侂胄用兵，「流涕長太息久之，是夕不寐」，「次朝不食，兀坐齋房」，並作遺書，而終於八日午時逝世。

總而觀之，萬里長年諸病交集，唯皆小疾，然年事已高，自嘉泰四年四月以來，淋疾纏身二年餘，痊癒之望渺茫。故知聞侂胄用兵事屬偶發，而引發致死之由，實以淋疾之不治。至於墓誌所云：「五月八日無疾薨」者，殆非實錄，讀萬里最後詩作〈端午病中止酒〉，可以不辨自明。

既卒，開禧三年正月二十八日贈光祿大夫。嘉定元年，長孺上請謚狀；六年賜謚文節，蓋依謚法「道德博聞曰文，能固所守曰節」之則。〔註 45〕

〔註 45〕本集一三三。

附錄：歷代著錄楊萬里之著作

一、宋

1. 《誠齋集》一百三十三卷　陳振孫《直齋書錄解題》一八〈別集類〉下。
2. 《批題分類誠齋先生文繪》　李誠父輯、方逢辰序，見陸心源《皕宋樓藏書志》八七。
3. 《錦江尺牘》　《文天祥文山先生全集》一〇〈跋誠齋錦江文稿〉。

二、元

1. 《學箴》　吳澄《臨川吳文正公集》二七〈跋誠齋楊先生學箴〉。
2. 《易傳草稿》　吳澄《臨川吳文正公集》二八〈跋誠齋楊先生易傳草稿〉。
3. 《易傳》二十卷、《江湖集》十四卷、《荊溪集》十卷、《西歸集》八卷、《南集》八卷、朝天集十一卷、《江西道院集》三卷、《朝天續集》八卷、《江東集》十卷、《退休集》十四卷　（《宋史・藝文志》）
4. 《誠齋揮塵錄》一卷（浙江鮑士恭家藏本）「舊本題楊萬里撰，

左圭收入《百川學海》中，今檢其文，實從王明清《揮麈錄》摘出數十條別題其名，凡明清自稱其名者，俱改作萬里字，蓋坊刻贋本，自宋已然。」（《宋史・藝文志》）。

5. 《錦繡論》二卷（永樂大典本）「舊題宋楊萬里撰，考宋貢舉條，第二試論一道，限五百字以上，則此篇蓋當時應試程式也，然體例拘陋，未必出自於萬里，疑併書中國子監批，皆坊賈託名耳。」（《宋史・藝文志》）。

6. 《分類誠齋文繪後集》二十卷（副都御史黃登賢家藏本）「不著編輯者名氏，其書分三十二類，取楊萬里《易傳》，《千慮策》中語，摘錄標題，各加批點，殊爲庸俗，又有題見此書而注云文見前集者，亦非完書，相其版式，乃麻沙舊刻，蓋宋末刊坊陋本也。」（《宋史・藝文志》）。

   義成按：此本即李城父輯本、方逢辰序，見前陸心源《皕宋樓藏書志》。陸云：「此宋麻沙刊本」。

7. 《壯觀類編》一卷　楊萬里、劉壽、米芾合撰（《宋史・藝文志》）。

三、明

1. 《易傳》二十卷　楊士奇《東里文集》九〈題誠齋楊公易傳稿後〉。

四、清

1. 《誠齋易傳》二十卷（江西巡撫採進本）
2. 《庸言》一卷（永樂大典本）
3. 《四六膏馥》七卷（永樂大典本）「舊本題宋楊萬里撰，其書割裂諸家四六句，分題編次，以備尋撦，其曰膏馥者，蓋取元愼作杜甫墓誌銘『殘膏餘馥，沾溉無窮』語也。然萬里一代詞宗，謬陋不應至此，此必坊賈託名耳。」
4. 《天問天對解》一卷（浙江范懋柱家天一閣藏本）

5. 《誠齋集》一百三十三卷（編修汪如藻家藏本）
6. 《千慮策》二卷（江西巡撫採進本）
7. 《誠齋詩語》一卷（江蘇巡撫採進本）
   按以上《四庫全書》著錄。
8. 《誠齋詩話》　吳騫〈拜經樓藏書題跋記〉四：「右舊鈔本一卷，曹氏古林書屋藏本，有檇李曹氏藏書印、曹溶二圖記。」
9. 《誠齋集》　吳騫〈拜經樓藏書題跋記〉五：「舊鈔本《誠齋集》四十二卷，無序目，後題嘉定元年春三月男長孺編，端平元年夏五月門人羅茂良校一條。卷內有朱筆藍筆評點及校字，每冊有以甯呂叔子印楨以甯之印諸圖記。」
10. 《淳熙荐士錄》一卷　李調元《童山文集》一三。
11. 丹叔手鈔《誠齋集》　郭麐《靈芬館詩集》二集一。
   義成按：又見于源《鐙窗瑣錄》六。
12. 《誠齋先生易傳》二十卷（明嘉清本）　丁丙《善本書室藏書志》一。
13. 《誠齋集》一三五卷　丁丙《善本書室藏書志》三○。
14. 《誠齋易傳》二十卷（明敏書院刊本）　繆荃孫《藝風樓藏書記》一。
15. 《誠齋易傳》二十卷（明嘉靖壬寅尹耕刻本）　同上。
16. 《誠齋集》一百三十三卷　繆荃孫《續記》六。
17. 《誠齋外集》二卷　同上。
   義成按：繆氏云：「集外文集二卷鈔自錢塘丁氏。」考丁丙《善本書室藏書志》三○云：「癸卯春，予於他處忽得《誠齋集》二卷，附於卷末，眞至寶也，有石林山房圖書印。」

第三篇　楊萬里交游考

南宋中興詩人，尤袤、蕭德藻、范成大、陸游與楊萬里並稱，馳譽乾淳詩壇。尤范以端莊婉雅名，蕭以高古勝，陸善爲悲壯，而楊萬里才思健拔，包孕萬象，飛動馳擲，亦一代作手。楊萬里平生道德風節，照映一世，居官歷高宗、孝宗、光宗、寧宗，實爲四朝壽俊，而遊蹤遠及南海，詩名勝於當世，交游人物，上自宰執，下至吏掾布衣，交誼厚薄，過從疏密，各有不同。茲篇之作，專事考求誠齋詩中所及師友之事略，尤詳於交游之情狀。編排方式，以集中先後爲序，俾便檢閱。總計誠齋詩中所見師友凡五百餘人，其中或以其人名位不稱，或以載籍不傳，無從考索，本篇探討所得凡一七六人，其餘諸人，或非全然無考，俟有所得，續爲增補。至於萬里與親族之交游，已詳於〈家世考〉，本篇不再重複。又萬里交游人物，多有詩歌往還，其未有詩歌往還而生平事蹟及交游情況可考者凡七十人，亦並附錄，以爲知人論世之助。

1. 蕭東夫

蕭德藻，字東夫，福建閩清（一作長樂）人。紹興二十一年辛未趙逵榜進士（〈淳熙三山志〉二八）。乾道中知湖州烏程，悅其山水，留家焉。從知峽州，歸隱屛山，千巖競秀，自號千巖老人。著《千巖摘稿》七卷，外編三卷，續編四卷（《烏程縣志》二三）。終福建安撫司參議（《宋史翼》二八）。

按：本集八一〈千巖摘稿序〉云：「吾友蕭東夫，余初識之於零陵。一語意合，即襆被往其館，與之對床。時天暑，東夫謁朝欲蚤行，五鼓，東夫先起，吹燈明滅，搔首若有營者，余亦起視之，蓋東夫作詩一章以贈余別也。余即和以答賦。東夫喜曰：定交如定婚，吾與子各藏去一紙。自是別去，各不相聞者十有六年。淳熙丁酉余出守毗陵，東夫丞龍川，相遇於上饒之西，一揖而別。後二年，余移廣東常平使者，東夫官滿歸，訪余於南溪之敝廬。自是吾二人者不再見至今。頃廣西提點刑獄嘗闕員，丞相王公（淮）問余孰可，余以東夫對。」是序作於紹熙二年九月七日，自稱「友生」。自淳熙丁酉上推十六年，爲紹興三十一年，時萬里在零陵，與德藻初識定交，即在是時。明年秋，萬里有〈和蕭判官東夫韻寄之〉（本集一）云：「歸路新詩合千首，幾時乘興更三吾。」時萬里仍在零陵。隆興元年春，萬里有〈武岡李簿回多問蕭判官東夫〉（本集一）云：「橘州各自分馬首，湘水更曾烹鯉魚。心近人遐長作惡，離合多少可無書。」頗見厚誼，時萬里仍在零陵任。淳熙四年，二人嘗相遇於上饒。六年正月，萬里除提舉廣東常平茶鹽，六月抵吉水（按：萬里七年正月方赴任）時德藻龍川丞秩滿，訪萬里於南溪。淳熙十二年，萬里上〈荐士錄〉云：「蕭德藻，文學甚古，氣節甚高，其志常欲有爲甚進，未嘗苟合，老而不遇，士者屈之，今爲湖北參議官。」（本集一一三）十四年三月，姜夔遊杭，以德藻之介，袖詩謁萬里，時萬里任尚書左郎中，以詩送姜夔謁范成大，云：「吾友夷陵蕭太守，逢人說君不離口，袖詩東來謁老夫，漸無高價索璠璵；翻然欲買松江艇，逕去蘇州參石湖。」（本集二二）紹熙二年，萬里在江東轉運副使任，駐金陵，遣騎以書侯德藻；德藻寄詩一編曰《千巖摘稿》，萬里序之，云：「余嘗論近世之詩人，若范石湖之清新，尤梁溪之平淡，陸放翁之敷腴，蕭千巖之工致，皆余之所畏者。」

知其詩有名於時，且與尤楊范陸并稱（本集三九〈謝張功父送近詩集〉、四一〈進退格寄張功父姜堯章〉、八一〈千巖摘稿序〉、一一四〈詩話〉。又姜夔〈白石道人詩集自序〉一、樂雷發《雪磯叢稿》二〈書蕭千巖集〉。）方回《瀛奎律髓》六云：「東夫詩苦硬頓挫而極工。」《詩法萃編》云：「東夫詩戛戛獨造，骨硬味苦，絕無甜熟軟媚語。」朱竹垞〈書劍南集後〉云：「予嘗嫌魯直太生，生者流爲蕭東夫。」《說詩晬語》云：「蕭東夫意字字求新而入於澀體。」略可見其詩風。其詩集早佚，清光聰諧《有不爲齋隨筆》卷丁輯有蕭詩。據張端義《貴耳集》卷上載，知德藻曾學詩於曾幾。范晞文《對床夜話》二引德藻語云：「詩不讀書不可爲，然以書爲詩不可也。」似已察江西詩派之弊而欲擺脫之。德藻又著有寓言〈吳五百〉（趙與時《賓退錄》六引）爲後世耿定向《耿天臺先生全書》八〈雜俎〉〈儆郶篇〉；蒲松齡《聊齋志異》一〈成仙〉等所輾轉摹仿。

2. 施少才

本集一〈送施少才赴試南宮二首〉自注：「名淵然，蜀人，予取魁漕試。」

按：紹興三十二年，萬里在零陵任，考試湖南漕司，淵然魁漕試謝之，萬里有〈謝漕司發解第一名啓〉（本集四九）。秋，淵然赴試南宮，萬里作詩送之，有「新知誰不樂，所要在白頭」（本集一）之句，知二人相識於此時。九月五日萬里爲淵然《蓬戶甲稿》作後序，云：「蓬戶甲稿者，吾友生蜀人施淵然少才之文也。」（本集七七）隆興元年秋九月，萬里作〈九日落莫憶同施少才集長沙〉（本集一），有「三年客裏兩重九，去年卻得登高友」之句。「三年客裏」，指紹興二十九年冬至隆興元年間在零陵任；「去年卻得登高友」，指二人相識於紹興三十二年。淳熙十二年，萬里上〈荐士錄〉云：「施淵然，工於古文，恬於仕進，前任監和劑局，今任祠祿陞朝。」據此略知淵然所長及其官履。又本集六五〈答施少才書〉云：「某之於兄，如兄之於某，蓋身離而心合，口異而嗜同也。使得相從而鳴焉，不寧惟天地無春秋而已。既相別十七年，今又相去……」知二人間有書函往還，交誼甚篤。是書撰作，疑在淳熙間，若以紹興三十二年秋爲相別推算，則此書作於淳熙六年。

3. 何德獻

《宋詩紀事小傳補正》三：「何佾，字德獻，處州龍泉人，以蔭調福州吉田簿，改於潛縣，以治最聞，遷廬州通判，知黃州，盜無所容。張浚奏佾有戡亂才，除廣西經略。」

按：紹興三十二年，萬里作詩二首〈寄別何運判德獻移閩憲〉（本集一），有「薄技工奚取，知音一已多；從公日幾許，去我意如何。」之句，知二人相知頗篤。何佾移閩憲，萬里有〈代福建憲何德獻謝到任表〉（本集四六），又有〈代何運使德獻賀史參政啓〉、〈代福建何提刑典福州聖錫啓〉（本集四九）。隆興二年，何佾除廣西經略（《南宋制撫年表》頁 60）。又考本集六四有〈見何德獻提舉書〉，未署撰作年月，疑初見何佾所上。

4. 周子充（1126～1104）

周必大，字子充，一字洪道，廬陵人，紹興二十一年第進士，授徽州戶曹。中博學宏詞科，教授建康府，除太學錄，召試館職，除秘書省正字，兼國史院編修官。除監察御史。孝宗踐祚，除起居郎，兼編類聖政所詳定官，又兼權中書舍人。久之，除敷文閣待制，兼侍讀，兼權兵部侍郎，兼直學士院。進禮部尙書，除參知政事，知樞密院。淳熙十四年，拜右丞相。十五年封濟國公，拜左丞相。十六年拜少保益國公，求去，以少保克醴泉觀使判隆興府。不赴，除觀文殿學士，判潭州，復益國公，改判隆興，除醴泉觀使。寧宗即位，奏四事。慶元元年，三上表引年，遂以少傅致仕。嘉泰元年，御史劾降爲太保。

二年，復少傅。四年卒，年七十九，贈太師，謚文忠。必大號省齋居士，晚號平園老叟，有《文忠集》二百卷。（李壁〈周文忠公行狀〉、《宋史》三九一；清宋賓王〈周益公年譜〉）

按：萬里與必大同鄉，相交最久，情誼最篤，二人初識頗早。本集六六〈與周子充少保書〉云：「當庚午試南宮，丞相雪中騎一馬於前，某荷一傘於後之時，豈知丞相至此布衣位極上宰……」據此二人初識不晚於庚午（紹興二十年）。次年春，必大中進士，萬里落第。《周益公年譜》：「紹興三十二年五月庚子（必大）除監察御史。」時萬里在零陵丞任，有〈賀周子充察院啓〉（本集四九），並有詩二首〈寄子充察院〉（本集一）。《周益公年譜》：「紹興三十二年九月兼中書舍人，乾道二年三月尚氏姐卒，十月必大如上饒奉皇妣秦國夫人之柩歸廬。」時萬里在吉水，有〈見周子充舍人敘懷〉（本集三）云：「三年再謁一番逢。」上推三年，知萬里隆興元年冬抵臨安時嘗謁必大，唯無詩唱和。乾道六年，萬里除知隆興府奉新縣，有〈長句寄周舍人子充〉（本集六），必大次韻和之（《省齋文稿》五〈奉新宰楊廷秀訪別次韻送之〉）。淳熙六年，萬里有〈答周子充內翰書〉（本集六五）（按：書末未署年月。考益公年譜，必大淳熙五年十二月除禮部尚書兼翰林學士。）七年，必大參知政事，萬里有〈賀周子充參政啓〉（本集五三）。十五年冬，必大為相，萬里筠州到任，有啓謝之（本集五四）。十六年必大特進大丞相轉少保，封益國公，萬里致書慰其罷相（本集六六〈與周子充少保書〉）。是年，萬里作〈浩齋記〉（本集七三）。紹熙二年四月既望，必大作〈題楊廷秀浩齋記〉（《省齋文稿》一九）云：「今讀浩齋記，乃知嘗受教於劉公（廷直）。」時萬里漕江東，必大在臨安，有〈回江東漕秘監萬里啓〉（《省齋文稿》二七）云：「郡國雖分於兩地，江湖實共於一天。」以慰萬里之漕江東。三年，萬里知贛州不赴，乞祠，返吉水。五年正月，必大至吉水，於上巳日訪萬里。萬里有〈上巳日周丞相少保來訪敝廬留詩為贈和謝一首〉（按：本集三六前列必大贈詩，後列和謝詩。考《平園續稿》一必大贈詩原題爲「上巳訪楊廷秀賞牡丹於御書扁旁之齋，其東園僅一畝，爲術者九，名曰三三徑，意象絕勝。」）十一月辛亥，必大遷新第，萬里有〈賀周丞相遷入府第啓〉（本集五五）。自是二人唱和過從更爲頻繁，凡過冬新年或轉官，皆互有以啓謝賀，時亦互贈禮品（參本集五五至六〇致必大啓）。慶元元年夏，萬里以中大夫秘閣修提舉隆興府玉隆萬壽宮秩滿，作〈四月二十八日祠祿秩滿喜罷感恩進退格〉（本集三七），有「隨牒江湖四十年，寄名臺閣兩三番」之句（按：萬里自紹興二十六年初仕贛州至此恰爲四十年。）必大有詩和之（《平園續稿》一〈廷秀用進退韻格賦奉祠喜罷感恩詩次韻〉）。七月，必大致仕，秋訪萬里。萬里有〈大丞相益國周公訪予於碧瑤洞天劉敏叔寫以爲圖求予書其後〉（本集三七）。中秋，必大招王才臣中秋賞桂花，萬里寄以長句（同卷）。冬，萬里訪必大於平園，必大有〈乙卯冬楊廷秀訪平園即事二首〉（《平園續稿》一）以紀其事。二年春，萬里曉登萬花川谷看海棠，作詩二首（同卷），其二云：「準擬今春樂事醲，依前枉卻一東風；年年不帶看花福，不是愁中即病中。」必大有詩次其韻（《平園續稿》一），並序云：「萬花川谷主人爲海棠賦，工詩，妙絕古今，斷章有『平生不帶看花福，不是愁中即病中』之歎，代花次韻。」秋後，萬里〈偶生得牛尾貍獻諸丞相益公侑以長句〉（本集三七）。三年秋，必大新植洛中絕品牡丹數十本作堂臨之，萬里請名以天香，且爲賦長句（同卷〈題益公丞相天香堂〉）。同年，必大跋〈胡氏霜節堂記〉，云：「友人楊公廷秀，平居溫厚慈仁，眞可解慍，臨事則勁節凜然，凌大寒而不改。」（《平園續稿》八）頗見二老相知之深。四年正月萬里轉太中大夫，必大申賀之，萬里答之以啓（本集五六）。同年萬里有〈題族弟道卿貧樂齋〉（本集三八），必大於七月初二日作跋（《平園續稿》八）〈跋楊廷秀贈族人復字道卿詩〉，五年春，萬里有〈賦益公平園牡丹白花青緣〉（本集三八），必大和之（本集三八萬里原韻後）；又有〈和益公見謝紅都勝芍葯之句〉（同卷）。三月，萬里進寶文閣待制致仕，必大申賀，萬里以啓謝之（本集五六）。冬，必大新作三層百尺新樓，署曰圜山觀，萬里以唐律二章申賀（本集三九）。十月，必大有〈題楊廷秀新淦義方堂記後〉（《平園續稿》八）云：「誠齋作義方堂記，理勝而文雄，殊無老人譫詩衰弱氣象。」六年，萬里長子改秩，小男就銓，必大申賀，萬里以啓答之（本集五七）。十一月辛巳，必大於華隱樓書〈跋楊廷秀石人峰長篇〉（《平園續稿》九）云：「今時士子見誠齋大篇巨章，七步而成，一字不改，皆掃千軍，倒三峽，穿天心，透月窟之語，至於狀物姿態，寫人情意，則鋪敘纖悉，曲盡其妙，遂謂天生辯才，得大自在，是固然矣……」於萬里廣參眾書，推崇備至。嘉泰二年秋，郡士劉訥敏叔寫必正、必大、萬里爲〈三老圖〉，必大爲題四韻；萬里亦題署其後（並見本集四一）。魏慶之《詩人玉屑》一九云：「益公形容甚工，誠齋謙遜自處，眞一時盛事云。」冬，瑞香盛開，萬里呈必大詩二首（本集四一）。三年秋，萬里迻郡，入城謁必大，有詩二首紀之（同卷）。八月二十一日必大有〈跋楊廷秀飲酒對月辭〉（《平園續稿》一一）云：「韓退之稱柳子厚云：玉佩瓊琚，大放厥辭。蘇子瞻答王庠書云：辭至於達而止矣。誠齋此詩可謂樂斯二者。」頗見推崇。四年六月萬里疾方棘，聞必大亦屬疾，欲往問安而未成；十月，必大竟卒，萬里痛之，爲文以祭（本集一〇三）。綜觀二人交游，契誼始終深厚。必大除侍講時，嘗舉萬里自代（本集五二〈謝周侍制侍講舉自代〉）最見荐引之意。唯二人友誼大抵基於鄉誼，自二人間之賀年、賀節、賀冬、寒喧問候、送迎探訪可見。

5. 呂聖與

《宋詩紀事補遺》四八：「呂行中，字聖與，東平名族，知黃縣。

紹興中，知零陵縣，蠲除橫歛，鋤梗植良，張魏公稱其公勤，楊誠齋有送行中內召詩。」

按：本集七八〈書呂聖與零陵事〉云：「侯嘗爲零陵宰，予嘗爲零陵丞。」隆興元年春，萬里丞秩滿，時行中內召，萬里作詩送別，有「三年爲寮無間然，公行何得攙吾先，取別當愁今更喜，定知同醉西湖蓮」之句，知二人同寮三年，據此上推，則二人初識當在紹興二十九年冬，時萬里丞零陵。本詩自注云：「聖與不受鬻爵之賞，軍興，旁郡皆科田畝錢，惟零陵獨無。聖與之祖文靖公有門銘，聖與刻之種愛堂上。」（本集一）據此可見其人。行中內召，萬里有〈代零陵呂令迎龔令啓〉（本集四九）。考龔令字國英，繼行中爲零陵令，初抵零陵，嘗約萬里小集，萬里有〈龔令國英約小集感冷暴下皈臥感而賦焉〉（本集一）龔國英生平無考。乾道七年，萬里受國子博士任，行中知江州德安縣，江西提舉胡公荐之。四月二十六日，萬里作〈書呂聖與零陵事序〉（本集七八）盛稱行中零陵之治，並稱美胡公之能荐士。

6. **張仲良**

本集一〈司法張仲良醉中論詩〉自注云：「名材，山東人」。

按：萬里自紹興二十九年冬至隆興元年四月丞零陵，與張材同僚。隆興元年，萬里有〈和司法張仲良醉中論詩〉（本集一）知張材時任司法參軍。又有〈張仲良久約出郊以督之〉、〈和仲良春晚即事五首〉、〈和張仲良分送柚花沈香〉、〈再病書懷呈仲良〉諸詩。其中〈仲良見和再和謝焉〉自注：「仲良抗章極言時事不報。」略可想見其人。又〈再病書懷呈仲良〉云：「方外詩豪張仲良，義風今日更誰雙。絕憐病客無半眼，粥飯隨宜到小窗。」知張材長於詩，並重朋友之義。萬里與張材唱和詩見於本集一，皆作於隆興元年春。夏，萬里離零凌，嗣後二人往還無考。

7. **吳景衡**

本集一〈別吳教授景衡〉自注：「名湯輔，處州人」。

按：湯輔事不多載。隆興元年春，湯輔離零陵，萬里作詩送之，稱教授云：「道合從人笑，情親覺別難。得朋何恨晚，到老幾相看。」是年夏四月，萬里亦離零陵。

8. 唐德明

《宋元學案補遺》別附二：「唐人鑑，字德明，零陵人，楊誠齋解零陵法曹任，假寓人鑑齋舍，稱其莊靜端直，有聞於道。齋首種竹萬竿，誠齋名曰：玉立，以見其爲人。」

按：本集七一〈玉立齋記〉：「今年春二月四日代者將至，避正堂以出，假屋以居，得之，蓋竹林之前之齋舍也。主人來見，唐其姓，德明其字，日與之語，於是乎喜與前日同，而疑與前日異。其爲人莊靜而端直，非有聞於道，其學能爾乎？有士如此，而予也居久而識之新。」是記作於隆興元年，時萬里丞秩滿，代者未至，而假寓人鑑齋舍而始識之，並以「抗節玉立」爲立齋名。同時，萬里有〈題唐德明秀才玉立齋〉詩，〈謝唐德明惠筍〉詩（並見卷一）。寓居人鑑齋舍間，萬里忽病傷寒，德明嘗探訪。萬里有〈和唐德明問病〉二首（同卷），其一云：「罷卻微官且客居，庭闈不近信全疎，更無竹下子唐子，誰與過逢說異書。」頗見二人日深之友誼。此外有〈又和梅雨〉、〈又和見喜病間〉亦作於同時。病癒，萬里有〈題所寓唐德明書齋〉：「凫鶩行中脫病身，竹林深處得幽人。只言官滿渾無事，也被詩愁攪一春。」又有〈題唐德明建一齋〉（並見卷一）。慶元四年，萬里居吉水，有〈送永州唐德明〉（本集三八），云：「忽報故人至，知從何許來。滿懷俱雪玉，半語不塵埃。聚散千江月，悲歡一酒杯，檣烏有底急，一夕百相催。」二人數十年契誼永固可見。

9. 張安國（1132～1170）

張孝祥，字安國，歷陽烏江人，紹興二十四年廷試第一，授承事郎，簽書鎮東節度判官，爲秘書省正事，遷校書郎，又遷尙書禮部員外郎，尋爲起居舍人，權中書舍人。後罷，提舉江州太平興國宮，尋除知撫州。孝宗即位，復集英殿修撰，知平江府。因張浚荐，召對，上嘉之，除中書舍人，尋除直學士院，兼都督府參贊軍事，俄兼領建康留守。會金兵犯邊，孝祥陳金之勢不過欲要盟，宣諭使劾之，孝祥落職罷復集英殿修撰，知平江府，廣南西路經略安撫使，俄起知潭州，後徙知荊南湖北路安撫使。請祠，以疾卒。年三十九。〔註1〕（〈宣城張氏信譜傳〉、《宋史》三八九）

按：萬里與孝祥同年進士，二人殆初識於紹興二十四年。隆興元年，萬里零陵丞秩滿，曾謁孝祥，有詩云：「帝苑花濃記並遊，萬人回首看鰲頭。也知旬月應顓面，已逼雲霄又作州。別後聞公非故我，學林著腳到前修。登門猶說同年話，未覺紅鸞映白鷗。」（本集一）頗見二人交誼。孝祥隆興元年三月一日除朝散大夫，〔註2〕萬里謁孝祥當在此後。隆興二年六月孝祥以中書舍人兼直院，三年除敷文閣待制知建康府。〔註3〕之後，未見二人交往之跡。考孝祥《于湖集》中有與沈子壽、王龜齡、劉恭父、張欽夫、張定叟、吳伯承、胡銓、曾吉甫、林黃中等相酬唱，而萬里未與焉。孝祥卒於乾道六年，王龜齡有〈悼張安國舍人〉云：「長沙屈賈誼，宣室竟淒涼。」〔註4〕頗嘆其早逝。又本集有〈跋張安國帖〉，言「書甚眞而放如此。」（卷九八），不詳撰作年月；又有〈跋張伯子所藏兄安國五帖〉（卷一百）作於嘉泰元年。

〔註 1〕《宋史》三八九載張孝祥享年三十八，未詳所據。按《于湖居士文集》附錄有〈宣城張氏信譜傳〉，云：「（孝祥）庚寅（乾道六年）冬以疾卒。」又云：「紹興甲戌（二十四年）廷試擢進士第一，時年二十有三。」據此則孝祥生於紹興二年，卒於乾道六年（1132～1170）。按此傳陸士良書於紹熙五年，當較《宋史》可信。

〔註 2〕《于湖居士文集》附錄〈轉朝散大夫誥〉。

〔註 3〕《宋學士院題名》。

〔註 4〕《梅溪集》、《宋詩紀事》五一。

10. 萬先之

《宋元學案補遺》四四引〈溫州舊志〉：「萬庚字先之，樂清人，善詞賦，太學興，首中優選，紹興甲戌上舍擢第，授全州教授。清湘仕子稀少，先生至郡乞增廩餼以養士，郡將異其才，俾兼攝幕職。為文雄深雅健，湖南諸郡碑碣，必屬先生撰述。改洪州錄參。虞允文入相，王十朋自南京貽書荐之。虞擬除學官，名未上卒，終從政郎。」

按：萬里有〈贈蜀中相士范思齊往全州見萬先之教授〉詩（本集一），時零陵丞秩滿，萬庚正在全州。

11. 王元龜（1094～1170）

王大寶，字元龜，海陽人，建炎初，廷試第二，授南雄州教授，後差監登聞鼓院主管台州崇道觀。趙鼎謫潮，大寶從之遊，日講《論語》。後知連州，張浚先謫是州，即命其子栻從之學。改知袁州，召爲國子司業。孝宗時，遷禮部侍郎，擢右諫議大夫，上疏劾宰相湯思退主和誤國罪。改知兵部侍郎，力乞祠，以敷文閣直學士提舉太平興國宮。後召爲禮部尚書。乾道六年卒，年七十七。（《宋史》三八六，《宋元學案》四四）

按：本集二〈道逢王元龜閣學〉，作於隆興元年，時萬里以張浚荐，除臨安府教授赴杭，道逢大寶。詩題稱閣學，則大寶時以敷文閣直學士提舉太平興國宮。詩云：「秋日纔升卻霧中，先生更去恐群空。古誰云遠今猶古，公亦安知世重公？軒冕何緣關此老，江山所過總清風。我行安用相逢得，不得趨隅又北東。」寫隆興元年事，詩云：「趨隅」，頗見敬仰。

12. 劉彥純

《宋元學案補遺》九九：「劉承弼，字彥純，號西溪，安福人。嘗再與計偕，報聞，則歸隱於安福之西溪。謝諤嘗倡郡士百千人，列其孝行節義於朝，詔旌門閭。有和陶詩，楊萬里序之。」

按：本集七七〈送劉景明遊長沙序〉云：「始余生二十有一，自吉水而之安成，拜今雩都大夫公劉先生爲師，而友于劉子彥純。」則二人初交在紹熙興十七年。本集七一〈水月亭記〉記當時交游情況云：「當予與彥純共學時，每清夜讀書，倦甚，市無人跡，則相與登亭，掬池水，弄霜月。自以爲吾二人之樂，舉天下之樂何以易此樂也。」隆興元年夏，萬里卸零陵任返吉水，秋除臨安府教授，赴杭前，道別承弼、仲莊於白馬山下，有詩敘別（本集二）。淳熙三年，萬里吉水家居，曾約承弼會建安寺，有詩紀之（本集七）。十五年九月，萬里知筠州，撰〈西溪先生和陶詩序〉（本集八〇）云：「……取几上文書一編觀之，乃余亡友西溪先生和陶詩也。」知承弼卒於是前。又云：「西溪劉氏諱承弼，字彥純，嘗再與計偕，報聞，則歸隱於安福之西溪。今諫議大夫諤公嘗倡郡士百千人，列其孝行節義于朝，有詔旌表其門閭。」《宋元學案補遺》所記者據此。又本集七三〈劉氏旌表門閭記〉載承弼孝行甚詳。據其所述，知承弼有叔父廷州、廷直（字諤卿，萬里嘗從之學），承弼爲文有古人風，直寶文閣王佐知吉州，嘗盛稱之，以爲「不惟能文，亦復自重，眞此邦第一人」（本集七三）。承弼有子偉及猶子湘，嘗致承弼和陶詩與萬里，並請爲序。

13. 彭仲莊

彭仲莊，名不詳，安福人，子名湛，字少初。（本集七九〈彭少初字序〉）

按：萬里作〈彭少初字序〉，頗詳二人交游，云：「吾友安福彭仲莊，少同學且同志，中間合而離，離而合者三十年。余既歸耕南溪，得仲莊爲族人子弟師，山林幽獨之身，不落莫矣。」隆興元年秋，萬里除臨安府教受赴杭，別仲莊與彥純白馬山下，有詩紀之（本集二）。淳熙元年，萬里返吉水，三年仍在吉水，有〈曉看牡丹呈彭仲莊〉、〈和彭仲莊對牡丹止酒〉、〈和彭仲莊七言〉（本集七）諸詩。

14. 胡澹菴（1102～1180）

胡銓，字邦衡，號澹菴，廬陵人，建炎二年進士，授撫州軍事判官，未上。紹興五年，張浚都督諸路兵，辟銓湖北倉屬，不赴。有詔赴都堂審察，兵部尚書呂祉以賢良方正荐，賜對，改左通郎，爲樞密院編修官。八年，秦檜決議主和，金使以詔諭江南爲名，中外洶洶，銓上封事，乞斬宰相秦檜、王倫、孫近。書上，檜怒，詔除名編管昌州，監廣州。十三年，編管新州。十八年移謫吉陽軍。二十五年冬，檜死，量移衡州。三十一年，銓得自便。三十二年，孝宗即位，復左奉議郎，知饒州，十二月入對，除吏部尚書郎官。隆興元年正月遷秘書少監，四月擢起居郎兼侍講國史編修官，兼中書舍人，特升同修國史。二年二月兼權國子祭酒，六月除權兵部侍郎。符離潰敗後，以不附和議出爲措置浙西淮東海道使。乾道五年冬，除集英殿修撰，知漳州未赴。六年春，改知泉州，閏五月除權工部侍郎，十一月眞拜侍郎。七年除寶文閣待制。淳熙二年升龍圖閣學士。五年進端明殿學士。七年以資政殿學士致仕。五月卒，年七十九，諡忠簡，有《澹菴集》、《周易拾遺》、《書解》、《春秋集善》、《周官解》、《禮記解》、《經筵二禮講義》、《奏議》，《禮學編》、《詩話》等。（《省齋文稿》三〇〈胡忠簡公神道碑〉；本集一一八〈胡公行狀〉；《宋史》三七四）

按：胡銓忠直氣剛，不張權勢，恆置個人死生於度外。周必大跋胡銓奏稿云：「紹興戊午，忠簡以樞密院編修官上書乞斬宰執，時年三十七，直聲遂震於夷夏，尚有可諉，曰：年壯氣剛也。已而竄逐嶺海，去死一髮。隆興初然後還朝，攝貳夏官，年已六十餘，議論盍少卑之。今覽奏箚稿，忠憤峻厲，視戊午反有加焉。」（《平園續稿》一）足見胡銓始終如一之凜然正氣。萬里嘗學於胡銓，畢生崇仰之，立朝之清介剛直或受其影響。其跋胡銓遺事云：「是時（隆興初）王之望、尹穡得志，其威能陷張魏公（浚），而不能不折於先生之一詰，其辯能獎虜勢以脅其上，而不能不沮於先生之一答，茲不謂大丈夫乎！」（本集一〇〇）於胡銓過人之節，推崇備至。唯時人朱熹有胡銓喪失名節之論，其與弟子云：「胡邦衡尚號爲有知識者，一日以書與范伯達（如圭）云：某解得《易》，魏公爲作序，解得《春秋》，鄭億年爲作序，以爲美事。范答書云：《易》得魏公好序，鄭序《春秋》者不知何人，得非劉豫左相乎？是此人時，且請去之。胡舊常見李彌遜，字似之，亦一好前輩，謂胡曰：人生亦不解，事事可稱，只做得一兩節便好，胡後來喪失名節，亦未必斯言有以入之也。」（《朱子語類》一三二）朱熹未詳敘胡銓喪失名節事。羅大經《鶴林玉露》一二載胡銓自海外北歸，於湘潭胡氏園飲宴，有歌伎侍坐，席間胡銓書情書一首，朱熹以爲受人欲之害。嗣後胡上章荐詩人十人，朱熹與焉，然反不樂，而誓不復作詩（《鶴林玉露》一八）。胡朱二人，間有齟齬。

按：本集一〇〇〈跋張魏公答忠簡公書十二紙〉云：「紹興季年，紫岩謫居於永，澹菴謫居於衡，二先生皆六十矣……萬里時丞零陵，一日併得二師。」據此知萬里師事胡銓在紹興季年，又據隆興元年冬，萬里〈見澹菴胡先生舍人詩〉云：「三歲別公千里見，端能解榻瀹春芽。」（本集二）上推三年，師事胡銓當在紹興三十一年，時萬里丞零陵，胡銓六十，張浚六十五。又據《鶴林玉露》五：「楊誠齋爲零陵丞，以弟子禮謁張魏公。公時以遷謫故，杜門謝客，南軒爲之介紹，數月乃得見，因跪請教。」張浚嘗勉以正心誠意之學，萬里乃名其讀書之室曰「誠齋」，胡銓爲作〈誠齋記〉（《澹菴先生文集》一八）。〈胡公行狀〉云：「二十六年（當爲二十五年）檜卒，公量移衡州，三十一年正月公與忠獻公命自便，時忠獻謫零陵，公自衡造焉，館於讀易堂。」按萬里於二十九年冬十月始丞零陵，三十一年仍在零陵丞任，時二公偕自便，並在永州，故「一日併得二」當在三十一年殆可確認。隆興元年冬，胡楊別後三年重聚臨安，時胡銓任中書舍人，萬里除臨安府教授任赴杭，胡銓以東道主人留萬里品茶敘舊。本年冬，萬里賦有〈見澹菴胡先生舍人〉、〈澹菴座上觀顯上人分茶〉、〈中書胡舍人玉堂夜直用萬里所和湯君雪韻和寄逆旅再和謝焉〉諸詩（本集二）。次年正月萬里以父病返吉水。六月胡銓權兵部侍郎，萬里以啓申賀（本集四九）。八月四日萬里父卒。將葬其父，萬里以左從政前樞密院編修官楊文昌狀謁銘於胡銓。胡銓作銘，有「萬里與遊最故，且誠以請，義不得辭，遂刪其行實敘而銘之」（《澹菴光生文集》二五）之句，甚見二人交誼。得銘，萬里以啓答謝（本集五〇）。乾道三年，萬里有〈賀澹菴先生胡侍郎新居落成〉二首（本集三）。四年，有〈和胡侍郎見簡〉（本集五），時胡銓爲工部侍郎，萬里家居。六年，萬里過白沙度得長句呈胡銓（本集六），有「今年寒食還相聚，明年寒食知何處；只道先生押班去，不道門生折腰苦」之句。是年四月二十六日萬里知奉新，逾月，有書致胡銓，告以奉新之治，并賀胡銓再度立朝云：「先生是行必居中，必得政，必盡言，必伸道，必尊主而芘民；必強中國而弱夷狄。天下所以望先生，先生所以許天下者於此，不更舉矣。」（本集六五）淳熙七年五月，胡銓卒，時萬里提舉廣南東路常平茶鹽，繫官嶺表，九月爲作〈胡公行狀〉，有云：「萬里與公同郡，且嘗從學，公將窆，萬里繫官嶺表，不得築室於場。澥（胡銓子）走書二千里，以公猶子承務郎致仕昌齡所述公之言行，詭萬里論次。」（本集一一八）紹熙二年，萬里有〈跋澹菴先生辭工部侍郎答詔不允〉詩，中有「高臥崖州二十年，黑頭去國白頭還。」「丹心一寸凌霜雪，只有隆興聖主知。」以壯其忠。又有〈跋澹菴先生繳張欽夫賜章服答詔〉，中有「平生師友兩相知」，以紀舊事（本集三一）。慶元五年，萬里家居。胡銓子澥與族子渙、族孫秘裒輯胡銓詩文七十卷，目曰《澹菴文集》，欲刻板以傳，八月二十八日萬里序之，有云：「先生之文肖其爲人，其議論閎以挺，其記序古以馴，其代言典而嚴，其書事約而悉，其爲詩蓋自抵斥時宰，誕置嶺海，愁狖酸骨，飢蛟血牙，風呻雨喟，濤譎波詭，有非人間世之所堪耐者，宜芥於心而反昌其詩，視李杜夜郎夔子之音，益加恢奇云。至於騷辭，涵茫嶄崒，鉥劌刻屈，扶天之幽，洩神之瘦，槁臞而不瘁，恫愀而不懟，自宋玉而下不論也，靈均以來一人而已。」於胡銓詩文，推崇備至。又云：「萬里嘗學於先生者，先生之言曰：道六經而文未必六經者有之矣，道不六經而文必六經者無之，先生之文，其所自出，蓋淵矣乎。」（本集八二）頗明胡文之所出。嘉泰二年之後，萬里有〈跋林中黃忠簡公遺事〉〈跋忠簡公先生諫草〉〈跋張魏公答忠簡公書十二紙〉（本集一〇〇），皆見受胡銓之影響。

15. 王民瞻（1080～1172）

王庭珪，字民瞻，自號盧溪眞逸，其先太原人，後徒居廬陵。既冠，通經史百家。政和八年中進士第，調衡州茶陵丞，與上官不合，棄官去，年未四十，隱居盧溪，教授鄉里，執經踵堂者肩摩，人不稱其官，曰盧溪先生。紹興八年，胡銓以上封事乞斬秦檜、王倫、孫近，謫嶺表新州，士皆刺舌，庭珪獨以詩送行，有「癡兒不了公家事，男子要爲天下奇」之句，時相秦檜知之，命帥臣鞫公訕謗，乃坐流辰州。遠人素重，爭以爲師。孝宗踐阼，召對，贈國子監主簿。乾道六年，復除直敷文閣。八年三月卒，年九十三。生平著述頗富，有《六經論語講義》，《易解》，《語錄》、《滄海遺珠》、《鳳停山叢錄》等，今多散佚，唯存《盧溪集》。（《盧溪集》卷首胡銓〈王公墓誌銘〉，周必大〈直敷文閣王公行狀〉，本集八〇〈盧溪先生文集序〉）

按：本集八三〈杉溪集後序〉云：「予生十有七年，得進拜盧溪而師焉，而問焉。其所以告予者，太學犯禁之說也。」據此則萬里從庭珪遊，始於紹興十三年，時萬里年十七，庭珪年六十四。紹興二十九年冬，萬里丞零陵，嘗訪庭珪未遇，留手墨而去。次年冬，庭珪以「上元後有客子之永」之便，乃覆書〈答楊廷秀〉云：「某去歲獲見清矩，慰十年懷想之誠。少年登科，未足爲左右賀。一日相見，詞學驟長，語有驚人，茲可賀也。去冬之官，再經敝境，失于偵伺。辱留手墨，追見不及。家僕回，又辱惠字，何其勤也……」（《盧溪集》三二）。孝宗踐阼，庭珪任國子監主簿。隆興元年冬，萬里抵臨安，有〈爲王監簿先生求近詩〉（本集二）云：「國子先生小著鞭。」時庭珪在國子監主簿任，有詩次其韻（《盧溪集》一七）。未幾，庭珪南歸，萬里有詩送之，有「盧溪在山不知年，盧溪出山即日還」之句，前指隱居盧溪，後指任監簿於臨安。庭珪卒後，孫澮及曾孫徵，門人劉江詮次其詩文凡若干卷，將刻棗以傳，請序於萬里。萬里序有「蓋其詩自少陵出，其文自昌黎出，大要主於雄剛渾大云。」（本集八〇）論其詩文淵源及風格，序作於淳熙十五年九月晦日，時萬里新知筠州。嘉泰二年，萬里〈跋王盧溪民瞻先生帖〉（本集一〇〇），有「盧溪先生以詩取老檜之嗔」句，追憶舊事。又萬里與庭珪有戚誼，見本集五二〈回王敷文民瞻家定親啓〉：「猶子之二女，得配執事之兩孫。伏承某人第一令孫，乃吾家忠襄之甥，生而獨秀，而某姪子第五女孫爲詩人盧溪之婦。」慶元五年，萬里詩贈王婿時可，云：「忠襄先生有賢甥，盧溪先生有賢孫。」可資參證。

16. 胡季永（1138～1175）

胡泳，字季永，吉州廬陵人，胡銓長子。六歲隨父謫新州，詩人陳元忠目爲春秋生。胡銓再貶朱崖，聚徒授業，諸生執一經求訓，時泳甫弱冠，時與討論。紹興二十五年，檜死，胡銓內徙。三十一年，侍胡銓歸廬陵，講道家塾，兄弟怡怡如也。孝宗隆興初郊，奏補右承務郎，家居累年，或勉以仕，則曰吾斯未能信。乾道七年，監淮西江東總領所太平惠民局兼監行宮雜買場。淳熙二年秋十一月以寒疾卒，年三十八。季永學有家法，嘗讀橫渠易至心化在熟，擊節歎曰：至言也，請終身誦之。雅好吟詠，慕陳后山而學焉。周必大稱其語皆驚人，蓋天才有過人者。（《文忠集》三二〈承務郎胡君墓誌銘〉）

按：萬里與胡泳始識當在紹興三十一年，與胡銓同時。孝宗即位，胡銓任中書舍人，泳亦隨侍。隆興元年萬里抵臨安，嘗與泳小集，有〈引見前一夕寓宿徐元達小樓元達招符君俞胡季永小集走筆和君俞韻〉紀其事；並嘗同至普濟寺，泛舟西湖，有〈同君俞季永步至普濟寺晚泛西湖以歸得四絕句〉（本集二）。次年，胡季永赴漕試，萬里有詩送之，「誰騎瘦馬踏詞場，澹翁庭階玉雪郎」之句（本集三）。乾道四年，萬里丁憂家居，有〈和周子中病中代書之韻兼督胡季文季永遊山之約〉（本集五）。次年，有〈和胡季永赴季文遊園良集之韻聊以致私怨于獨往云〉（本集五）。淳熙二年秋，胡泳卒。三年秋，萬里作〈胡季永挽詞〉二首（本集七），中有「憶昨官都下，同時寄客間，相從湖上寺，覽遍浙西山」之句，回憶隆興元年臨安相聚共遊舊事，並「綠鬢成黃壤，從今更問天」之句，歎胡泳早逝。胡泳妻李氏，淳熙十六年卒，年四十七，萬里爲作墓誌銘（本集一二九），中有「萬里與季永父子間游最久，且師事忠簡公」之句，其與胡氏二代交誼可見。

17. 岳大用

《宋詩紀事補遺》五六云：「岳甫，字大用，池陰人，武穆之孫。淳熙十三年以朝奉郎知台州，兼提舉浙東常平茶鹽。十三年十二月移知明州。十五年除尚左郎官。」

按：隆興元年冬，萬里抵臨安，於除夕前二日，同岳大用甫撫幹雪後遊西湖，早飯顯明寺，步至四聖觀，訪林和靖故居，觀鶴聽琴，有四絕句紀之（本集二）。時岳甫正爲撫幹於都下。淳熙十三年，萬里有〈謝岳大用提舉郎中寄茶果藥物〉三首（本集二〇），題稱提舉郎中，蓋是年岳甫以朝奉郎知台州兼提舉浙東常平茶鹽。岳珂〈寶眞齋法書贊〉吏部二詞帖詞跋云：「右先兄尚書吏部郎甫大用二詞帖眞蹟一卷。先兄自隆淳間，以詞翰雅好，與張范劉龔諸名人游，遂達九禁。阜陵嘗召對便殿，賜硯器，有字體似薛紹彭之論。」可補岳甫傳之遺。

18. 王宣子（1126～1191）

王佐，字宣子，號敬齋，會稽山陰人。紹興十八年年二十一廷對第一。授承事郎，簽書平江軍節度判官廳公事未赴，召爲秘書省校書郎。忤秦檜父子，言者論去之。檜死熺斥，拜秘書郎，遷尚書吏部員外郎。二十九年拜起居郎。以臺諫罷，知永州，徙知吉州，皆有治聲。除寶文閣，逾年，徙知明州。隆興初，張浚荐除中書門下省檢正諸房公事，兼權戶部侍郎，力辭不允。湯思退爲相，請以佐參其軍謀。思退去位，乃罷，以直寶文閣知宣州，徙知建康府。又徙知知平隆興二府，未赴。後復官主管台州崇道觀，俄起知饒州。又復直寶文閣知揚州。入對，留爲宗正少卿兼戶部侍郎，以史正志事罷，後起爲福建路轉運判官，徙知潭州。連進秘閣修撰集英殿修撰。淳熙六年正月郴州宜章民陳峒竊發，詔以佐忠勞備著拜顯謨閣待制。俄徙知平江府，尋遷工部侍郎，進權工部尚書。乞祠，提舉鳳翔府上清太平宮。紹熙二年卒，年六十六。（《渭南文集》三四〈尚書王公墓誌銘〉、《嘉泰會稽志》一五、《咸淳臨安志》四八）

按：紹興季年，王佐知永州，時萬里爲零陵丞，二人初識，當在其時，王佐尋知吉州，萬里有〈賀王宣子舍人知吉州啓〉（本集四九）。隆興二年春，萬里丁父憂家居；夏，王佐知明州離吉州，萬里有〈清曉出城別王宣子舍人〉、〈送王吉州宣子舍人知明州〉、〈題王宣子新作吉州學前詠歸亭〉諸詩（本集二）。墓誌未詳王佐知明州年月，可據此補之。乾道三年春，萬里至臨安，見王佐，有詩紀之（本集四）云：「三年纔一見，百歲幾三年。」隆興二年吉州一別，至是恰三載，故云如此。是年萬里抵臨安上《千慮策》並訪友人，時王佐任權戶部侍郎。

19. 張魏公（1097～1164）

張浚，字德遠，漢州綿竹人。政和八年進士第，調山南府士曹參軍恭州司錄。靖康初除太常寺主簿。聞高宗即位南京，星馳赴焉。除樞密院編修官。改虞部員外郎，擢殿中侍御史。以奏事大咈宰相意，補外，除集英修撰知興元府。未行，擢禮部侍郎。除御營使司參贊軍事。建炎三年春，金兵南犯，乘輿渡江行幸錢塘，留朱勝非吳門禦金，浚同節制軍馬。會韓世忠等破苗傅劉正彥，屢勝金兵。紹興元年，拜檢校少保，定國軍節度使。四年，辛炳劾誣，以本官提舉臨安府洞霄宮，居福州。金兵入寇，復除知樞密院事，視師江上。五年，除尚書右僕射同中書門下平章事，兼知樞密院事，都督諸路兵馬。七年以卻敵制除特進加金紫光祿大夫。以酈瓊叛，引咎求去，以觀文殿大學士提舉江州太平興國宮，諫台交詆，浚落職，以秘書少監分司西京居永州。九年以赦復官，除資政殿大學士，知福州，兼福州安撫使。十二年封和國公。十六年以上疏忤秦檜，去國，居連州。二十年徙永州。檜死，復觀文殿大學士，判洪州，以母喪去。三十一年春命浚自便，十月復觀文殿大學士判潭州。三十二年高宗至建康，四月命浚經理兩淮兼節制建康鎮江府江州池州江陰軍屯駐軍馬。孝宗即位，召對，除少傅，江淮東西路宣撫使，進封魏國公。隆興元年除樞密院都督建康鎮江府江州池州江陰軍軍馬。敗金將蒲察徒穆，進克宿州，中原震動。既而金兵十萬來攻，李顯忠、邵宏淵以私憾不合，宿州復陷，敗於符離。時湯思退爲右相，力主和，遣盧仲賢持書報金，以許四郡。浚入見，力陳和議之失。孝宗罷和議，拜浚尚書右僕射同中書門下平章事，兼樞密院使，都督如故。思退爲左僕射，與其黨謀爲陷浚。浚留平江，上章乞致仕者八，除少師保信軍節度使福州。朝廷遂決棄地求和之議。浚懇辭恩命，改除醴泉觀使。浚既去，猶上疏論尹穡姦邪，必誤國。行次得疾卒，贈太保，後加贈太師，謚忠獻。著有《紹興奏議》、《隆興奏議》、《論語解》、《易解》、《春秋解》、《中庸解》、《書詩禮解》、《文集》。（本集一一五〈張魏公傳〉、《宋史》三六一）

按：羅大經《鶴林玉露》五：「楊誠齋爲零陵丞，以弟子禮謁張魏公。公時以遷謫故，杜門謝客。南軒爲之介紹，數月乃得見。

因跪請教。」〈誠齋楊公墓誌〉：「丞零陵時，張忠獻公謫居焉，勉先君以正心誠意之學。先君佩服其言，遂以誠名其齋。」《宋史》所記略同。據此知萬里在永州以弟子禮晉謁張浚，唯未載年月。（胡銓《澹菴先生文集》一八〈誠齋記〉亦載其事，以爲戊寅時萬里丞零陵見張浚，誤。）考本集一〇〇〈跋張魏公答忠簡胡公書十二紙〉：「紹興季年，紫岩謫居於永，澹菴謫居於衡，二先生皆六十矣。……萬里時丞零陵，一日併得二師。」本集一一〇〈胡公行狀〉：「二十六年檜卒，公量移衡州，三十一年正月公與忠獻公偕命自便，時忠獻公謫零凌，公自衡造焉，館於讀易堂。」萬里二十九年冬初丞零陵，三十一年仍在任，時二公偕自便，并在永州，萬里「一日併得二師」，當在此時，時胡銓年六十，張浚年六十五，故有「二先生皆六十」之語。嗣後張浚判建康，荐舉除少傅宣撫，除樞使都督，再相，萬里皆致啓申賀：又以張浚之荐，萬里得除臨安府教授，乃并致啓以謝（并見本集四九）。隆興二年八月張浚卒，萬里作〈故少師張魏公挽詞三章〉（本集二）其三云：「讀易堂邊路，曾聞赤舄聲，心從晝前到，身在易中行。憂國何緣壽，思親豈欲生。不應永州月，猶傍雨窗明。」即追思永州舊事。此外并作〈祭張魏公文〉（本集一〇一），有云：「踽踽小子，受知惟深。」萬里之除臨安府教授，即以張浚之荐，而有斯語。乾道五年，萬里吉水家居，有〈讀張忠獻公諡冊感歎〉（本集五）。淳熙間，萬里作〈張魏公傳〉（本集一一五），《宋史》本之，唯皆未載張浚生年。考《建炎以來繫年要錄》二二：「建炎三年四月，御筆張浚除中大夫知樞密院事，浚時年三十三。」則張浚生於哲宗紹聖四年，享年六十八。浚卒後二十六年，萬里爲秘書少監，嘗爲張浚配享高廟事上疏，與洪邁相抵，頗見師門深情。（詳〈生平事蹟考述〉）

附考：羅大經《鶴林玉露》一四：「楊誠齋丞零陵日，有春日絕句云：『梅子流（留）酸軟齒牙，芭蕉分綠上（與）窗紗，日長睡起無情思，閑看兒童捉柳花。』張紫岩見之曰：『廷秀胸中透脫矣。』考此詩作於乾道二年初夏，原題〈閑居初夏午睡二絕句〉（本集三）係萬里丁憂家居之作，時張浚已卒，未見此詩。

20. 黃世永（1128～1165）

黃文昌，字世永，建昌南豐人。紹興十八年年二十一中進士第。初主贛縣簿。二十八年白太守去，田里之民環而止之。未幾浙水西部使者邵公辟世永秀州崇德縣令，世永抗章力辭。世永在都下，袖文書謁御史朱其姓者，責以天下公議，御史怒。會中書人張安國聞世永之風而悅，即荐於朝。得召，世永辭焉，而御史亦言於上，言世永沽名躁進。世永自是偃蹇江淮間。孝宗即位，張浚再相，首荐世永，授樞密院編修官，未赴。乾道元年卒，年止三十有八。（本集四五〈黃世永哀辭〉、《文忠集》三八〈記黃世永編修文〉、《紹興十八年同年小錄》）

按：本集七○〈贛縣學記〉云：「紹興庚午……後六年予爲州戶掾，武夷陳君鼐元器爲宰，盱江黃君文昌世永爲主簿。」又本集四五〈黃世永哀辭〉云：「（文昌）初主縣簿，予時爲州戶掾，予之來去後於世永者一年，而爲寮者三年，一見即定交。」據此則二年定交於紹興二十六年。乾道元年秋七月，萬里因謁鄉先生武岡史君羅公，得文昌耗，聞之心折，泣且疑；後月餘，得中書舍人周子充與胡季永書，得以證實。時萬里丁父憂家居中，作〈黃世永哀辭〉以悼，并有〈夢亡友黃世永夢中猶喜談佛，既覺，感念不已，因和夢李白韻以記焉二首〉（本集三）中有「去年客京都，子去我未至，得書不得面，安用殷懃意，猶矜各未老，相見當亦易。不知此蹉跎，交道遽云墜」之句，見二人最後交游。

21. 王才臣

《宋元學案補遺》四四：「王子俊，字才臣，吉水人，嘗從楊誠齋、周益公游，乃延譽於晦庵。朱子勉以博取約守之功，又書格齋二大字遺之。所著《史論》、《師友緒言》、《三松類稿》行于世。」

按：岳珂《桯史》一五〈淳熙內禪頌〉云：「三松王才臣子俊者，家廬陵，以文名江西。嘗作〈淳熙內禪頌〉一篇，其文贍蔚典麗。……才臣蓋師誠齋，誠齋極稱其文，有『發而爲文，自鑄偉辭。其史論有遷固之風，其古文有韓柳之則，其詩句有蘇、黃、后山之味；至於四六，踵六一東坡之步武，超然絕塵，崛奇層出，自汪彥章、孫仲益諸公而下不論也。小技如尺牘，本朝惟山谷一人，今王君亦咄咄逼之矣。挾希世之寶，而未應時之需，可爲長嘆息』等語。嘗游京師，上史館，述此頌之意，以杜篤自況，階荐得官，初任徑爲成都帥幕，歸，遂棲屬衡泌，其節亦可觀云。」此段係關於楊王交游較早之史料。光緒《吉水縣志》三六〈儒林〉：「王子俊，字才臣，幼有文名，從楊萬里周必大游，年十七，作史論，萬里序之，有『老氣橫九州，毫髮無遺恨』之語。朱子聞其名，遺書勉以博取約守之功，於是議論問答，作《師友緒言》，門人楊長孺、曾煥序次成編。寧宗朝，內外台列交荐，補文學，次補迪功郎。黃疇若帥蜀，辟爲屬官。官滿，丞相安丙以書抵黃，欲爲蜀人借留，力辭以歸。辟三松書院于南山下，中爲振古堂，左爲莊敬日強，右爲格齋。朱子深嘉『格齋』二字之義，大書而志之。著有《三松類稿》。」又卷四八〈書目〉：「《三松集》十八卷，王子俊撰。」與《直齋書錄解題》所載相同。《四庫全書總目》著錄《格齋四六》一卷，稱其「典雅流麗，卓然自成一家。」集中有代萬里作者二十一篇。考子俊少萬里約二十歲。據周必大乾道九年致子俊書所云：「從蕭伯和得足下詩文一編，意謂他鄉異世老于翰墨者之所作，不知近出州里而年逾冠也」可證。子俊從萬里游，在二十歲之前。乾道二年春，萬里有〈和王才臣〉、〈和王才臣再病二首〉，中有「新詩不但不饒儂，便恐陰何立下風。每與勝談千古事，不知撥盡一爐紅。」「不面何曾久，於心便有懷，端能暮出否？溪水減南涯。」之句（本集三）。中秋，二人野釀，言及師友，萬里作〈中秋月賦〉，序云：「乾道丙戌中秋，因與友人王才臣野酌，言及師友，有懷紫岩先生慨然賦之。」（本集四三）未幾，子俊赴秋試，萬里作序送之云：「王生子俊才臣者，其於古聖賢書，一見便領其妙，下筆無俗下語。」（本集七七）頗見推崇之意。乾道三年秋，萬里過雙陂，夜宿王才臣齋中睡覺聞風雨大作，有詩紀之（本集四）。淳熙間作〈跋王才臣史論〉云：「此吾友王子俊才臣年十七時所作《歷代史論》十篇也。是時老氣橫九州，毫髮無遺恨，誰謂只今猶在餘子後耶！今尚書承旨周公每歎科舉之刀尺，精於擇士而粗於擇有司。魚網之設，鰕則麗之，其意端爲王子發也。」（本集九九）此跋編於淳熙六年己亥〈跋曾達臣所作蜥蜴螳蜋墨戲〉前。考周必大除吏部尚書兼翰林學士承旨亦在淳熙六年己亥，則萬里跋才臣史論當在是年。紹熙三年，萬里歸自金陵，九月與子俊再晤（本集七四〈泉石膏肓記〉）五年夏，萬里家居，有〈題王才臣南山隱居六詠〉（本集三六）。次年（慶元元年）必大在廬陵，中秋招子俊賞桂花，萬里寄以長句（本集三七）。五年寒食享祀，子俊送北果，萬里謝之（本集五七）。皆見過從甚密。子俊能詩文，萬里〈與權府聶通判〉（本集一〇五）云其「渠于原夫輩之外，詩文超絕。」子俊除與楊周游外，並受知於陸游，嘉泰三年，陸游有詩寄題子俊山居云：「頭童齒豁已衰矣，衣弊屢空常晏如。」（《劍南詩稿》五六）知其終老，清貧依然。子俊父王大臨（字舜輔），其卒，子俊請銘於萬里，萬里銘之，中云：「子俊嘗從予游，義不得辭」（本集一二九〈王舜輔墓誌銘〉），亦見交誼。

22. 羅欽若

羅棐恭，字欽若，其先襄陽人，五世祖遷居廬陵。建炎二年，進士及第，授迪功郎虔州司理參軍移潭州，陞秩左從政郎荔浦令，改秩左宣教郎知石城縣，歷道州僉幕通判贛州，知武岡軍，得祠祿而卒。有詩三十卷，號《不欺先生集》，又有《增廣左氏指蹤》，《春秋會盟圖》二書，《歐陽文忠公年譜》並序，又有《辨謗》一書。里中後輩從之受業者多登第，如羅上行、郭有憑其選也。澹菴胡銓與之幼同泮水，長同上庠，又爲同年生。（《胡澹菴集》二八〈武岡軍太守羅公墓誌銘〉）

按：羅棐恭爲楊萬里同鄉長輩。乾道二年，萬里居喪，有〈和羅武岡欽若酴醾長句〉二首（本集三），中有「先生未必被花惱，偶與門人暮春浴」「先生何得便杜門，霜鬢猶煩玉堂宿。」之句，屢稱「先生」，極見其崇敬之情。棐恭得祠祿，萬里有「代羅武岡得祠祿謝右相啓」（本集五〇）。

23. 張欽夫（1133～1180）

張栻，字敬夫，一字欽夫，一字樂齋，號南軒，廣漢人，丞相張浚子。師胡宏，曾作《希顏錄》。以蔭補官辟宣撫司都督府書寫機宜文字，除直秘閣。時孝宗新即位，浚起謫籍，開府治戎。栻以少年內贊密謀，外參庶務。隆興二年，浚卒。服除後，劉珙荐之。除知撫州，未上，改嚴州。明年，召爲吏部侍郎，兼權起居郎。知閤門事張說除簽書樞密院事，栻夜草疏極諫其不可。明年，出知袁州，後退居長沙待次。淳熙改元，除舊職知靜江府，經略安撫廣南西路，以善政詔特進秩直寶文閣。五年，除秘閣修撰荊湖北路轉運副使，改知江陵府安撫本路。以右文殿修撰提舉武夷山沖佑觀。淳熙七年卒，年四十八。著有《南軒易說》，《癸巳論語解》，《癸巳孟子說》，《伊川粹言》，《南軒集》等。（本集一一五〈張左司傳〉、《朱子大全集》八九〈神道碑〉、《宋史》四二九）

按：萬里與張浚、張栻、張杓有深厚交誼。紹興季年，萬里在零陵任，曾以張栻之介得見張浚。萬里與張栻初識，不晚於紹興三十一年。是年，萬里有〈和張欽夫望月詞〉（本集四五）序云：「欽夫示往歲五月詠歸亭侍坐大丞相望月詞，予於辛巳二年既望夜歸，讀書於誠齋，甲夜漏未盡二刻，月出於東山，清光入窗，欣然感而和焉。」三十二年，張栻有〈介軒銘〉，萬里跋之（本集九八）。是年六月孝宗即位，旋張氏父子入京。隆興二年八月張浚卒，張栻守喪，居長沙；時萬里丁父憂，居吉水。乾道二年冬，萬里有〈見張欽夫二首〉云：「不見所知久，有懷何許開。百書終作惡，千里為渠來，鄒魯期程遠，風霜鬢髮催。不應師友地，只麼遣空回。」（本集四）專程赴長沙見張栻張杓兄弟，一以追悼師喪，一以切磋學問。本集七二〈怡齋記〉云：「乾道丙戌之冬，予自廬陵抵長沙，謁樂齋先生侍講張公，公館予於其居之南軒。是時積雨未霽，一夕湖風動地，吹北雪踰洞庭，被長沙城中。予生長南方，未嘗十月雪之為見，見十月雪自長沙始也。」知萬里赴長沙在十月。三年秋，萬里在吉水，有〈寄題張欽夫春風樓〉（本集四）。時張栻仍在湖南，朱熹林用中嘗與偕遊唱和（《南嶽酬倡集》原序）。四年，萬里仍在吉水，蕭仲和往長沙見張栻，萬里有詩送之（本集五）（按詩云：「蕭家伯氏難為兄，蕭家仲氏難為弟，御史子孫今有誰，眼中乃見此二士。」仲氏即仲和，伯氏即伯和，二人生平官履未詳。考本集二有〈和蕭伯和見贈〉詩，自注：「螺陂人。」又本集一二八〈蕭嶽英墓誌銘〉：「蕭氏自唐……遂為廬陵大家。」又本集一二六〈蕭希韓母彭氏墓誌銘〉：「其宗貴而大，即所謂兩御史之家者也。」則廬陵蕭氏上承此系。）五年，萬里仍在吉水，有詩二首寄張栻。六年，萬里除知奉新，有〈與張嚴州敬夫書〉（本集六五）云：「某將母攜孥，已至奉新，於四月二十六日交職矣。」知是書作於是年四月二十六日後，書中陳說奉新經驗與儒者吏治之效。十月，萬里除國子博士，赴臨安。七年春抵臨安國子博士任。是年三月，張說（《宋史》四七〇有傳）除簽書樞密院事，時起復劉珙同知樞密院，珙恥與之同命，力辭不拜。命既下，朝論譁然不平，莫敢頌言于朝者，唯左司員外郎張栻在經筵力言之，中書舍人范成大不草詞，尋除張說安遠軍節度使。八年二月，張說除舊命，張栻出知袁州。萬里抗疏留栻，最見友誼之深。本集六二〈上壽皇乞留張栻黜韓玉書〉云：「（張栻）在都司，有所不知，知無不爲，其在講筵，有所不言，言無不盡……且如前日樞臣張說之除，在廷之臣無一敢言，獨栻言之……然一旦夜半出命，逐之遠郡，民言相驚，以爲朝廷之逐張栻是爲張說報仇也……」此外，本集六三〈上虞彬甫丞相書〉，以和同之說規虞、張間之異同相忤，乞留張栻。然栻終不果留而出知袁州。淳熙三年，萬里在吉水，有「雨齋幽興寄張欽夫」（本集七），時張栻在桂（考本集七二〈怡齋記〉：「今侍講官八桂，予居廬陵。」記作於是年；侍講指張栻。）四年初春，張栻有榕溪閣五言，萬里和之（本集七）。七年二月，張栻卒，萬里爲文以祭（本集一〇一）并作〈張左司傳〉（本集一一五）。夏，萬里在廣東，繙破篋得張栻唱和詩（本集一五），因賦：「年年不是不吟詩，吟得詩成寄阿誰？留取朱絃不須斷，只將瑤匣鏁蛛絲。」有永懷良朋之意。紹熙二年，萬里在金陵，有〈跋徐伯諡所藏張欽夫書西銘短紙〉、〈跋澹菴先生繳張欽夫賜章服答詔〉（并見本集三一）。本集九九〈張欽夫畫像贊〉云：「唐德明示亡友南軒先生畫像，敬爲之贊；名世之學，王佐之才，一瞻一慟，非爲公哀。」其人雖已逝，而萬里永懷之戚，溢於言表，張栻有七星研，爲其父紫岩先生張浚故物，遺予萬里，萬里銘而藏之，尤見二人相交之深（本集九七〈七星研銘〉）。綜觀萬里畢生崇敬張栻者有二，一在學術：「聖也析薪，疇荷其重？程也執柯，實胄其冢。孰冢乎程，紫岩先生。紫岩有子，紫岩是似。紫岩南軒，胥爲後前。聖域有疆，南軒拓之。聖門有鑰，南軒廓之，聖田有秋，南軒獲之。」（本集一〇一〈祭張欽夫文〉）以爲能繼紹二程正傳。一在詩文：「欽夫之文，清于氣而味永」、「近世蜀人，多妙于四六，如程子山、趙莊叔、劉韶美、黃仲秉其選也，然未免有作意爲之者。張欽夫深于經學，初不作意于文字間，而每下筆必造極。」（〈詩話〉）「鄙性生好爲文，而尤喜四六，近世此作，直閣（張栻）獨步四海。」（〈與張嚴州敬夫書〉）相知相敬之深，可據此而觀。

24. 張定叟（？～1199）

張杓（一作杓），漢州綿竹人。張浚次子。以父恩授承奉郎歷廣西經略司機宜通判嚴州。孝宗特令再荐召對，差知袁州。後改知衢州。兄栻喪無壯子，請祠，以營葬事主管五局觀遷湖北提舉常平奏事，改浙西督理荒政。蘇湖二州皆闕守，命兼攝焉。後遷兩浙轉運判官。未幾以直徽猷閣升副使改知臨安府，進直龍圖閣，權兵部侍郎仍知臨安。後移知鎮江，尋改明州，召爲戶部侍郎。高宗崩，以集英殿修撰知紹興府，召還爲吏部侍郎。光宗即位，權刑部侍郎，復兼知臨安府。紹熙元年爲刑部侍郎。進煥章閣學士知襄陽。未幾進徽猷閣學士知建康府，繼復命還襄陽。寧宗嗣位，升寶文閣學士知平江府，未行改知建康府，升龍圖閣學士知隆興府兼江西安撫使。進端明殿學士，復知建康府，以疾乞祠，卒。（《嘉泰會稽志》二；《宋史》三六一）

按：萬里與張杓始交當與張栻同時。隆興二年八月張浚卒，萬里丁父憂家居，乾道二年冬服除，往長沙訪張氏兄弟，居於張栻之南軒（本集七二）〈怡齋記〉）有〈見定叟詩〉（本集四）。淳熙元年正月，萬里出知漳州，途經嚴州，有〈雨裏問訊張定叟通判西園杏花二首〉（本集六），時張杓通判嚴州。淳熙十三年正月萬里任樞密院檢詳，秋，有〈送張定叟〉二首，其二云：「紫岩衣缽付南軒，介弟曾同半夜傳。師友別來眞夢耳，江湖相對各潸然。但令門戶無遺恨，何必功名在早年。君向瀟湘我閩粵，寄書只在寄茶前。」（本集二〇）并自注云：「時予方上章乞閩漕。」時張浚張栻已先後去世，詩送張杓赴蕭湘，倍增感傷。萬里閩漕之乞未允，尋遷右司郎中，又遷左司郎中。紹熙元年正月，萬里借煥章閣學士爲接伴金國賀正旦使，有〈記張定叟煮筍經詩〉，時張杓爲刑部侍郎。慶元三年，萬里致書〈與新隆興府張尚書定叟〉，懇請關照大兒長孺。時張杓新知隆興府。張杓有畫像，萬里曾爲作贊（本集九七）唯不詳撰作年月。張杓生卒年史傳未載。《南宋制撫年表》：張杓慶元元年正月十二日以寶文閣學士知建康，三年二月改隆興，《益公集》慶元（五年）己未端明殿學士張定叟杓挽詞：「落星小駐星還落，江路東西總去思。」（頁一四）疑張杓卒於是年。

25. 劉恭父（1122～1178）

劉珙，字共父（一作共甫，又作恭父），建寧崇安人。紹興十二年進士乙科。召除諸王宮大小學教授，遷禮部郎官。秦檜死，召爲大宗正丞，遷吏部員外郎，除中書舍人，直學士院，出知泉州，改衢州。後罷爲端明殿學士，奉外祠。詔改知隆興府，江西安撫使，除資政殿學士，知荊南湖北安撫使。以繼母憂去。起復同知樞密院事，荊襄安撫史，再除潭州，湖南安撫使，進資政殿大學士。淳熙二年移知建康府，江東安撫使，行宮留守，進觀文殿學士。五年卒，年五十七，諡忠肅。（《朱文公文集》八八〈劉公神道碑〉；九一〈劉公行狀〉；《宋史》三八六）

按：萬里於乾道二年秋至長沙，有〈見潭帥劉恭父舍人二首〉云：「道合寧嫌晚，心期不用多……門闌當欠士，許寄病身麼。」（本集四）是劉、楊二人初會於此年。同期，有「代李省幹直卿通長沙帥劉舍人恭父啓」（本集五〇）。六年，萬里知奉新，有〈與荊南劉帥恭父啓〉（本集五一）云：「自是門生一人之數受新吳之邑獨後於屬吏，半年之間，尙憶拜公於道林嶽麓之時，頗辱借譽其波濤雲霧之句，雖前古所謂之知己，未必有之，故半生不恨於無遭，得此足矣。」時已拜劉珙爲師。十月，萬里新除國子博士，有〈懷種堂記〉（本集七一）追記乾道二年劉珙事，自署「門生奉議郎新除國子博士」，當是乾道二年秋後奉爲師門，或得其荐挽。淳熙五年，劉珙卒，陸游、張栻、朱熹并撰文祭之（《渭南文集》四一；《南軒文集》四三；《朱文公文集》八七）。

26. 侯彥周

侯寘，字彥周，東武人。南渡居長沙。曾官耒陽縣令，卒於乾道淳熙間，有《嬾窟詞》。（《全宋詞》小傳）

按：本集七二〈怡齋記〉：「乾道丙戌之冬，予自廬陵抵長沙，謁樂齋先生侍講張公（栻），公館予於其居之南軒……既而吳伯承聞予至，夜與邢魯仲來見。詰朝，侯彥周又與予里之士劉炳先兄弟來見。」是年冬，萬里有和侯彥周知縣招飲詩（本集四），殆長沙唱和之作，詩稱知縣，或侯寘時官耒陽令。又〈怡齋記〉：「予得書喜甚，問訊長沙故人，則彥周、魯仲、伯承皆死久矣。」是記作於淳熙三年，彥周已去世，時萬里在吉水。

27. 吳伯承

吳銓，字伯承，浦城人，以大父恩補官，監潭州戶部酒庫，改秩承議郎。天資狷介質直，疾惡如仇，不妄交，少不如己者，輒拒不納。築居湘濱，有亭榭華竹之勝而名其堂曰「思親」，蓋其終身之思誠篤乎此也。蓋居湘城者幾二十年。（《宋元學案補遺》三四）

按：本集七二〈怡齋記〉：「乾道丙戌之冬，予自廬陵抵長沙，謁樂齋先生侍講張公（栻），公館予於其居之南軒……既而吳伯承聞予至，夜與邢魯仲來……」，吳銓受知於南軒，唱和頗多，見《南軒集》。其與萬里始交，年月未詳。萬里抵長沙，館於南軒，有〈和吳伯承提宮孟冬風雨〉（本集二）。又〈怡齋記〉：「予得書喜甚，問訊長沙故人，則彥周、魯仲、伯承皆死久矣。」是記作於淳熙三年，三人已去世，時萬里在吉水。

28. 周子中（1125～1205）

周必正，字子中，晚號乘成，廬陵人。周必大從兄，長必大一歲。以祖遺補將士郎，易迪功郎，監潭州南嶽廟，亦嘗貢至禮部，久之，調袁州司戶參軍。後改宣教知建昌軍南豐縣。滿秩召赴都堂審察主管官告院，進軍器監丞。會益公必大參知政事，請外知舒州，䘏民隱，修武備，築隄造橋，頗有善政。民喜至感泣。徙知贛州，修復安陂，費不及民，擢提舉江東常平茶鹽，上章告老乞歸，乃許致仕・開禧元年十一月以疾卒，年八十一。有《文集》三十卷。(《渭南文集》三八〈監丞周公墓誌銘〉,《宋史翼》一四)

按：本集四一引益公題三老圖詩自註：「郡士劉訥以乘成兄生於乙巳，而予丙午，誠齋丁未，寫三老圖爲題四韻。」則萬里視必正少二歲。二人同爲廬陵人，始識年月未詳。乾道三年春，萬里至臨安，寓居無憂館，有〈和周子中韻〉，云：「清愁正爾喜逢兄，一笑那知客帝城。」(本集四）二人時并在都下。是年六月萬里歸吉水，秋，有〈題周子中司戶乘成臺〉三首，中有「先生無劓何須補，上到乘成盡放懷。」之句（同卷），按《渭南文集》三八：「(必正）晚取莊周息鯨補劓之說名其堂曰乘成。」則堂臺并名「乘成」。詩題稱司戶，時必正並袁州司戶參軍。四年冬，萬里有〈和周子中病中代書之韻〉(本集五）時萬里吉水家居，乃有「吟外今何病，愁邊我索居」之句。淳熙十二年，萬里上〈荐士錄〉云：「周必正工於古文，敏於吏事，臨疑應變，好謀而成。」(本集一一三）紹熙五年，萬里吉水家居，有〈賀周監臣冬啓〉〈謝周監丞冬節餽海錯果實啓〉(本集五五）稱監丞，必正嘗任軍器監丞，時則告老家居廬陵。慶元元年，萬里有〈回周子中監丞賀年啓〉(同卷)。九月，萬里除煥章閣待制，必正申賀，萬里答之以啓（本集六五)。同年，萬里藉詩寄題周必正監丞萬象臺(本集三八)。四年，萬里有〈賀周子中監丞年〉〈答周子中〉(本集五六)，五年有〈答周監丞己未年〉、〈答周監丞送錦鳩十四隻兔羓酒香木櫞〉(本集五七)，〈答周監丞賀冬啓〉(本集五八)。嘉泰三年八月，萬里除寶謨閣直學士，必正賀之，萬里有〈答周監丞賀寶謨閣直學士啓〉(本集六一)。後二年，必正卒。綜觀二人交游，以鄉誼爲基礎，而維繫不墜。

29. 胡英彥（1125～1179）

胡公武，字英彥，胡銓猶子，年十三爲黨庠《春秋》弟子員，一試出諸老生上，郡博士汪俁劉夙譽之吃吃也，招爲春秋師以風學者。覃師經訓，鉤沉聖處，出入百氏，洞視根宄。至論道原，獨謂求聖道當自《論語》始，以韓子始孟爲非是。乃取賈誼揚雄李翶筆解等爲《集註論語》若干卷，傳以新意。性嗜文，尤工於詩，其句法祖元白而宗蘇黃。晚自號學林居士。其論交極不苟，如范浚明尤所厚者，嘗以書與之，上下其論，往復千里。歲在癸巳嬰末疾，自是沈綿無瘳。後六年卒，實淳熙六年十二月晦日，享年五十有五。有詩若干卷，詩話若干卷，《論語叢書》三卷。又《集音》二卷，《文髓》十卷，注蘭臺詩及淮海詞各若干卷。（本集一二八〈胡英彥墓誌銘〉）

按：楊萬里之識胡公武，殆由於胡銓之故，唯初交年月未詳。乾道三年秋萬里吉水家居，胡公武得歐陽公二帖，蓋訓其子仲純叔弼之語，其一自書，其一東坡書之。胡刻石以遺朋友，萬里叔父春卿得一本，有詩以謝，胡和之。萬里用韻以簡公武，有「渠以清白遺，當家有學林」之句（本集四）。「學林」乃公武齋名，萬里嘗爲作〈學林賦〉，序云：「吾友胡英彥取班孟堅序傳之卒章，與黃豫章求益聰下之意命其齋房曰學林。」（本集四三）

30. 蕭岳英（1102～1176）

蕭許，字岳（一作嶽）英，廬陵吉水人，以特奏名授將士郎。初調監常州。以荐，爲無錫令。秩滿，以從政郎監潭州南嶽廟。嶽祠秩滿，調全州清湘丞，改常德府武陵丞。以通直郎致仕。淳熙三年卒，年七十有五。有《文集》三十卷，《五一堂叢目》十卷。（本集一二八〈蕭岳英墓誌銘〉）

按：蕭氏爲廬陵大家，萬里與蕭許初識當甚早。乾道三年秋，萬里在吉水，有「題蕭岳英常州草蟲軸蓋畫師之女朱氏之筆」（本集四）自註：「岳英名許，螺陂人。」六年，有〈代蕭岳英上宰相書〉（本集六五）。淳熙二年春，萬里仍在吉水，有「送客夜歸呈蕭岳英縣丞」（本集六），自註：「名許，本里人。」稱「縣丞」，蓋蕭許時任常德府武陵丞。三年，蕭許卒，萬里爲作墓誌銘。

31. 彭雲翔

彭圖南，字雲翔，長沙人，雙溪王炎之徒，雙溪嘗有序送之，謂曩者炎浮食長沙，泮林士肄業者踰百員，時雲翔嘗鼓篋其間，及炎去長沙二年，試邑臨湘，雲翔實來。又二年，郡於清江，雲翔復來，每相見必學爲請云。（《王雙溪集》三，〈宋元學案補遺〉七一）

按：按圖南與萬里初交未詳。乾道四年，萬里在吉水，圖南乘雪造訪，萬里有詩贈之，有「贈我文章無不有，出入歐蘇與韓柳」之句（本集五），知其文屬唐宋古文派。

32. 鄭恭老

鄭作肅，字恭老，蘇州吳縣人，徽宗宣和三年進士。高宗紹興五年知常州，二十二年知吉州，疾吏員冗濫，乃按格律裁定。三十二年以直秘閣知湖州。孝宗隆興二年開圍田濬港瀆，頗有善政。（《吳中人物志》五，《宋詩紀事補遺》三六）

按：乾道五年春，萬里吉水家居，有挽鄭恭老少卿詩（本集五），稱少卿，殆晚年官履。詩有「和露泣康成」之句，殆以同鄭姓比擬之。二人往還未詳，其初識疑在紹興二十二年作肅知吉州時期，時萬里尚未中第。

33. 謝昌國（1121～1194）

謝諤，字昌國，臨江軍新喻人。紹興二十七年中進士第，授迪功郎峽州夷陵縣主簿，未赴。江西常平使者王傳檄攝撫州樂安縣尉。三十一年至夷陵，陞左從政郎授吉州錄事參軍，以荐，改左宣教郎知袁州分宜縣。尋丁父憂，服除，授幹辦行在諸司糧料院，遷國子監主簿，太學博士，監察御史。淳熙十四年除右諫議大夫兼侍講。十六年四月除御史中丞，尋權工部尚書。六月上章請爲祠官甚力，除煥章閣直學士，知泉州，又辭，乃除提舉江州太平興國宮，秩滿再請者再，既奉祠，來皈天下士君子高其風。諤始居縣之南郭，名其燕坐曰艮齋，天下稱艮齋先生。後居東郭，以桂山名其堂，又稱桂山先生。紹熙五年十一月九日以疾卒，享年七十有四。有《文集》一百卷，《經解》四十三卷，《奏議》十卷，《性學淵源》五卷，《雜著》二十卷，《孝史》五十卷。（本集一二二〈故工部尚書煥章閣直學士朝議大夫贈通議大夫謝公神道碑〉；《宋史》三八九）

按：楊謝初交，神道碑未載。乾道五年，萬里有〈題謝昌國金牛煙雨圖〉、〈和謝昌國送韋俊臣相訪〉、〈和謝昌國送管相士韻〉（本集五）諸詩，時萬里吉水家居。淳熙十二年春，萬里在臨安，任尚左郎官，有〈類試所戲集杜句跋杜詩呈監試謝昌國察院〉、〈予因集杜句跋杜詩呈監試謝昌國察院謝丈復集杜句見贈予以百家衣報之〉二詩（同卷），時謝諤在監察御史任。淳熙十四年丁未六月十九日，萬里〈跋謝安國詠史詩三百編〉（本集一〇〇），紹熙三年，萬里改知贛州，不赴，乞祠，自金陵歸吉水，途中有詩〈題謝昌國桂山堂〉，詩云：「艮齋引袖出明光，歸臥西江一草堂。……履上星辰冠上豸，一時脫卻濯滄浪。」（本集三五）時謝諤奉祠歸臥桂山堂，萬里自是亦有退意，金陵歸後，不復出仕。又本集九九有〈跋謝昌國所作何孝子傳〉，唯不詳撰作年月。

34. 羅永年

羅椿，字永年，永豐人，楊萬里高弟。淳熙四年解試，屢舉進士不第。自號「就齋」。（《宋元學案補遺》四四；《江西通志》一四六）

按：本集七七〈送羅永年序〉云：「今年（乾道三年）六月予皈自都下，一書生來謁予，羅其姓，椿其名，永年其字，永豐之人也。問其所以來，則曰：『椿世吏也……來見麻陽縣尹達齋先生，先生不鄙，揖而進之，以爲可教，是以在此。』自是與予相過。……歲且竟，將皈覲省其母與兄，來與予別。」據此則羅椿初師事楊萬里九叔楊輔世，復師事楊萬里。二人初識於乾道三年六月，小別於同年十二月，萬里作序送之。乾道五年冬，羅椿歸永豐，萬里有詩送之（本集五），有「誰道三年聚，能勝一別多……老夫留病眼，看子中文科」之句。淳熙五年，羅椿曾訪萬里於毗陵，時羅椿方落第，未幾歸里，萬里以詩送之。（本集八）羅大經《鶴林玉露》一一云：「吾郡羅椿，字永年，誠齋高弟也。清貧入骨，一介不取，頗有李方叔、謝無逸之風味。累舉於禮部，竟不第，自號就齋。嘗訪誠齋於毗陵，誠齋作詩送之歸曰：『梅花（本集作『荟』）香邊蹈雪來……誰遣文章太驚俗，何緣場屋不遺才。……』（按詩題爲〈送羅永年西歸〉作於淳熙五年春，萬里時在毗陵任。）慶元初，誠齋與朱文公同召，萬里力辭，永年寄詩云：『不愁風月只憂時，髮爲君王寸寸絲。……夢繞師門三稽首，起敲冰硯訴相思。』誠齋擊節。」頗見師生深厚交誼。又羅椿嘗請萬里爲永豐沙溪作〈六一先生祠堂記〉（本集七二），亦見交誼。羅椿能詩，陳模《懷古錄》卷中云：「就齋羅椿永年，誠齋上足也，與溪林尹直卿同以詩名，皆吉之永豐人。尹即蕭千岩贈以『諸公起江右，聲名亶八區』者，作詩尙爽句，如『白白紅紅三千里，山礬花映映山紅』之類，大率宗誠齋。羅雖遊誠齋之門，而詩卻不類。」又羅椿能詞，有〈酹江月〉一首賀萬里生辰，云：「郎星錦帳，忽翩然歸訪，南溪孤鶩。前日登臨誰信道，壽酒重浮萸菊。風露懷寒，芙蓉帳冷，笑受長生籙。廣寒宮殿，桂華應已新續。　不用翠倚紅圍，舞裙歌袖，共理稱觴曲。只把文章千古事，留伴平生幽獨。但使明年，鬢青長在，萱草春風綠。諸郎如許，轉頭百事都足。」（《翰墨大全》丁集四）

35. 劉世臣（1100～1167）

劉安世，字世臣，紹興十八年，年四九十登進士第，授左迪功郎，岳州司戶參軍，兼攝錄事參軍。辭滿陞左從政郎，永州州學教授，改秩左宣教郎知贛州雩都縣，以朝奉郎致仕。乾道三年卒，享年六十有八，門人私謚清純先生。有《文集》三十卷，《論語尚書解》二十卷。（《盧溪文集》四五〈劉公墓誌銘〉；本集一一八〈朝奉先生行狀〉；《紹興十八年同年小錄》。）

按：本集七三〈浩齋記〉云：「某自少懵學，先奉直令求師於安福，拜清純先生劉公爲師。」又卷七七〈送劉景明遊長沙序〉云：「始予生二十有一，自吉水而之安成，拜今雩都大夫公劉先生爲師。」考萬里年二十一，時爲紹興十七年，時安世年四十八，尚未中第。乾道三年安世卒，萬里爲作行狀。六年秋爲作〈劉世臣先生挽詩〉，有「西風寄雙淚，吹到秀峰原」之句（本集六），殆追挽之作。行狀云：「萬里也先生門弟子之下者，然從先生最舊。及某丞零陵縣時，先生更未盡一歲，萬里復得就先生而卒業。」萬里丞零陵時，安世殆任永州州學教授。時丞相張浚謫居於永，稱重安世爲「實學之士」。安世之學，萬里以爲「不爲空談，其源自賈誼、陸贄、蘇明允父子之外不論，其文與人皆肖然。」（并見〈行狀〉）

36. 丘宗卿（1135～1208）

岳崈，字宗卿，江陰軍人，隆興元年進士，爲建康府觀察推官，除國子博士，丞相虞允文奇其才，舉以自代。以言忤孝宗，遷太常博士，出知秀州華亭縣。除直秘閣知平江府，知吉州，召除戶部郎中，遷樞密院檢詳文字，召命接伴金國賀生辰使。後予祠，復起知鄂州，移江西轉運判官，提點浙東刑獄，進直徽猷閣知平江府，升龍圖閣移帥紹興府，改兩浙轉運副使，以憂去。光宗即位，召對，除太常少卿兼權工部侍郎，進戶部侍郎，擢煥章閣直學士四川安撫制置使兼知成都府。進煥章閣直學士。寧宗即位，赴召，以中丞謝深甫論而罷。居數年，復職知慶元府，進敷文閣學士，改知建康府。韓侂胄議北伐，力論金人未必敗盟，中國當示大體。升寶文閣學士刑部尚書江淮宣撫使。北伐師潰，崈進防淮南。進端明殿學士侍讀，尋拜簽書樞密院督視江淮軍馬。以忤侂胄，落職。侂胄既誅，以資政殿學士知建康府，改江淮制置大使兼知建康府。以疾丐歸，拜同知樞密院事。嘉定元年卒，諡忠定。有《文定公詞》。(《宋史》三九八；《南宋館閣續錄》六；《嘉泰會稽志》二)

按：二人初識，疑在乾道六年，時萬里抵臨安受國子博士任，即丘崈遷太常之遺缺。五月，崈以太常博士出守秀州，萬里作詩二首送之（本集六）有「老矣渠憐我，超然我愛渠，論詩春雨夜，解手藕花初。」頗見隆誼。七月萬里遷太常博士，又補丘崈遺缺。淳熙十三年，萬里在臨安，崈惠楊梅，萬里謝之，作〈七字謝紹興帥丘宗卿惠楊梅〉（本集二〇）時崈殆以龍圖閣帥紹興府。紹熙元年正月，萬里借煥章閣學士爲接伴金國賀正旦使，崈除太常少卿，有長句贈萬里，萬里和之（本集二八），有「君入脩門纔一見，我出脩門風刮面。皈來急問有新詩，句句舉似君不疑。……君詩元自過黃初，古雅可敬麗可娛。詩壇端是一敵國，乃不自惜下取予。」對崈詩頗爲推崇。夏，萬里有〈記丘宗卿語紹興府前景〉〈記丘宗卿嚥冰語〉。六月丁亥，崈使金（見《宋史》〈光宗本紀〉、《金史》〈交聘表下〉，本傳失載。）此行蓋有詩作。秋，萬里乃有詩〈跋丘宗卿侍郎見贈使北詩一軸〉（本集三〇），稱侍郎，時崈蓋在戶部侍郎任。三年，崈帥蜀，萬里在江東漕任，有詩三首送之（本集三五）。是年秋，萬里乞祠，返鄉，自是未再出仕。嘉泰四年，萬里致書丘崈（本集六八〈與建康帥丘宗卿侍郎書〉），時崈帥建康，萬里吉水家居，故書云：「每燕居深念，顧獨有可恨者，吾二人者，一居東海之東，一居西江之西。」又云：「交游之淺者姑置也，至其深者如執事，如欽夫，如伯恭，是可多得乎哉！」知二人相交甚篤。又云：「今犬馬之齒七十有八矣，自六十有六病而棄其官，已而致其仕矣……」知是書作於嘉泰四年。時韓侂胄密謀用兵，故書中有云：「執事韜龍文，翳豹章，岩登川臨，月琢風追，超然物表，悠然事外者十年矣。時有求于執事，非執事有求于時也，開壽域，轉洪鈞，不在茲乎！不在茲乎！道之將行也歟，小人猶有望焉；不寧唯小人而已。欽夫、伯恭猶有望焉，不唯欽夫，伯恭而已，仲尼、子輿猶有望焉。執事毋怠，執事毋怠！」深期丘崈善謀自處，重視名節。唯丘崈復國情熱，戰端伊始，毅然負軍事重任，曾云：「生無以報國，死願為猛將以滅敵。」（本傳）未幾，萬里卒，計自乾道以來，二人相交數十年，赤誠往還，友誼深篤。

37. **林謙之**（1114～1178）

林光朝，字謙之，興化軍莆田人。孝宗隆興元年，年五十以進士及第調袁州司戶參。改左承奉郎知永福縣。召試館職，乾道五年七月為秘書省正字兼國史編脩實錄檢討官，六年為佐著作郎兼司勳司封郎官。七年遷著作郎兼禮部郎官。八年進國子司業兼太子侍讀。九年請外，以直顯謨閣提點廣西刑獄。淳熙元年，易使東路。二年茶寇自荊湘剽江西，薄嶺南，光朝將兵敗之，加寶謨閣。三年，召拜國子祭酒兼太子左諭德。四年，除中書舍人；五月改權工部侍郎。請外，以朝散郎充集英殿脩撰知婺州，引疾提舉江州太平興國宮。五年五月六日卒，年六十有五，謚文節，有《艾軒集》。（《文忠集》六三〈林公神道碑〉；《宋史》四三三；《南宋館閣錄》七、八）

按：萬里初識光朝疑在乾道七年春，時萬里受國子博士任，二人并在臨安。四月二日進士唱名，萬里以省試官待罪殿廬，遇林謙之說詩，夜歸，又得林柬，有詩紀其事（本集六）。《宋中興百官題名》：「（林光朝）乾道八年五月以國子司業兼侍讀。」萬里詩作於四月，則光朝時尚未以國子司業兼侍讀。九年光朝除直顯謨閣廣西提刑，萬里有〈送林謙之司業出為桂路提刑〉（同卷）。淳熙二年春，萬里時在吉水，有詩〈寄廣東提刑林謙之司業〉（同卷），云：「故人一別還三歲，新句如今更幾篇。」乾道九年一別至此恰為三年，時光朝在廣東。《誠齋詩話》云：「自隆興以來，以詩名者林謙之、范至能、陸務觀、尤延之、蕭東夫。」（本集一一四）足見詩名之盛。

38. 黃仲秉

黃鈞，字仲秉，綿竹人，治詩，紹興二十四年張孝祥榜同進士出身。乾道二年四月除正字，六月除著作郎。三年爲起居舍人，六年以太常少卿兼實錄院檢討官及國史院編修官。八年四月以秘閣修撰知瀘洲，七月以權兵部侍郎兼實錄院同修撰。（《南宋館閣錄》七、八；《南軒文集》四三〈祭黃侍郎仲秉〉）

按：萬里與黃鈞同年進士，二人初識或在紹興二十四年。本集七一〈春雨亭記〉：「及余爲博士於奉常，時秋且半，吏白余當祠壽星。余與少卿蜀人黃仲秉齋於西湖南山之淨慈禪寺。」考萬里於乾道七年春抵臨安受國子博士任，七月遷太常博士，時黃鈞蓋在太常少卿任，二人並立於朝。乾道八年四月，黃鈞以秘閣修撰知瀘州（《南宋館閣錄》八），萬里仍在太常博士任，作〈送黃仲秉少卿知瀘州二首〉（本集六）云：「補外公何幸，求歸我尚留，還爲萬里別，又費半生愁。」又本集五一有〈與湖南漕黃仲秉給事啓〉，不詳撰作年月，據其編次，疑在知奉新前所上。

39. 馬會叔（？～1194）

《景定嚴州續志》三：「馬大同，字會叔，郡人（嚴州建德人）。紹興二十四年進士第，自爲小官，即以剛介聞，改秩除國子監簿，對便殿，上與語輒奏不然；明日謂宰執曰：夜來馬大同奏對，朕與之辨論，凡不然朕說者三，氣節可喜。由是知孝廟，有大用意。後每對上輒陳恢復大計，歷中外官必求盡職，以洗冤澤物爲己任，所至雖遐僻，童孺無不知公名，仕至戶部侍郎。」

按：萬里與大同同年進士，二人或即初識於紹興二十四年。乾道八年，萬里任官臨安，有詩寄馬大同（本集六）云：「相從勿相別，同舍況同年。」時大同官履未詳。淳熙十二年萬里上〈荐士錄〉云：「馬大同，文學政事，士林之英，至於持節，風采甚厲，官吏皆肅。」（本集一一三）十六年，大同以直顯謨閣知福州（《南宋制撫年表》頁 44）。官終禮部尚書，學者稱鶴山先生（《宋元學案補遺》四九引《姓譜》）。又考《陳止齋文集》一八〈馬大同特進復元官致仕〉制詞云：「霜臺有請，固不可屈於恩；泉壤可懷，亦不容廢以法。爰棄前咎，遂還舊官……肆予初政，洊有煩言：屬爾沉痾，姑從薄責。諒兼忠於寵辱，何遽隔於幽明。東首拖紳，曷慰九泉之恨；西清持稿，尚歆再命之榮。」制詞編於紹熙五年十一月二十一日後，十一月二十三日前，知大同卒於是年冬。《景定嚴州續志》失載，可據補之。

40. 傅安道（1116～1183）

傅自得，字安道，孟州濟源人，徙居福建晉江，以蔭補承務郎，改充福建路提刑司幹辦公事。尋丐閑，主管台州崇道觀。秩滿，通判漳州，改判泉州，差知興化軍，受誣劾罷，謫居融州，乾道元年，除知漳州，再除知興化軍，未三月丁母憂，免喪造朝，再除知漳州奏事，稱旨留爲吏部郎中。請外，遷直秘閣爲福建路轉運副使。尋知建寧府移知寧國府，改知浙西提點刑獄，上章乞休不允，移浙東，未旬日有旨，予祠，主管武夷山沖祐觀。淳熙十年卒，年六十有八。（《朱文公文集》九八〈傅公行狀〉；《宋史翼》一二）

按：乾道八年冬，萬里在太常丞任，有〈送傅安道郎中將漕七閩〉詩二首（本集六）有「出關稱使者，蹈雪度梅花」之句。據〈傅公行狀〉，時自得爲吏部郎中，請外，遷直秘閣福建路轉運副使，唯未載年月，據萬里詩，知在是年冬。第三首詩云：「把酒春如許，論詩夜未央，相逢便金石，何必試冰霜，離合知難免，愁思知不忘；他年一茅屋，公肯訪荒涼。」是二人定交在乾道七、八年間，時并列官於朝。淳熙二年，萬里吉水家居，暮夏，有〈謝傅宣州安道郎中送宣州筆〉（本集七），稱「宣州」，行狀無載。

查《宋詩紀事補遺》五七：「傅自得淳熙中官宣城太守。」或有所據。三年冬，萬里仍家居吉水，有〈和閩漕傅安道郎中送毛平仲詩韻寄謝惠書及詩〉（本集七）云：「宣城訊後忽年餘，閩水風來又歲除。」「宣城訊」，即指二年夏事。

41. 王龜齡（1112～1171）

王十朋，字龜齡，溫州樂清人，號梅溪先生，生於政和三年。紹興二十七年進士第一，授紹興府簽判，遷秘書郎，兼建王府小學教授，又遷著作郎。三十一年，遷大宗正丞。孝宗立，起知嚴州，召對，拜司封郎中，累遷國子司業。除起居舍人，升侍講，進吏部侍郎，出知饒、夔、湖三州。東宮建，除太子詹事，力辭，以龍圖閣學士致仕。乾道七年卒，年六十，謚文忠，有《梅溪集》。（《宋史》三八七；《南宋館閣錄》七、八）

按：王十朋卒於乾道七年，明年春，萬里有詩挽之，有云：「溪梅那解事，寂寞爲誰開。」自註：「公號梅溪先生。」（本集六）

42. 韓子雲

韓元龍，字子雲，開封雍丘人，以蔭補將士郎，歷天台令，長於治，除司農寺主簿，升寺丞。仕終直龍圖閣，浙西提刑。性純孝，與弟元吉俱以文學顯。（《宋史翼》一四）

按：韓元龍事不多傳，與張孝祥善（見《于湖集》三、六唱和詩）。元龍與萬里初識，疑在乾道七年，時萬里受國子博士任。乾道九年冬，萬里在臨安，有〈和韓子雲惠詩〉（本集六），原委未詳。同年，元龍漕江東，萬里有詩二首送之，其二云：「名下得佳句，夢中哦半生。未逢心已契，相見眼偏明。復此匆匆別，蒼然惘惘情。非關風外樹，儂自作離聲。」（同卷）二人交誼，據此可見。詩題稱「檢正」，殆元龍所任官職。

43. 丁子章

丁時發，字子章，海陵人，紹興三十年進士，治書兼詩賦。乾道六年六月除正字，七年七月除校書郎，八年五月除著作佐郎，七月以著作佐郎兼國史院編修官及實錄院檢討官，九年四月爲將作少監。（《南宋館閣錄》七、八）

按：萬里與時發初識，疑在乾道七年，時萬里受國子博士任，二人並在臨安。乾道九年秋，萬里仍在臨安，爲將作少監，有〈送丁子章將漕湖南三首〉（本集六）云：「黃花非不好，只是插離筵」；「人言補外樂，且道定如何」；「半世行天下，同心寡友生；故人今又去，此意向誰傾。」知時發補外，將漕湖南，離筵敘別，厚誼可見。

44. 葉叔羽

葉翥，字叔羽，處州人，紹興二十四年進士。紹熙五年，以顯謨閣直學士知興府。慶元元年七月以吏部尚書兼國史院編修官。四年十二月以資政殿學士知福州。（《南宋館閣錄》九；《嘉泰會稽志》二）

按：葉翥與萬里同年進士，乾道九年萬里在臨安任將作少監，其冬有〈送葉叔羽寺丞持節淮東二首〉（本集六）云：「民思賢使者，帝遣大農丞。」知葉翥時任寺丞，持節淮東，云：「相逢長不款，此別有餘思。」知二人交誼隆厚。淳熙五年，葉叔羽總領惠雙淮白，萬里有詩謝之（本集一一），時在常州任。十六年九月萬里抵臨安，十月爲秘書監。葉翥亦在臨安，集同年九人於櫻桃園，錢襲明何同叔即席賦詩，萬里追和其韻各一首，以紀其事（本集二八）

45. 陳行之（1136～1181）

陳安節，字行之，弋陽人，陳康伯仲子。既冠，試國子監第一，監潭州南嶽廟。除將作監主簿，遷軍器監丞，改司農寺丞。請外，除權發遣南劍州，始至孥廥空乏，安節不事科擾，凡所經畫久而有餘，一郡以安，并詣學舍，指楊龜山陳諫議二祠像以勸學者。官至朝散郎提舉荊湖北路茶塩公事，加直秘閣。淳熙八年三月以疾卒，享年四十

有六。有集二十卷。(《南澗甲乙稿》二一〈直秘閣致仕陳君墓誌銘〉)

按：淳熙元年春，萬里出知漳州，時安節出守劍州，萬里有詩送之（本集六）云：「甫爾丞農扈，翩然牧劍津。」又云：「我召公先到，公歸我亦行，三年如夢爾，一笑可憐生。」萬里於乾道七年春抵臨安，至淳熙元年春恰爲三年，二人相知，殆在此時，詩題稱「寺丞」，蓋安節任司農寺丞。安節事不多載，唯見韓元吉所撰墓誌銘，唯所述未詳出守劍州年月，可據《誠齋集》補之。

46. 蕭挺之

蕭國梁，字挺之，長樂人，乾道二年進士，治詩賦。乾道五年三月除正字，十二月除校書郎；七年七月除秘書郎；九年三月除著作郎兼國史院編修官及實錄院檢討官，十二月知泉州（《南宋館閣錄》七、八）。歷太子侍講兼禮部郎中，終朝奉郎廣東運判。(《淳熙三山志》二九）著有集句詩。(《宋詩紀事補遺》五一）

按：據《南宋館閣錄》七，國梁於乾道九年十二月知泉州，明年（淳熙元年）正月，萬里有〈別蕭挺之泉州二首〉（本集六）則國梁於正月離都下，時萬里出知漳州。詩中所云：「野人應補外，賢者亦爲邦」「再逢應互笑，誰髮不如銀」，頗饒會心之趣。至於二人初識，疑在乾道七年，時二人並在臨安。

47. 虞彬甫（1110～1174）

虞允文，字彬甫（父），隆州仁壽人。紹興二十四年進士（按《宋史》本傳誤作二十三年，宜從本集一二〇〈虞公神道碑〉。《宋詩紀事》五一：「按《咸淳臨安志》，紹興二十四年張孝祥牓，無二十三年牓，《宋史》誤也。」蓋有所見而云然。）通判彭州，未赴，權黎州，改知渠州，召除秘書丞兼兵部員外郎兼實錄院檢討官兼國史院編修官，除吏部員外郎，兼權樞密院檢詳，又兼檢正，又兼右司員外郎。旋除起居舍人兼權中書舍人假工部尚書使虜，皈除中書舍人兼學士院侍講，爲江淮督視府參軍事，拜兵部尚書川陝宣諭使。孝宗即位，徙知夔州，未上，召除敷文閣學士知太平州，改兵部尚書兼湖北京西宣諭使就陞制置使，改顯謨閣學士知平江府。徙知潼江府，未上，再知平江府。召拜端明殿學士同簽書樞密院事。乾道元年拜參知政事，兼同知樞密院事。未幾以端明殿學士提舉江州太平興國宮。三年二月召至闕，除知樞密院事，兼參知政事，六月爲四川宣撫使。五年召爲樞密使，八月拜尚書右僕射同中書門下平章事，兼樞密使。八年二月遷左丞相兼樞密使，四月以蕭之敏劾，授少保武安軍節度使四川宣撫使，進封雍國公。九年至蜀。淳熙元年卒，年六十有五。謚忠肅。嘗著唐書五代史。有詩文十卷，《經筵春秋講義》三卷，《奏議》二十二卷，《內外志》五卷行於世。（本集一〇一〈祭虞丞相文〉；一二〇〈虞公神道碑〉；《宋史》二八三）

按：萬里與允文同年進士，唯未相知。考二人初識，當在乾道三年春。本集六七〈答虞祖禹兄弟書〉云：「先是歲在丁亥（即乾道三年），先師相（允文）召來自西，初拜樞密，一日莆田陳魏公攜某所著論時事三十篇以觀於公。公曰：不意東南有此人物。於是招某一見，待以國士，面告以將荐于上。」宋羅大經《鶴林玉露》一〇有相類之記載：「虞雍公初除樞密，偶至陳丞相應求閣子內，見楊誠齋《千慮策》，讀一篇，歎曰：東南乃有此人物！某初除，合荐兩人，當以此人爲首。應求導誠齋謁雍公，一見握手如舊。誠齋曰：相公且子細，秀才子口頭言語，豈可便信。雍公大笑，卒援之登朝。誠齋嘗言士大夫窮達，初不必容心，某平生不能開口求荐，然荐之改秩者張魏公也，荐之立朝者虞雍公也。二人皆蜀人，皆非有平生雅故。」查萬里於乾道三年春抵臨安，上書求見陳俊卿樞密（詳本集六三〈見陳應求樞密書〉）並上《千慮策》三十篇，祈求荐引。二月允文召至闕，除知樞密院事兼參知政事，因陳俊卿初知萬里。本集六〈見虞樞密書〉云：「自至都下，獨一見樞密陳公，天幸又逢樞密之至，私竊自喜將得其從也。且陳公曰：吾將言子於虞公，其之所以來也，某有書三十篇極陳天下之事而不知所諱，郤有獻於上。」允文許以國士，并欲爲荐引。六月允文宣撫四川，尙未能荐於上。乾道五年，俊卿爲左相，允文召爲樞密使，萬里以啓申賀云：「頃辱取一編之書，郤荐進於九重之覽，許以東南之人物，至於傾倒其腹心，見則盡歡，去則太息，退而矜國士之遇，聞者猶疑，雖未拜知己之恩，此已不淺。」（本集五〇）其欣然之情可見。八月允文爲右相，萬里復以啓申賀（本集五一）。六年春，萬里除知奉新，有〈知奉新縣到任謝虞丞相啓〉（同卷）。到任朞月，有書致左相應求及右相允文（本集六三），其〈與虞彬甫右相書〉云：「……自分老死於茂林之間，山鹿野麋之群，而頃者一見之初便辱以國士，別去三年（丁亥春至此凡三年），疇昔之遇，謂相公忘之矣。而近此里中羅主管某之歸，又辱寄金石之音，然則區區之姓名，公猶未忘也，幸甚過望。某之至奉新，其始不民事之憂，而催科之憂非不民事之憂也，民則不可以仁免也；既不可以仁而免，又不可以威而取，於是立之期而示之信。罷逮捕，息笞箠，去囚繫，寬爲之約而薄爲之收，行之一月，民無違者。」尋俊卿允文交荐於朝，十且召爲國子博士，有〈除國子博士謝虞丞相啓〉（本集五一）云：「某敢不勉耕其業無負所知。」感激之情可見。七年，萬里在國子博士任，三月張說除簽書樞密院事，張栻在經筵力言之，中書范成大不草詞，尋除說安遠軍節度使，不數月出知袁州。八年二月張說復自安遠軍節度使提舉萬壽觀簽書樞密院事，張栻出知袁州（本集一一六〈張左司傳〉），萬里乃抗章留栻（本集六三〈上壽皇乞留張栻黜韓玉書〉），并遺書允文（同卷〈上虞彬甫丞相書〉），以和同之說規之。栻雖不果留，而公論偉之（《宋史》萬里本傳）。四月允文以御史蕭之敏劾撫四川，萬里致書慰之（本集六三〈與虞宣撫書〉）云：「受知我者，丞相先生、張魏公、陳丞相而已，知己之稀，豈不信稀乎哉。知之者三人而用之者一人而已，知己之稀不愈稀乎哉。」於允文知己之情，終生銘感。淳熙元年二月允文卒，萬里作挽詞三首（本集六）以悼，并有〈祭虞丞相文〉（本集一〇一）。後二十八年，萬里吉水家居，允文諸孤不遠千里請銘於萬里，乃撰〈宋故左丞相節度使雍國公贈太師謚忠肅虞公神道碑〉（本集一二〇），并〈答虞祖禹兄弟書〉云：「來書示以行實三大編，凡二十餘萬字，某撮其要者約而為七千言，似簡而實詳，似疏而實密，無遺善，無溢美，惟先師相私於某故，某不私於先師相，所以報也。惟孝子仁人加察焉。」甚見其崇敬允文之情。又本集三八〈和虞軍使易簡字知能所寄唐律〉云：「四海九州虞雍公，擎天一柱雪山峰。」及本集一〇九〈答虞制〉、〈答虞知府〉，并見欽佩之情。此外，本集四四〈海鰌賦〉，一〇一〈祭虞丞相文〉，尤極力表揚允文辛巳采石戰功。

48. 楊謹仲

楊愿，字謹仲，楊申之孫，臨江人。自少為先進所推，未及第時，鄉之英俊爭受業於門，名聞四方，願交者眾，二千石以下皆禮尊之。紹興二十一年與周必大同登進士第，工詩，仕雖不遇，而門人登高第歷顯官者相望。五十餘方入官，一為縣主簿，兩為郡博士，年踰七十自吉州教官奉祠歸。朝廷嘗以車輅院起之，唯上書請老，轉通直郎，家居累年，賜服緋魚，壽七十有九，里人稱為壽岡先生。（《文忠集》五二〈楊謹仲詩集序〉；《文忠集》一九〈跋楊愿與王伯芻詩〉；《文忠集》四七〈跋老泉所作楊少卿墓文〉〈題謹仲芍藥詩後〉）

按：周必大《文忠集》四七〈題楊謹仲芍葯詩後〉云：「淳熙甲午奉祠廬陵，三月十七日楊謹仲、周孟覺賞芍葯，嘗櫻桃。謹仲有詩，余次韻。」是楊愿於是年春在廬陵，自吉州教授奉祠，同年萬里返吉水。次年春，萬里吉水家居，作〈和楊謹仲教授春興〉，有「歸歟還復換年芳，不分官梅惱石腸。黃帽正堪供短棹，白頭可更獻長楊。」（本集六）以紀其事。

49. 劉景明

劉浚，字景明，安福人。（本集一一四〈詩話〉）

按：萬里與劉浚初識於紹興十七年，二人同學三年，師事劉安世。本集七七〈送劉景明游長沙序〉云：「始予生二十有一，自吉水而之安成，拜今雩都大夫公劉先生爲師，而友多劉子彥純。一日彥純與客過我。客甚年少，身偉且長，舉酒百醆皆釂，叫呼大笑，坐上索紙筆，爲古文辭詩章百千言頃而就……亦劉先生門弟子也，自是定交。居三年……而予官於贛，又官於永，中間與景明遇者一再。今年（乾道二年）秋景明訪予於南溪之上。予與景明皆有服，相問則相泣相訴，以皆失所天，於是相弔……吾二人者，自不相識而相友，相友而不相樂，樂而離，離而悲，悲而不見，見而相弔……予與子八年乃一見，今又去，後當復幾年乃見耶。」敘述二人交游甚詳。是年（乾道二年）八月，劉浚赴長沙，萬里作序送之。淳熙三年春，萬里吉水家居，劉浚到訪，萬里有〈與劉景明晚步〉記二人賞花品茗；又有〈贈劉景明來訪〉，寫二人交游今昔之感（本集七）。四年春，萬里仍在吉水，有〈題劉景明百牛圖扇面〉、〈題劉景明百馬圖扇面〉（同卷），知劉浚善畫。《誠齋詩話》云：「予友人安福劉浚字景明，重陽詩云：不用茱萸仔細看，管取明年各強健。得此法（按：指翻案法）矣。」知劉浚又長於詩。

50. 左正卿

本集九七〈務本齋銘〉：「永新左揆，字正卿，嗜學進進，命其齋以務本。艮齋先生（謝諤）記之矣，復請銘於誠齋。」

按：左揆永新人（按永新屬吉州），與萬里同鄉，相識或甚早，有務本齋，請銘於萬里（本集九七）。淳熙三年，萬里吉水家居，左揆有壽慈堂，請題於萬里（本集七）。

51. 毛平仲

《宋詩紀事》四九：「（毛）幵，字平仲，三衢人，友之子，仕止宛陵東陽二州倅，有《樵隱集》。」《直齋書錄解題》；「《樵隱集》十五卷，信安毛幵平仲撰，禮部尚書友之子，負才傲世，仕止州倅，與尤遂初厚善，臨終以書別之，囑以志墓。延之既爲銘，又序其集。」

按：本集七有〈和閻漕傅安道郎中送毛平仲詩韻寄謝惠書及詩〉，至於萬里與毛幵詳細交游情況無考。

52. 曾達臣（1118～1175）

曾敏行，字達臣，吉水人，號浮雲居士、獨醒道人、歸愚老人。年二十以病廢，未能仕進，乃專力於學，工繪草蟲。淳熙二年卒，年五十有八，有《獨醒雜誌》。（本集七九〈獨醒雜誌序〉；《獨醒雜誌》附錄〈浮雲居士曾公行狀〉）

按：曾敏行卒於淳熙二年，後二年春，萬里在吉水，有曾達臣挽詞二首（本集七）。淳熙六年，有〈跋曾達臣所作蜥蜴螳蜋墨戲〉云：「皈愚居士曾達臣，予家親戚且最厚者，予知其蓄學問善議論古今而已。」（本集九九）二人交誼可見。淳熙十二年十月十七日萬里得《獨醒雜誌》十卷於曾三聘，并爲撰序云：「廬陵浮雲居士曾達臣，少刻意於學問，慨然有志於當世，非素隱者也。」（本集七九）知敏行雖有志於當世，然未嘗仕進。

53. 張子儀

張抑，字子儀，常州晉陵人。紹興初參政張守之孫（《宋史》三七五〈張守傳〉附載）。隆興元年進士，歷任太府少卿、江東總領、湖廣總領、知福州、蘇州府、戶部侍郎、尚書。嘉泰二年在敷文閣直學士任，三年遷寶文閣學士，提舉宮觀。（《景定建康志》二六；《蘇州府志》三一；本集一〇九〈答福帥張尚書〉）

按：本集六七〈答福帥張子儀尚書書〉云：「某自毘陵初得定交於執事，見其眇然山澤之癯，淡然雲水之僧，讀書清苦，澡身高潔，以爲一世之佳公子也。」據此知二人初交於淳熙四年，時萬里知常州，張抑爲倅貳。次年春，萬里有〈和張倅子儀送鞓紅魏紫寧紅醉西施四種牡丹二首〉（本集九）。秋，有〈張子儀大社折秋日海棠二首〉（本集一〇）。〈答福帥張子儀尚書書〉又云：「已而同朝，過逢益密，志趣益親……是時戊申四月五日也，今十有二年矣。相別十有三年，而相憶如一日，豈惟使某不能忘執事，乃執事未嘗忘某也。」據此知二人淳熙間同朝，十五年萬里出知筠州，至〈答福帥張子儀尚書書〉時已十三年未面晤。書中並對張抑「評某答徐達書謂酷似柳子」，萬里默許以知言。張抑知蘇州，嘗遣人貽書饋遺萬里，萬里覆書致謝，並賦〈謝張子儀尚書寄天雄附子北果十包〉（本集三八）。張抑嘗爲其祖父禊游堂作記，請萬里題句，萬里作「寄題福帥張子儀尚書禊游堂」（本集四〇）。張抑工於賀啓，《誠齋詩話》嘗稱美云：「驚歎擊節，以爲不減前輩。」

54. 尤延之（1127～1194）

尤袤，字延之，常州無錫人。紹興十八年擢進士第，嘗爲泰興令。荐召除將作監簿，大宗丞，授秘書丞，兼國史院編修官，實錄院檢討官。〔註5〕遷著作郎，〔註6〕兼太子侍讀。以言去國，得台州。〔註7〕後以文字受知除淮東提舉常平，改江東。進直秘閣，遷江西漕兼知興隆府。屢請祠，進直敷文閣改江東提刑。召除吏部郎官，太子侍講，累遷樞密院正兼左諭德，高宗崩前一日除太常少卿。高宗崩，袤與禮官定號高宗。後進權禮部侍郎，兼修國史侍講，〔註8〕又兼直學士院，力辭，免直學士。淳熙十六年，兼權中書舍人，復召兼學士院。〔註9〕力辭，且荐陸游自代。上不許。光宗即位，言者以爲周必大黨，遂與

〔註5〕據《南宋館閣錄》七、八，尤袤乾道七年五月除秘書丞，十一月以丞兼國史院編修官，十二月以丞兼實錄院檢討官。

〔註6〕《南宋館閣錄》七、八載尤袤於乾道八年五月爲著作郎。

〔註7〕《南宋館閣錄》七載尤袤於乾道九年十月知台州。

〔註8〕《南宋館閣錄》九載尤袤於淳熙十五年六月以權禮部侍郎兼。

〔註9〕《宋中興學士院題名》。

祠。紹熙初，起知婺州，改太平州，召爲煥章待制，除給事中兼侍讀，擢禮部尚書，後以政奉大夫致仕。紹熙五年卒，年六十八，〔註 10〕謚文簡，有《遂初小稿》六十卷，《內外制》三十卷。（《宋史》三八九；《梁谿遺稿》附錄家譜本傳）

按：本集七八〈益齋藏書目序〉云：「一日除書下，遷大宗丞尤公延之爲秘書丞，吾友張欽夫悅是除也，曰此眞秘書矣。予自是知延之之賢，始願交焉。」據《南宋館閣錄》七：「尤袤……（乾道）七年五月除秘書省丞。」則二人始交於臨安，時爲乾道七年。二人之交，由淺入深。〈益齋藏書目序〉云：「既同爲尚書郎，論文討古，則見延之于書靡不觀，觀書靡不記。至於字畫之蕞殘，月日之穿漏，歷歷舉之無竭，聽之無疲也。余于是始解欽夫之云之意。……予以是愧延之，亦以是服延之。」頗見欽佩相敬之情。淳熙五年秋，萬里在常州任，尤袤返里，嘗往訪萬里，並請序《益齋藏書目》，秉燭夜話，二人過從乃密。萬里有〈謝尤延之提舉郎中自山間惠訪長句〉云：「儂歸螺山渠惠山，來歲相思二千里。」（本集一〇）明年春，萬里新除提舉廣東，離常州西歸，尤袤作詩送之，有「從此相思隔烟水，夢魂飛不到螺山。」〔註 11〕淳熙十一年冬，萬里召爲尚左郎官，有〈追和尤延之檢詳紫宸殿賀雪〉，時尤袤以樞密院檢詳文字兼國史院編修官。〔註 12〕十二年，萬里任吏部郎中，有〈新涼五言呈尤延之〉、〈尤延之和予新涼五言末章有早歸山林之句復和謝焉〉、〈九日即事呈尤延之〉諸詩，〔註 13〕時尤袤任左司郎中。暮秋，給事葛楚輔、侍郎余處恭二詹事招儲禁同寮沈虞卿秘監謪德、尤延之左司侍講、何自然少

〔註 10〕《萬柳溪邊舊話》云：「延之年七十引年歸，又八年薨。」而《宋史》云：「年七十卒。」此從《梁谿遺稿》附錄家譜本傳，訂其卒年爲六十八。

〔註 11〕《梁谿遺稿》僅存此詩送萬里。

〔註 12〕《南宋館閣續錄》九。

〔註 13〕諸詩見本集一九。

監、羅春伯大著二宮教及萬里泛舟登孤山，萬里有五言紀其事（本集一九）。十三年上巳日，萬里與沈虞卿、尤延之、莫仲謙招陸務觀、沈子壽小集張氏北園海棠，務觀持酒酹花，萬里走筆賦長句以紀其事（本集一二）。同年並有〈題尤延之右司遂初堂〉詩。八月尤袤爲左司郎中，〔註 14〕萬里有〈跋尤延之左司所藏光堯御書歌〉、〈尤延之檢正直廬窗前紅木犀一小株盛開戲呈延之〉、〈新寒戲簡尤延之檢正〉、〈跋尤延之山水兩軸〉諸詩。〔註 15〕十四年上巳萬里同沈虞卿、尤延之、王順伯、林景思游春湖上得十絕句呈同社以紀其事（本集二二）。夏〈同尤延之、京仲遠玉壺餞客〉，有詩紀之（同上）。九月十日同尤延之觀淨慈新殿（本集二三）；後於劉寺展秀亭上與尤延之久待京仲遠不至，再相待於靈芝寺（同上），皆有詩紀事。十月萬里遷秘書少監。十五年春，萬里送《西歸》《朝天》二集與尤延之，延之惠以七言，萬里和韻以謝。〔註 16〕十六年春，萬里知筠州，尤袤權禮部侍郎，萬里有〈和尤延之見戲觸藩之韻以寄之〉。秋七月，又有〈寄中洲與尤延之延之有詩再寄黃檗茶仍和其韻〉、〈延之寄詩覓道院集遣騎送呈和韻謝之〉諸詩（本集二七）。十月二十九日萬里除秘書監，銜命郊勞使客，船過崇德縣、蘇州、吳錫，有詩寄懷范成大與尤袤（本集二九），又有〈橫林望見惠山寄懷尤延之〉、〈雪後陪使客游惠山寄懷尤延之〉諸詩（同上），因地思人，隆情自見。紹熙四年，尤袤卒，萬里祭之。〔註 17〕萬里詩風屢變，尤袤稱美其每變每進。萬里晚年作《易傳》，「嘗出屯蒙以降八卦于尤延之矣，延之愛我，不我棄也，皆有所竄定焉，某所聽從而改之焉，是以樂爲延之出而忘其瀆焉。」（本集六七〈答袁機仲寄

〔註 14〕《南宋館閣續錄》九：「（淳熙）十三年八月爲左司郎中兼國史院編修官。」

〔註 15〕本集二〇及二一。

〔註 16〕二詩並載於本集二四，《梁谿遺稿》未輯，可據此增補。

〔註 17〕見《鶴林玉露》六，未見《誠齋集》。

示易解書〉）二人自初交以至終老，皆相欽相敬，友誼深篤。尤袤長於詩，爲時人所重，萬里舉與蕭、范、陸齊名。有詩五十卷曰《梁谿集》，〔註 18〕今僅存清尤侗輯《梁谿遺稿》一卷。此外，又有《全唐詩話》六卷，《遂初堂書目》一卷。

55. 蔡定夫

蔡戡，字定夫，福建仙遊人（《宋詩紀事》五三作「莆田」）。以蔭補建康府溧陽縣尉。乾道二年進士，歷江州觀察推官。淳熙初，知隨州，轉京西轉運判官。五年，改廣東判官。十年，充淮西總領使。未幾，移湖廣總領使。召除司農卿。光宗初政，知臨安府。寧宗立，遷戶部侍郎，除右文殿修撰知隆興府，尋爲廣西經畧安撫使。開禧初，韓侂胄當國，請老，以寶謨閣學士致仕。有《定齋集》。（陳壽祺《福建通志》一八一；《定齋集》；《咸淳臨安志》四八；《咸淳毘陵志》一七；《寶慶會稽續志》二；《宋史翼》一四）

按：萬里與蔡戡初識當在乾道間，時萬里吉水家居，蔡戡任江州觀察推官。本集四四〈後蟹賦序〉云：「昔趙子直漕江西，餉予糟蟹，因爲賦之。江西蔡帥定夫復餉生蟹，風味十倍曹丕，再爲賦之。」淳熙五年，蔡戡使廣東，萬里在常州任，作詩送之（本集一〇）。秋，萬里遊莆澗，有詩呈周帥蔡漕張泊（本集一六）。蔡戡有詩和之（《定齋集》一六）云：「我來戲作南海間，兩驚落葉鳴新秋。」尋蔡戡赴湖南提刑任（《定齋集》七〈湖南提刑謝到任表〉），萬里在提舉廣東常平茶塩任，作詩送之（本集一六），有「四海幾人憐我老，三年兩作送君詩」之句。（查蔡戡赴湖南，諸書未載何年，可據此補之。）淳熙十二年，萬里上〈荐士錄〉云：「蔡戡，器度凝重，學問該洽。」甚見推崇。慶元二年，蔡戡知隆興府，重新府學，萬里爲作〈隆興府重新府學記〉（本集七五）。萬里有書二通致戡（本集一〇四及一〇五），一云詩賦，

〔註 18〕陳振孫《直齋書錄解題》。

一云上章乞引年致仕，殆慶元間所作。以二人深厚交誼，蔡戡父母既卒，皆請銘於萬里（本集一二八〈故承事郎通判鎮江府蔡公墓誌銘〉；一二九〈太令人方氏墓誌銘〉）。

56. 范至能（1126～1193）

范成大，字致（一作至）能，吳郡人。紹興二十四年擢進士第，授戶曹，監和劑局。隆興元年，遷正字，累遷著作佐郎，吏部郎官。言者論其超躐，罷，奉祠。後起知處州。隆興再議和，遷起居郎假資政殿大學士，充金祈請國信使。初進國書，詞氣慷慨。除中書舍人，知靜江府。後除敷文閣待制，四川制置使。召對，除權吏部尚書，拜參知政事，除端明殿學士，尋帥金陵。紹熙三年加大學士；四年九月五日卒，年六十有八，贈少師，追封崇國公，謚文穆。成大素有文名，尤工於詩，自號石湖，著有《石湖集》，《攬轡錄》，《桂海虞衡集》、《吳郡志》、《范村梅菊譜》、《吳船錄》、《驂鸞錄》。（周必大《省齋文稿》二二；《宋史》三八六；錢士升《南宋書》三三；王德毅先生《范成大年譜》）

按：萬里與成大同年進士，二人或即初識於紹興二十四年。淳熙五年四月成大除參知政事，〔註19〕萬里以啓申賀（本集五二）。七月成大奉祠歸吳郡，冬至有〈冬至晚起枕上有懷晉陵楊使君〉（《石湖居士集》二〇），萬里和之，有〈和范至能參政寄二絕句〉（本集一一）。又有〈寄題石湖先生范至能參政石湖精舍〉（同上），成大和之（《石湖居士詩集》二〇）。淳熙六年，萬里常州任滿，春離常州，經潘葑、無錫，泊百花洲，登姑蘇台，訪范成大並同遊石湖精舍，萬里坐間走筆，以詩紀之，成大和之。〔註20〕是年成大家居，〔註21〕七年冬，萬里任廣東常平茶塩於五年，有〈和石湖居

〔註19〕《朝野雜記》甲集九〈舍人草內制〉：「淳熙五年……范至能除參知政事。」《南宋館閣續錄》七：「淳熙五年四月以參知政事兼權監修國史。」
〔註20〕本集一三〈從范至能參政游石湖精舍坐間走筆〉。
〔註21〕王德毅先生撰《范成大年譜》。

士范至能與周子充夜遊石湖松江詩韻〉。〔註22〕又有〈遣騎問訊范明州參政報章寄二絕句和韻謝之〉云：「一別姑蘇江上臺，綠波碧草恨悠哉。」頗見別情。成大原韻題爲〈楊少監寄西征近詩來因賦二絕爲謝詩卷第一首乃石湖作別時倡和也」(《石湖居士詩集》二一)。是年三月，成大赴明州任。〔註23〕八年二月二十三日成大除端明殿大學士；三月二十一日改江南東路安撫使知建康府兼行宮留守，〔註24〕夏，萬里任廣東提點刑獄，在韶州，〔註25〕有〈寄賀建康留守范參政端明〉二首，成大有〈次韻楊同年秘監見寄二首〉，云：「瘴雲嵐雨幾時歸，應把周南視九夷……何日却同湖上醉，露幃宵幄爲君張。」(《石湖居士集》二二) 閏三月十四日成大入朝奏事，陛辭，孝宗賜以縑素書「石湖」二大字。〔註26〕九年夏六月，萬里作〈聖筆石湖大字歌〉，序云：「淳熙聖人賜宴臨遣端明學士參政臣范成大居守金陵，觴次肆筆，作石湖二大字，賜之以寵其行，臣成大刻石以碑，本分似小臣楊萬里，敢拜手稽首賦長句」(本集一八)。十四年，萬里在左司郎中任，嘗以詩介紹姜白石赴蘇州謁成大。十六年十月二十九日萬里除秘書監，冬銜命郊勞使者，船過無錫，有〈五更過無錫縣寄懷范參政尤侍郎〉，詩云：「蘇州欲見石湖老，到得蘇州發更了……又生萬事不可期，怏然却向常州去。」(本集二七) 時成大奉祠，有詩相和，題曰〈同年楊延秀秘監接伴北道，道中走寄見懷之什，次韻答之〉，詩有「昨遣長鬚迓詩老，人言已過閶門了……只恐歸程官更忙，天驕催上沙堤去。」(《石湖居士詩集》二九) 紹熙元年冬，萬里經姑蘇，得再謁成大(本集三一)。三年春，萬里在江東轉運副使任，駐金

〔註22〕以下萬里詩三首見本集一六。成大原韻見《石湖居士詩集》。

〔註23〕《寶慶四明志》一：「范成大，淳熙七年三月二十一日到任。」

〔註24〕《寶慶四明志》一：「淳熙八年三月二十一日除端明殿學士知建康府。」

〔註25〕本集一三三淳熙八年二月五日〈廣東提刑告詞〉。

〔註26〕周必大《平園續稿》二二〈范成大神道碑〉。

陵，寄《江東集》與成大，成大時加資政殿知太平州未赴，有詩謝萬里，題曰〈謝江東漕楊廷秀監送江東集並索近詩二首〉，詩有「浹髓淪膚都是病，傾囷倒廩更無詩」（《石湖居士詩集》二〇），已見成大年老體衰。萬里和其詩，題曰〈和謝石湖先生寄二詩韻〉，並序云：「老夫寄《江東集》與石湖先生，先生寄二詩，一稱賞《江東集》，一見寄石湖《洞霄集》，和以謝焉。」（本集三三）是年五月成大赴太平州任，時幼女年十七，隨往，於成大到任後十餘日病逝。成大喪女情苦，遂無宦意，乃請致仕。萬里撰〈范女哀辭〉云：「石湖先生參政范公，有愛女，名某字某，嬺德淑茂，年十有七，紹熙壬子五月，從公泛舟之官當塗，至公舍得疾，旬日而逝，公哀痛不自制。」（本集四五）成大既請致仕，得洞霄祠祿歸，明年九月五日逝世。紹熙五年六月十一日萬里撰〈石湖先生大資參政范公文集序〉，云：「……（成大）逮將易簀，執莘（成大子）手而授之曰：『吾集不可無序篇，有序篇非序篇，寧無序篇也。今四海文字之友，惟江西楊誠齋與吾好，且我知，微斯人，疇可以囑斯事，小子識之。』」（本集八二）二人交誼之深，可以想見。序中論范集云：「訓誥具西漢之爾雅，賦篇有杜牧之之刻深，騷詞得楚人之幽婉；序山水則柳子厚，傳任俠則太史遷；至於大篇決流，短章歛芒，縟而不釀，縮而不窘，清新嫵麗，奄有鮑謝，奔逸雋偉，窮追太白。」故友情隆，推崇有加。

57. 陳能之（1122～1178）

陳舉善，字能之，台州臨海人。年二十七中紹興十八年進士，淳熙五年以左司郎中兼國史院編修官。歷任太常少卿，終官秘閣修撰。（《紹興十八年同年小錄》;《南宋館閣續錄》九;《嘉定赤城志》三三）

按：萬里與舉善交游經過未詳。淳熙五年冬，萬里作〈陳能之少卿殿撰挽詩〉（本集一二）知舉善卒於是年；再據〈十八年同年小錄〉所載「年二十七中紹興十八年進士」，則其生年在徽宗宣和四年，享年五十有七。

58. 李伯和

李大性，字伯和，端州四會人。徙家豫章。少力學，尤習本朝典故，以父任入官，遷湖北提刑司幹官，未幾入爲主管吏部架閣文字。擢大理司，通判楚州，除太府寺丞，遷大宗丞兼倉部郎，尋改工部。遷軍器少監，權司封郎提舉浙東常平，改浙東提刑兼知慶元府，召爲吏部郎中，四遷爲司農卿，兼戶部侍郎出知紹興府。甫一歲召爲戶部侍郎升尚書。後以忤韓侂胄，出知平江，移知福州，又移知江陵，充荊湖制置使，除刑部尚書，尋遷兵部。後以端明殿學士知平江府，引疾丐祠，卒於家，年七十七，諡文惠。與弟大異大東，兼躋從列爲名臣。（《宋史》三九五；《嘉泰會稽志》二；《吳郡志》一一）

按：萬里與李大性初交年月未詳。淳熙六年正月二日李大性歸豫章，萬里有詩送之，云：「荊溪病守鬢星星，一見鄉人雙眼明。白雲飛處忽心動，不堪折柳還相送。我自爲客仍送君，梅邊雪裏正新春。」（本集一二）萬里時在常州，甚動鄉愁。詩題稱提幹，殆大性時任提刑司幹官。淳熙十二年，萬里上〈荐士錄〉云：「李大性四六詩句，甚有律令。」蓋大性長於詩文，爲萬里所賞而上荐王淮丞相。

59. 陳希（晞）顏（1122～1182）

陳從古，字希顏，號洮湖，金壇人。紹興二十一年進士，授富陽尉，邵州教授，監行在榷貨物都茶場，擢司農寺簿罷歸。起知蘄州，尋遷提點湖南刑獄，就除本路轉運判官，加直秘閣，徙知襄陽府，明年以言者罷，奉祠。自是擢知衢饒信三州（按：《至順鎮江志》一八：「從古歷知衡饒信三州。」所記畧異，蓋衡衢或以形近而誤。）皆不果行。淳熙九年八月二十日卒，年六十一。從古喜作詩，好古物法書名畫，尤愛陳去非詩，和之終篇，又裒古今詠梅自宋鮑照以下古律千餘篇，盡和其韻，乾道中閱武近郊進詩五十韻，淳熙中，駕幸秘閣進

詩百韻，上皆嘉之。（《文忠公集》三四〈直秘閣陳公墓誌銘〉；《京口耆舊傳》六；《至順鎮江志》一八）

按：本集七八〈陳晞顏詩集序〉云：「予昔歲爲友人陳晞顏作〈敦復齋記〉，晞顏以書來，且寄近詩百餘篇曰：『子之記吾齋，吾未屬饜也，子盍序吾詩。』既而晞顏自湖南帥襄陽，地益遠，書問益疏。今年八月，忽得晞顏書，來徵余敍篇，蓋余已忘之矣，而晞顏未忘也。予初與晞顏相識時，各出詩文一編，蓋予喜晞顏詩，而晞顏喜予文，至今十年……」據《文忠公集》三四載，陳從古於乾道七年十二月就除湖南轉運判官，八年特除直秘閣，九年正月開府於襄，淳熙改元，復坐論列而罷。據此則萬里撰〈陳晞顏詩集序〉在乾道九年，上推十年，爲隆興元年，係二人初識之時。至於萬里爲陳從古所撰〈敦復齋記〉，未見《誠齋集》，或已佚。嗣後，萬里又撰〈陳晞顏和簡齋詩集序〉、〈洮湖和梅詩序〉（本集七九）。淳熙六年初春，萬里在常州，從古時食祠祿，嘗惠兔羓與萬里，萬里有詩謝之（本集一二）。又從古作堂洮湖之上，榜以壓波，萬里爲作〈壓波堂賦〉（本集四四）。自從古請序、記、賦於萬里觀之，二人相交頗深。

60. 李與賢（1117～？）

《宋元學案補遺》九九：「李燧，字與賢，安福人，紹興丁卯與誠齋同學于清純先生（劉安世）之門，晚當特奏名，不就，所著曰《似剡正論》，蓋其所居似剡溪，故自號似剡老人云。」

按：本集七九〈似剡老人正論序〉：「吾友安福李與賢，自紹興丁卯與予同學於清純先生之門，是時予少與賢十歲。」據此則李燧生於徽宗政和七年。又云：「既而予以官游北南西東，與賢之爲見不數，而與賢之談笑常參前忽後也。今年（淳熙甲辰）與賢以子嘗詣太常，遭値壽聖慈闈七秩慶壽，湛恩賜爵，一日衣九品服蹟門，三十八年之契濶欣戚，把燭相對，申旦不寐，蓋予與與賢皆爲老翁矣。」所云：「三十八年之契闊」乃指紹興丁卯至淳熙甲辰。三十八年間，二人「爲見不數」。考本集一四，有詩三首酬唱於同時：一爲〈和李與賢投贈之韻〉，有「如何天下李元禮，未遇人間鍾子期」句，殆歎李燧仕途不偶。二爲〈李與賢來訪自言所居幽勝，甚似剡溪，因以似剡名其庵，出閑居五詠，因次其韻〉，有「漫浪江湖天一方，故人不見兩三霜，對床說盡平生話，黃葉聲中秋夜長。」詩作於淳熙六年秋，時萬里已離常州任而返吉水，二人乃得相遇而酬唱。三爲〈寄題李與賢似剡庵〉，有「安福詩人李與賢，大書似剡山扉前。」知李燧於文之外，又長於詩。

61. 趙昌父（甫）（1143～1229）

趙蕃，字昌父，其先鄭州人。建炎初，大父暘以秘書少監出提點坑治，寓信州之玉山。蕃以暘致仕，恩補州文學，調浮梁尉、連江主簿，皆不赴。後爲太和主簿，受知於楊萬里。旋調辰州司理參軍。理宗即位，以大社令與劉宰同召不拜，特改奉議郎直秘閣，又辭，奉祠，得致仕，轉承議郎，依前直秘閣。紹定二年卒，年八十七。〔註 27〕謚文節。蕃始受學於劉清之，年五十始問學於朱熹，《朱子文集》與蕃尺牘凡六首。其與朱子往還詩文之稱述朱子者多達二十餘首，相契殊深。朱子〈答徐斯遠書〉有云：「昌父志操文詞皆非流輩所及。」著有《乾道稿》二卷，《淳熙稿》二十卷，《章泉稿》五卷。（《宋史》四四五，劉宰〈章泉趙先生墓表〉）

按：宋劉宰《漫塘文集》三二〈章泉趙先生墓表〉（又見《章泉稿》五附錄）云：「（趙蕃）其先自杭徙汴，由汴而鄭，南渡居信之玉山。曾祖暘，朝散大夫直龍圖閣提舉江州太平觀，祖澤迪功郎海州朐山縣主簿承議郎，父渙奉議郎通判沆州贈朝奉郎龍圖，

〔註 27〕《貴耳集》載趙昌父名蕃，號章泉，與益公同里。益公當軸，所仕但一酒官耳。五十年不調，一時名勝納交，户外之履常滿。壽九十餘，以秘閣正郎聘之，不至；而《宋史》本傳言趙蕃卒年八十七，二說互異，未審孰是。

殁葬玉山之章泉。先生因家焉，故世號章泉先生。」《宋史》本傳失載，可據此補之。又云：「方先生（趙蕃）之在太和便坐有齋，榜曰思隱，蓋當筮之初已有山林之思，在官清苦，惟以賦詠自娛，以是受知於吉之鄉先生楊公萬里，贈詩有云：『西昌主簿如禪僧，日餐秋菊嚼春冰。』又云：『勸渠未要思舊隱，且與西昌作好春。』其所以行之身，加乎民者，畧可想見。」考萬里於淳熙七年正月赴廣東常平茶塩任，〈之官五羊，過太和縣登快閣觀山谷石刻，賦兩絕句呈知縣李紳公垂主簿趙蕃昌父〉（本集一五），並有〈題太和主簿趙昌父思隱堂〉詩，即劉宰撰墓表所引者。本集七四〈遠明樓記〉：「淳熙庚子，之官五羊，道西昌，簿公趙昌甫來。」所記相合，知趙蕃受知於萬里即在是年春季之前。此一期間，萬里有〈二月一日曉渡太和江〉、〈明發海智寺遇雨〉、〈萬安道中書事〉諸詩；趙蕃有〈次韻楊廷秀太和萬安道中所寄七首〉（《淳熙稿》二〇）。萬里既官廣東，趙蕃有詩〈寄誠齋先生〉云：「邇日使嶺表，歷論無此賢。誰歟記南海，久矣賦貪泉。」（《淳熙稿》一二）此外，又有〈雪中讀誠齋荊溪諸集成古詩二十韻奉寄並呈吳仲權〉（《章泉稿》一）。紹熙二年春，萬里在江東轉運副使任，駐金陵，寒食前一日行部過牛首山，宿穩寺、新寺、青山寺、黃池鎮、横岡、宛陵道，有〈題趙昌父山居八詠〉。嗣後二人交游未詳，蓋萬里已返吉水，退休不仕。趙蕃能詩，四庫提要云：「蕃之恬淡自守，人品本高，宜其詩之無俗韻也。」蕃之受知於萬里，蓋緣於此。

62. 鞏采若

鞏湘，字采若，東平人，父庭芝南渡，寄籍浙江武義。紹興十二年進士。二十四年策進士時以左宣教郎充點檢官。淳熙二年為軍器監，三年四月以朝奉大夫出守湖州，轉朝散大夫。四年十二月除明州長吏。七年任廣南東路經畧安撫使兼知廣州。八年十二月平汀

寇沈師。十年除直龍圖閣留任。(《金華賢達傳》八;《南宋制撫年表》頁 57)

按:鞏湘於紹興二十四年策進士時,以左宣教郎充點檢官,初識萬里,或在其時。淳熙七年鞏湘任廣南東路經署安撫使兼知廣州,萬里亦於是年提舉廣東常平茶塩。八年十二月鞏湘平沈師,萬里以廣東提點刑獄出兵潮梅,聯合平寇。九年正月平賊班師,萬里途經石灣,得鞏湘書約觀燈,有詩紀事,云:「昨暮顛風浪打頭,那知今日得安流。元宵不爲游人好,細雨先供客子愁。病骨支離妨酒琖,詩仙招喚試燈毬。書生薄命多磨折,樂事良辰判却休。」(本集一八)並同游蒲澗。萬里〈和鞏采若游蒲澗〉云:「元戎解領三千騎,勝日來尋九節蒲。」(同上)稱美鞏湘平賊之功。淳熙十二年,萬里上〈荐士錄〉云:「鞏湘,今之儒先,世之吏師。」甚見敬長尊賢之誠與相知之深。

63. 陳蹇叔(1125~?)

陳仲諤,字蹇叔,福州閩縣安仁鄉開化里人,小名文僧,小字章老,年二十有四,中紹興十八年五甲第一百三十三名進士。(《紹興十八年同年小錄》;《淳熙三山志》二八)

按:萬里與仲諤初識年代,疑在淳熙十一年冬,萬里召爲尙左郎官。十二年春,萬里有〈和陳蹇叔郎中乙巳上元晴和〉(本集一九)云:「買燈莫費東坡紙,今歲鼇山不入宮。」東坡紙者,殆指蘇軾諫買浙燈狀,頗具諷意,仲諤原韻無考。題稱「郎中」,蓋仲諤時在臨安任官。是年夏,仲諤出閩漕,萬里有〈陳蹇叔郎中出閩漕別送新茶李聖俞郎中出手分似〉(同上)。李聖俞,生平不詳。

64. 沈虞卿

《宋詩紀事補遺》四五:「沈揆,字虞卿,嘉興人。紹興三十年進士。(淳熙)六年以朝奉郎知嘉興,人號儒者之政。九年除秘書少監，十四年爲秘閣修撰江東運副。紹熙元年中大夫知寧國府，二年知蘇州，四年除司農卿權吏部侍郎，七年朝奉大夫知台州，官知禮部侍郎，著有《野堂集》。」

按：萬里於淳熙十二年夏有〈沈虞卿秘監招遊西湖〉（本集一九）二人並在臨安，其初識疑在此一時期。時萬里任尚左郎官，沈揆任秘書監。〔註 28〕同年秋，給事葛楚輔、侍郎余處恭二詹事招儲禁同寮沈虞卿秘監，諭德尤延之右司、侍講何自然少監、羅春伯大著二宮教及萬里泛舟西湖，步登孤山，萬里有五言紀其事（本集一九），詩題稱「沈虞卿秘監」，則沈揆時任是職。十三年上巳日，萬里與沈虞卿、尤延之、莫仲謙招陸務觀、沈子壽小集張氏北園，賞海棠，務觀持酒酹花，萬里走筆賦長句，並再和一首（同卷）。十四年上巳，萬里同沈虞卿、尤延之、王順伯、林景思游春湖上得十絕句呈同社（本集二二）。同年夏，沈揆將漕江東，萬里有詩送之，題曰「沈虞卿秘監修撰」（同卷），則沈揆是時新除秘閣修撰將漕江東，與《南宋館閣續錄》，《宋中興東宮官僚題名》所載相合。〔註 29〕十六年冬，萬里除秘書監、銜命郊勞使客，入淮河，有〈舟中雪作和沈虞卿寄雪詩韻〉，云：「卷舒東陽琢冰句，不羨銷金歌淺斟。」「東陽」即指沈揆。總觀二人交往可考見者，自淳熙十二年至十六年，嗣後未見酬唱。

65. 吳春卿（1131～1186）

吳燠，字春卿，世爲衢之西安人，紹興二十四年策進士第，調福州福清主簿，後除撫州州學教授，以父憂去官。除喪，授隆興府府學教授，改宣教郎，知建康府浦城縣，轉奉議郎。有詔，詣丞相府察廉爲辨審計司轉承議郎。除荊湖北路提點刑獄公事。十一年召還賜對，

〔註 28〕《南宋館閣續錄》九：「沈揆淳熙十一年十一月爲監。」《宋中興東宮官僚題名》：「十一年五月除秘書監仍兼左諭德。」次年官履宜同。

〔註 29〕《宋中興東宮官僚題名》：「沈揆十四年五月除秘閣修撰江東運副。」《南宋館閣續錄》七所記相同。

轉朝散郎。明年遷樞密院檢詳諸房文字，遷司農少卿，兼權中書舍人，遷起居舍人仍兼西掖，遷起居郎。淳熙十三年十二月二日卒，享年五十有六。（本集一二五〈朝奉大夫起居郎吳公墓誌銘〉）

按：吳燠與萬里同年進士，二人初識殆在紹興二十四年。淳熙十二年，二人列官於朝。夏，萬里有〈吳春卿郎中餉臘豬肉戲作古句〉（本集一九）。〈吳公墓誌銘〉云：「淳熙十三年十月二十二日，皇帝會慶節，北使來賀，命朝奉大夫起居郎吳公假禮部尚書館之。天寒，公罷於匽薄，是日嬰疾，一足不良能行，賜告反室，俾近醫葯。予往問疾，則呼酒酌我，取秘閣新刻法書相與展玩，疾蓋小愈。至十二月二日，奄忽而逝，疾再作云。」略見二人晚歲交游。吳燠卒後，其弟烜狀其行來謁，萬里爲作墓誌銘。綜觀二人同年同舍，關係至密，吳燠晚年病篤，萬里探訪，頗見厚誼。

66. **顏幾聖**（1119～1193）

顏師魯，字幾聖，漳州龍溪人。紹興十二年擢進士第，歷知莆田福清縣。召爲官告院，遷國子丞，除江東提舉。後爲監察御史、國子祭酒、禮部侍郎、吏部侍郎、史部尚書兼侍講，晚以龍圖閣直學士知泉州。紹熙四年卒於家，年七十有五，謚曰定肅。（《宋史》三八九；《攻媿集》三五〈除知泉州制〉）

按：萬里於淳熙十一年冬任吏部員外郎，與師魯初識當在是時。次年二月二十四日寺丞田丈清叔及學中舊同舍諸丈與萬里同祭酒顏幾聖學官諸丈集於西湖，雨中泛舟，坐上二十人，用遲日江上麗四句分韻賦詩，萬里得融字呈同舍（本集一九），時師魯在國子祭酒任。同年夏，大司成顏幾聖率同舍招游裴園，泛舟繞孤山、賞荷花，晚泊玉壺，萬里得十絕句紀事（同卷）。淳熙十六年秋，顏幾聖出守泉州，萬里有詩二首送之，中有「我來公去如相避，送眼行塵不得追。」（本集二六）是萬里召赴臨安，師魯則出守泉州，二人相遇，故作斯語。師魯於十六年出守泉州，《宋史》未詳，可據此補之。

67. 胡子遠

胡晉臣，字子遠，蜀州人，紹興二十七年王十朋榜同進士出身，為成都通判制置使。孝宗召赴行在，入對，除秘書省校書郎，遷著作佐郎，知漢洲。後除潼川路提點刑獄，以憂去。服除，再召，除都支郎，累遷侍御史。光宗嗣位，遷工部侍郎，除給事中，拜端明殿學士。後除參知政事，兼同知樞密院事，與丞相留正同心輔政，中外帖然。紹熙四年七月卒於位，贈資政殿學士，謚文靖。（《宋史》二九一）

按：晉臣與萬里初識年月未詳。淳熙十二年萬里在臨安任吏部郎中，有〈謝胡子遠郎中惠蒲太韶墨報以龍涎心字香〉詩，二人或識於其時。本集一一二〈東宮勸讀錄〉楊長孺後記云：「淳熙乙巳，史方叔侍郎既以敷文閣待制奉祠，於是東宮闕侍讀一員，時經營欲得之者甚眾……，八月初八日早呈進，上閱至胡子遠，云『也得。』又閱至誠齋，云『遮箇好也麼。』遂得旨以誠齋兼侍讀。」時二人並列於朝。

68. 李子西

《宋元學案補遺》別附二引《一統志》：「李長庚，字子西，江華人，紹興進士，歷官五十年，仕至朝議大夫，廉潔有守，不事生產，唯積書數千卷，號其讀書之室曰冰壺，卒年八十六。」

按：萬里與長庚酬唱之詩有二首，稱同年，則長庚於紹興二十四年中進士第，二人或初識於其時。淳熙十二年，萬里在臨安任吏部郎中，有〈和同年李子西通判〉，中有「向來年少今俱老，君拜監州我作郎。」十四年夏，萬里任左司郎中，有〈臨賀別駕李子西同年寄五字詩以杜句君隨丞相後為韻和以謝焉〉詩，云：「謫仙幾代孫，今日臨賀丞。風月三千首，吾子豈未能。長把脩月斧，細彫玉壺冰。天池羽翼就，即看垂天鵬。」（本集二二）所謂「細彫玉壺冰」，蓋指長庚所號書室。

69. 周元吉

周頡，字元吉，長興人。紹興十五年進士，曾以朝奉郎知德安府。淳熙十二年任右司郎中。十四年爲湖北轉運判官。又曾官兩浙提刑。（《全宋詞》作者小傳）

按：周頡事不多載，唯與萬里唱和頗多。淳熙十二年，萬里在吏部郎中任，八月擢太子侍讀，九月有〈和周元吉左司東省培竹〉、〈和周元吉左司夢歸之韻〉、〈和周元吉左司郊祀慶成韻〉（本集一九），是二人酬唱之始，題稱「左司」，與《全宋詞》小傳略異。十三年，萬里任右司郎中，有〈和周元吉省中新竹〉（本集二〇）。是年秋，有「送周元吉顯謨左司將漕湖北」（同卷），稱「顯謨」，可補「全宋詩」小傳之闕。十四年，萬里仍在臨安，周頡在湖北，萬里有〈省中直舍因敲新竹懷周元吉〉二首（本集二二）、〈寄題周元吉湖北漕司志功堂〉（本集二三）。紹熙三年，萬里有〈寄題周元吉左司山居三詠〉（本集三四）。是年冬，萬里返吉水，嗣後二人往還未詳。

70. 葛楚輔

葛邲，字楚輔，其先丹陽人，後徙吳興，隆興元年木待問榜進士，除國子博士。淳熙五年四月除秘書郎，十月爲著作佐郎。六年十一月爲著作郎。七年二月爲右正言，累遷中書舍人、給事中，除刑部尚書。紹熙元年，除參知政事，又除知樞密院事。四年，拜左丞相，未期年，除觀文殿大學士知建康府改隆興府，請祠。寧宗即位，改判福州，道行感疾，除少保致仕。年六十六卒，謚文定。有《文集》二百卷，《詞集》五十卷。（《南宋館閣續錄》七、八；《宋史》三八五）

按：葛邲於淳熙七年爲右正言，萬里有啓申賀（本集五三），是二人相識在是前。又〈東宮勸讀錄〉楊長孺後記云：「淳熙乙巳史方叔侍郎既以敷文閣待制奉祠，於是東宮闕侍講一員……余處恭、葛楚輔見梁丞相，問云：宮僚闕勸讀官如何？余葛二公對曰：今日請間固欲白此，乃合辭以誠齋爲荐。」是萬里之擢侍讀乃得力於余、葛二人之所荐。同年暮秋，萬里有〈給事葛楚輔侍郎余處恭二詹事，招儲禁同僚沈虞卿秘監、諭德尤延之右司，侍講何自然少監、羅春伯大著二宮教及予泛舟西湖，步登孤山五言〉（本集一九）。據《宋中興東宮官僚題名》：「葛邲淳熙九年八月以中書舍人兼左庶子，十年二月升兼詹事，十一年四月除給事中仍兼，十三年七月除權刑部尚書仍兼，十六年正月除同知樞密院事。」故萬里詩題稱葛邲爲「給事」，殆十二年葛邲仍任該職，《宋史》未詳載，可據此補之。

71. 余處恭（1135～1201）

余端禮，字處恭，衢之龍游人，紹興二十七年進士，知湖州烏程縣。以荐，爲監察御史，遷大理少卿，轉太常少卿，兼太子侍讀，兼權禮部侍郎，除兵部侍郎兼權吏部侍郎及太子詹事爲賀金國正旦使，進吏部侍郎知太平州。光宗立，授集英殿修撰知贛州，還爲吏部侍郎權刑部尚書兼侍講，以煥章閣直學士知建康府，召拜吏部尚書，擢同知樞密院事，進樞密院事，兼參知政事。後拜右丞相，遷左丞相。未幾以觀文殿大學士判隆興府，又判潭州。嘉泰元年六月二十八日卒於潭州州治，享年六十有七，謚忠肅。（本集一二四〈宋故少保左丞相觀文殿大學士贈少師郇國余公墓銘〉；《宋史》三九八）

按：萬里與端禮初識於淳熙十二年之前。本集一一二〈東宮勸讀錄〉楊長孺後記載，萬里之擢爲太子侍讀乃得力於余端禮及葛邲之荐（參葛邲條），而於十二年八月就任，共爲東宮同僚。十二年秋，萬里同端禮等遊西湖（參葛邲條），有詩紀之（本集九），題稱「余處恭詹事」，知端禮時任太子詹事（《宋史》本傳）。據《宋中興東宮官僚題名》；「余端禮，淳熙九年六月以太常少卿兼侍讀，十年二月除兵部侍郎仍兼，四月升兼詹事，十二年五月除吏部侍郎仍兼，七月知太平州。」知端禮兼詹事有年。紹熙二年，端禮知建康府，後又召拜吏部尚書，時萬里漕江東，駐金陵，有〈賀建康帥余處恭迎寶公禱雨隨應〉、〈陪留守余處恭總領錢進思提刑傅景仁游清涼寺即古石頭城〉、〈謝余處恭送七夕酒果蜜食化生兒〉、〈中元前賀余處恭尚書禱雨沛然霑足〉（本集三一）、〈下元日詣會慶節所道場呈余處恭尚書〉、〈和余處恭贈方士閻都幹〉（本集三三）。三年萬里作〈建康府新建貢院記〉（本集七四），追述去年端禮知建康新建貢院經過。此外，又有〈和余處恭尚書清涼寺勸農〉詩（本集三三）。慶元元年四月端禮拜右丞相，五月萬里受召赴行在，辭，上〈辭免召命公劄〉（本集七〇），並有〈與余右相書〉（本集六六）云：「今大丞相以其門墻之舊，矜其老朽而收召之，以風天下，此眞其退歸之機會也。某得此機會，而不乘之以歸，它日求歸，其將焉歸。已具公劄申聞，欲望大丞相力賜開陳，俾遂老懷之大願，特免此行，再畀祠祿，以活餘生，此實惠也。」具劄辭免，聖旨不許，再上〈再辭免劄子〉（本集七〇），並上〈再與余丞相書〉（本集六六）以「年日益侵，病日益加，心往而形不隨，身行而力不應故也。」請辭免召。九月萬里除煥章閣待制，有〈除煥章閣待制謝余丞相啓〉（本集五五），尋又上劄辭免（本集七〇）。二年，端禮爲左相，尋帥潭州。四年，萬里有〈謝潭帥余處恭左相遺騎惠書送酒〉三首（本集三八），時端禮仍在潭州。後四年（嘉泰元年）端禮在長沙，暑行屬疾卒於位，萬里爲文祭之，云：「知音云亡，流水誰御。淳熙季年，光宗潛淵。公爲宮詹，我忝經筵。慶元元祀，皇上嗣位。公在左揆，我以病廢……我本狂者，深山野夫。淳熙十二，逢公中都。公爲侍郎，我在郎署，同省異曹，一見殊顧。中都金陵，一再爲僚。心則斷金，情則同胞。有酒呼我，有詩和我，一別雲散，公升我隨。公相我皇，拔茹無方，巖採結緣，淵漉夜光。恢彼雲網，愁我長往。搜林剔藪，下逮草莽。病夫掩扃，再勤弓旌。招之不來，寘彼西清，君恩天覆，病夫非據。微公之故，胡爲乎天路。天乎至此，吾道已矣。」（本集一〇二）此文最詳二人交游，深誼亦可據此而見。此外，又有〈再祭余丞相文〉（同卷），甚見哀思情懷。二年，萬里作詩以挽，有〈余處恭少師左相郇公挽詞三章〉（本集四一）。其三云：「天下非無士，胸中自有人；如何初拜相，首荐一遺民。恩我丘山小，懷公骨肉親。白頭哭知己，東望猶傷神。」知己之情，歷歷在目。三年，端禮子嶧及諸孤葬之於龍遊縣，請銘於萬里，萬里乃作墓銘（本集一二四），中云：「至若彌縫密勿，省幾燭微，潛消陰制，深計遠慮，宜不得盡知。公嘗語所親吏曰：某備位宰相，無他長，唯以全護善類爲急，其他皆所可畧。要不可與此等爭虛名，而使士大夫受實禍。此公之盛心也。蓋當公之秉國，適有道學相攻之隙，事方鼎沸，未易調和，非少有縱舍而徒爲矯亢，其勢莫遏，其欲未厭，名雖公歸，禍將世遍，故利欲飽而黨錮解，此其驗也。」稱頌端禮致力於全護善類並陳關於慶元黨禁之政見。

72. 何自然

何澹，字自然，處州龍泉人。乾道二年蕭國梁榜進士。淳熙二年授秘書省正字，四年除校書郎；七年除秘書郎；九年除秘書丞；十二年將作少監；十三年任將作監；十五年任國子司業，遷祭酒，除兵部侍郎。光宗內禪，拜右諫議大夫兼侍講。慶元元年任御史中丞；二年除同知樞密院，除參知政事。嘉泰元年罷。嘉定元年，以觀文殿學士知建康府兼江淮制置使。有《小山集》。（《宋史》三九四；《南宋館閣錄》八；《續錄》七、八、九；《宋中興東宮官僚題名》）

按：萬里與何澹相識疑在淳熙十二年之前，與初識葛邲、余端禮同一時期。本集一九載是年萬里與何澹同遊西湖詩，題稱「何自然少監」，時何澹任將作少監，萬里任太子侍讀，並在臨安。

73. 羅春伯（1150～1194）

羅點，字春伯，登淳熙二年進士第，〔註 30〕時年二十六，授定江節度推官，除太學博士。十年二月試舘職，拜秘書省正字，六月遷校書郎，兼國史院編修官。十二年二月爲秘書郎，兼皇太子宮小學教授，五月采摭古人行事可爲勸戒者合爲一書名《鑑古錄》，六月除著作郎。十三年正月〔註 31〕爲提舉浙西常平茶塩事。十四年四月兼權平江府。十五年召赴行在，除戶部員外郎。五兼太子侍講，十月遷起居舍人，避祖諱，改太常少卿。十六年二月光宗即位，遷中書舍人，七月拜吏部侍郎，十二月兼權刑部侍郎。紹熙二年兼侍講。四年十二月拜兵部尚書。寧宗立，拜端明殿學士簽書樞密院事；九月十四日卒，享年四十有五。謚文恭。有《奏議》二十三卷，《春秋孟子講義》若干卷。（袁燮《絜齋集》一二〈羅公行狀〉；《南宋館閣續錄》八、九；《宋中興東宮官僚題名》；《宋史》三九三）

按：萬里與羅點相識疑在淳熙十二年。本集一九載是年萬里與羅點同遊西湖詩，題稱「羅春伯大著」，時羅點任著作郎。同卷載是年冬十二月，萬里有「送羅春伯大著提舉浙西，年月與《宋中興東宮官僚題名》所記相同。後五年（紹熙五年）萬里有〈跋羅春伯藏高氏樂毅論〉（本集三〇）。是年冬十一月萬里補外，以直龍圖閣出爲江東轉運副使，駐金陵。嗣後二人往還無考。

74. 章德茂

章森，字德茷，廣漢人。淳熙十六年知建康府。紹熙元年再任，除顯謨閣待制。二年二月改江陵（《南宋制撫年表》頁 14 引《水心集》〈知平江趙公墓志〉及《景定建康志》）。四年除煥章閣直學士知興元

〔註 30〕 宋袁燮《絜齋集》一二作「二年進士」、《宋史》本傳誤爲「三年」。

〔註 31〕 《絜齋集》作「十三年正月」；《南宋舘閣續錄》八；「十三年十二月爲浙西提舉。」《宋中興東宮官僚題名》；「（淳熙十二年）十二月除浙西提舉。」三者所記畧異。《宋史》無載年月。

府（《攻媿集》三五〈除煥章閣直學士知興元府制〉）。五年三月合利州東路面路爲一，以興元府河堰落成，徠勞工徒。尋知瀘州（《攻媿集》三五〈改知瀘州制〉）。慶元三年以諸司荐舉帥興元（《南宋制撫年表》頁 52 引《朝野雜記》；《攻媿集》三六〈依舊知興元府制〉）。官終吏部尚書。（《攻媿集》三五、三六、四〇）

按：萬里與章森初識當在淳熙十二年之前。是年冬章森使虜，萬里作詩送之（本集一九），題稱少卿，蓋其時官職。尋萬里有〈和章德茂少卿拉館學之士四人訪王德脩提幹〉詩（同卷），時萬里在太子侍讀任。紹熙二年元日，章森自建康移帥江陵，萬里作詩送之（本集三一），有「西湖一別忽三年，白首相從豈偶然；到得我來恰君去，政當臘後與春前。」時萬里初駐金陵，上溯三年爲淳熙十五年，萬里以直秘閣出知筠州，故有「西湖一別忽三年」之語。慶元三年，章森在知興元府任，致書萬里，萬里答之（本集六七）〈答興元府章侍郎書〉，有云：「某伏自壬子八月謝病自免，歸臥空山。我南公西，楚星蜀月，同光共影，從此分矣。……還家五年（慶元三年）……而乃得故人萬金之書……某定交海內，未嘗得罪於一人，亦未嘗泛交於一人，獨於蜀中之士大夫，若釋氏所謂宿緣者，往往見而合者獨多於他處。如紫岩先生我師也；雍公我知己也；欽夫、仲秉、德茂我友也。是數公者，我初不以世俗之求求之，彼亦不以世俗之知知之，皆一見而合，合而久，久而不渝……某之不出也，非某也，老喚之於前而病嗾之於後也……台座以一世人物而任國西事，其不輕而重也昭昭矣。顧欲披漁蓑把釣竿與老友競一槩之節，未聞臯夔爭箕山之瓢，蕭曹妬商山之芝也。德茂無怠，德茂無怠。徵近詩今往一編，獻樵歌於清廟之頌，奏蛩聲於阿閣之鳳，當不嗔也，當一笑也。心事襞積，非故人誰吐？」最見二人深厚友誼。章森正事無傳，事不多載。考章森亦與陸九淵、周必大相知。《象山年譜》載紹熙三年，荊南府帥章德茂以先生（象山）政績上荐；十一月十四日卒，湖北帥章森祭之。章森有堂榜曰「近思」，屬周必大作記，必大於紹熙四年五月二十七日記之，有云:「德茂學無不通而尤深於詩，予嘗同朝聞其語矣。」(《文忠集》二八〈章氏近思堂記〉)

75. 何一之

何萬，字一之，長樂人，木待問榜進士及第，治易兼詩賦。淳熙二年二月除秘書郎；三年正月除著作佐郎；四年正月爲著作郎，六月罷。(《南宋館閣錄》七)

按:何萬事不多載。本集一九有〈送何一之右司出守平江〉作於淳熙十二年，云:「十年一別再從游，又見魚書拜徹侯；人物只今何水部，風流不減柳蘇州。」二人初識當在十年前。考《宋會要輯稿》食貨五一之一二云:「(淳熙十二年) 五月九日詔右司郎官何萬兼提舉領雜賣場寄樁庫左藏封樁庫。」又職官六二之二六云:「(淳熙) 十三年 (據上下文當爲「十三年」，世界本缺「十」字) 六月十二日詔知平江府何萬除直龍圖閣。」與萬里詩題〈何一之右司出守平江〉相合，知何萬十二年任右司，出守平江；十三年除直龍圖閣。

76. 朱師古

朱時敏，字師古，眉山人，紹興二十四年進士 (《宋詩紀事小傳補正》三)。淳熙五年六月除秘書郎；六年十月爲著作佐郎；七年七月除著作郎；九年三月爲將作少監 (《南宋館閣續錄》八)。後進直龍圖閣知潼川 (《宋詩紀事小傳補正》三引《范石湖集》)。立朝十年而後去，拜觀奏稿，高斯得爲作跋 (宋高斯得《恥堂存稿》五〈跋朱少卿時敏奏稿〉)

按:萬里與時敏同年進士，或即初識於紹興二十四年。淳熙十三年正月二十四夜朱時敏招飲小樓看燈，萬里有詩紀之 (本集一九)。十四年秋後，萬里有〈送朱師古龍圖少卿帥潼川〉詩 (本集二三) 云:「甲戌花時策集英，相看鬚鬢各青青。」萬里中第，年二十四；時敏中第，據詩意判斷，年亦相若。考時敏淳熙五年立朝除秘書監，至十四年帥潼川，恰爲十年，證諸高斯得所云：「立朝十年而後去」之語不誤。

77. 陸務觀（1125～1210）

陸游，字務觀，越州山陰人。以蔭補登仕郎。秦檜死後，始赴福州寧德簿，後遷大理寺司直兼宗正簿。孝宗即位，遷樞密院編修官，出通判建康，尋易隆興府。久之，通判夔州。范成大帥蜀，游爲參議官，以文字交，不拘禮法，人譏其頹放，因自號放翁。後累遷江西常平提舉，與祠，知嚴州。未幾，召赴行在，除軍器少監。紹熙元年，遷禮部郎中，兼實錄院檢討官。嘉泰三年權同修國史實錄院同修撰，升寶章閣待制致仕。晚年再出爲韓侂冑撰〈南園閱古泉記〉，見譏清議。嘉定三年卒，年八十六。〔註 32〕著有《劍南詩稿》、《入蜀記》、《南唐書》、《天彭牡丹譜》、《老學菴筆記》、《家世舊聞》、《渭南文集》、《放翁詞》。（《宋史》三九五；錢大昕《潛研堂全書》〈陸放翁年譜〉）

按：陸游《老學菴筆記》一載：「楊廷秀在高安有小詩云：『近紅暮看失燕支，遠白霄明雪色奇。花不見桃惟見李，一生不曉退之詩。』予語之曰：『此意古人已道，但不如公之詳耳。』廷秀愕然，問古人誰曾道？予曰：荊公所謂『積李兮縞夜，崇桃兮炫晝』是也。廷秀大喜，曰：『便當增入小序中。』」考錢譜所載，陸游淳熙七年十月嘗至高安。然是時萬里在廣東，不在高安，故知《老

〔註 32〕《宋史》陸游本傳載陸游卒於嘉定二年，享年八十五。《寶慶會稽續志》五：「嘉定二年卒，年八十有五。」二說相同，然皆未的。姚範《援鶉堂筆記》四〇：「方回云：放翁卒於嘉定二年冬己巳，年八十六，見所選《瀛奎律髓》人日雪詩注。如注，則生於甲辰矣。然按放翁實生於宣和七年乙巳十月十七日，迨慶元元年乙卯，年七十一，有絕句紀之，序云：『予生淮上，是日平旦大風雨駭人，及予墮地，雨乃止。』《宋史》云年八十五，陳直齋《書錄解題》云卒於嘉定庚午，年八十六。作八十六是。」錢大昕《十駕齋養新錄》一六：「考《劍南詩集》有絕句云：『嘉定三年正月後，不知幾度醉春風。』則庚午春放翁尚無恙，當以直齋爲正矣。」二說精審，茲從之。

學菴筆記》所載非淳熙七年事。而陸楊所論高安小詩，考《誠齋集》，實乃〈讀退之李花詩〉（本集五二），作於淳熙十六年春，時萬里在筠州任（案：筠州，唐名，宋名瑞州，郡治高安。）是年秋，萬里抵臨安，陸游亦在臨安，二人乃有談論〈讀退之李花詩〉之事，故知《老學菴筆記》所載者，當爲淳熙十六年秋後事。又按：萬里與陸游初識年月無考，唯自二人文字往還，二人初識不晚於淳熙十三年。是年，陸游差知嚴州府，赴行在，初有五言惠萬里（未見《劍南詩稿》，殆已佚。）萬里和之（本集一九）。同期又有〈雲龍歌調陸務觀〉，云：「天憎二子巧言語，只遣相別無相逢。長安市上忽在値，向來一別三千歲。」以「長安」指南宋行都杭州；「忽再値」指忽再相遇；「一別三千歲」，語甚誇張，未詳嘗別於何時。此外又有〈再和雲龍歌留陸務觀西湖小集且督戰云〉一首（同卷）。是年上巳日，萬里與沈虞卿、尤延之、莫仲謙，招陸游、沈子壽小集張氏北園賞海棠，陸游持酒酹花，萬里走筆賦長句二首，又作〈醉臥海棠圖歌贈陸務觀〉，極寫陸游醉狀（同卷）。寒食，雨中同舍約遊天竺，萬里得十六絕句呈陸游（本集二〇）。夏，萬里讀《劍南詩稿》，跋詩二首，有「重尋子美行程舊，盡拾靈均怨句新」之句。暮夏，有〈簡陸務觀使君編修〉二首，有「聞道雲間陸士龍，釣臺絕頂嘯清風」之句。（同卷）時陸游在嚴州任，十四年冬，萬里寄陸游《南海集》，陸游有詩詠之，云：「夜讀楊卿南海句，始知天下有高流。」（《劍南詩稿》一九）十五年，萬里出知筠州，「舟經釣臺，地主故人陸務觀載酒相勞於江亭之上，索誦近詩，因舉『兩度立朝今結局』之句，務觀大笑曰：『立朝結局，此事未可料，《朝天集》眞結局矣。』」（〈江西道院集序〉）十六年七月，萬里在筠州任，有〈答陸務觀佛祖道院之戲〉（本集二五）。八月萬里召赴行在，九月抵臨安，十月除秘書監。陸游作〈喜楊廷秀秘監再入舘〉（《劍南詩稿》二一）賀之，有「嗚呼大厦傾，孰可任梁棟。願公力起之，千載傳正統」之句。萬里和之（本集二七），有「不知清廟茅，可望明堂棟」之句自謙。時陸游任禮部郎中兼實錄院檢討官。紹熙元年冬，萬里以直龍圖閣出爲江東轉運副使，有〈和陸務觀用張季長吏部韻寄季長兼簡老夫補外之行〉二首（本集三一），時陸游家居。五年夏四月，萬里吉水家居，有詩寄陸游（本集三六）云：「君居東浙我江西，鏡裏新添幾縷絲；花落六回疎信息，月明千里兩相思。」考陸游自淳熙十六年以口語被斥歸，至紹熙五年凡六載未與萬里相見，故作斯語。此詩或以爲萬里規勸陸游勿爲韓侂冑作〈南園記〉，如羅大經《鶴林玉露》一四云：「陸務觀，農師之孫，有詩名……晚年爲韓平原作〈南園記〉，除從官。楊誠齋寄詩云（引詩句全同，從略。）蓋切磋之也。然〈南園記〉唯勉以忠獻之事業，無諛詞。」考萬里此詩作於紹熙五年暮春，而陸游〈南園記〉云：「慶元三年二月丙午，慈福有旨以別園賜今少師平原郡王韓公。」是楊詩在前，賜園在後，陸記尤晚，相距多年，羅說不足爲據。嘉泰二年，陸游次子子龍爲吉州掾（《陸放翁年譜》），陸游特囑其晉謁萬里，萬里有書二通答覆（本集六七、六八），一答陸游「推僕以主盟文墨爲之司命」；二答陸游「壽考富貴皆出偶然」，皆見二人以文墨爲基礎之深厚友誼。

78. 莫仲謙

莫叔光，字仲謙，山陰人，隆興元年進士，調信州永豐縣尉，歷明州滁州州學教授，除勅局刪定官，徙國子博士。召試，除秘書郎校書郎兼皇孫平陽郡王教授，未幾，除著作佐郎。光宗初，兼權工部員外郎，改兼善王府贊讀，升著作郎，頃之，兼權起居舍人。明年除起居舍人，兼權中書舍人，紹熙二年春，雷雪交作，應詔上書，言女謁漸行，近習典政等事，詞皆剴切，人所難言。後拜中書舍人，兼吏部侍郎。後又除權吏部侍郎兼秘書監。卒年無考。（《嘉泰會稽志》一五）

按：《南宋館閣續錄》八載：莫叔光淳熙十一年除校書郎，十三年正月除秘書郎。是年上巳日萬里與沈虞卿、尤延之、莫仲謙招陸務觀、沈子壽小集張氏北園（本集一九）。楊莫二人或即相識於此一期間，時二人立朝臨安。《宋中興東宮官僚題名》：「莫叔光淳熙十四年三月以秘書郎兼皇孫平陽郡王府教授。十五年三月除著作佐郎仍兼。十六年三月以著作佐郎兼嘉王府贊讀，五月除著作郎仍兼，紹熙元年三月除起居舍人。」紹熙四年十一月，陸游有〈莫仲謙挽詞〉，疑即卒於是年，樓鑰有〈祭莫侍郎文〉（《攻媿集》八三）唯未詳年月。

79. 沈子壽

沈瀛，字子壽，號竹齋，歸安人。紹興三十年進士，歷知江州、江東安撫司參議。有《竹齋詞》。（《全宋詞》小傳）

按：《宋詩紀事》五一載沈瀛係湖州人。《水心文集》一二〈沈子壽《文集》序〉云：「吳興（湖州治）沈子壽少入小學，名聞四方，仕四十餘年，絀於王官，再入館，三佐帥府，公私憔悴而子壽老矣，然其平生業嗜文字若性命在身，非外物也。」又卷一〇〈北村記〉云：「戶部尚書吳興沈公園於城北奉勝門外。」沈瀛事不多載，可據此補之。淳熙十三年上巳日萬里與沈虞卿、尤延之、莫仲謙招陸務觀、沈子壽小集張氏北園（本集一九）。紹熙元年，萬里在臨安，有〈題沈子壽旁觀錄〉云：「逢著詩人沈竹齋，丁寧有口不須開；被渠譜入旁觀錄，四馬如何挽得回。」（本集三〇）稍後，有〈和沈子壽還朝天集之韻〉（同卷）。二年，萬里漕江東，三年返吉水。吉水家居間，有〈答沈子壽書〉（本集六六）云：「能詩如子壽，能文如子壽，與人交不以燥濕涼燠兩其心如子壽，此而可疏孰不可疏。有風北來，吹墮好音，知故人之不我忘，如我之不故人忘也……九江山水國也，天賜詩人……某幼無知識，妄意學道愛人之事，誤墮在一世爭奪之場，今幸天脫，謝家東山已決終焉之志，青鞋布韈從此始矣。」時萬里掛冠，不復仕意堅定。沈瀛時殆知江州。

80. 趙子直（1140～1196）

趙汝愚，字子直，居饒之餘干縣。乾道二年擢進士第一。五年除秘書省正字，六年除校書郎，七年除著作佐郎，八年五月知信州，易台州，除江西轉運判官。淳熙七年九月除少監，八年三月除權吏部侍郎。外祠，以集英殿修撰帥福建。進直學士制置四川兼成都府。光宗立，除知潭州，改太平州，進敷文閣學士知福州。紹熙二年召爲吏部尚書，除知樞密院事。寧宗立，權參知政事，拜右丞相，爲韓侂胄所忌，責授寧遠軍節度副使，永州安置。抵衡州，暴薨，時慶元年正月，年五十七。謚忠定。著有《文集》、《太宗實錄舉要》，《諸臣奏議》。（《餘干縣志》二二；《宋蜀文輯存》七一〈劉光祖撰宋丞相忠定趙公墓誌銘〉；《南宋館閣錄》七、八；《續錄》七；《宋史》三九二）

按：萬里與汝愚初識當不晚於淳熙初。本集四四〈糟蟹賦序〉云：「江西趙漕子直餉蟹風味勝絕作賦以謝之。」時汝愚漕江西，萬里吉水家居。據此，二人初識，疑在乾道六年至八年間，時二人並列於朝。淳熙十三年，萬里在右司郎中任，有〈餞趙子直制置閣學侍郎出帥益州分未到五更猶是春二十八字爲韻得猶字〉詩（本集二〇）。益州，即四川。是年暮春汝愚進直學士制置四川兼成都府。《宋史》未載年月，可據此補之。該詩有云：「錦水花潭照碧油，西清學士舊鰲頭……垂楊管得人離別，舞破春風勸玉舟。」略可想見二人友誼。

81. 陳益之（1144～1216）

陳謙，字益之，溫州永嘉人。乾道八年進士，授福州戶曹，主管刑工部架閣文字，遷國子錄勅令所刪脩官，樞密院編修官。孝宗內禪，通判江州，知常州提舉湖北常平平辰州峒傜加直煥章閣，除戶部郎中。會黨論起，以趙汝愚黨坐斥，後數年起爲提點成都路刑獄，移京西運判，復直煥章閣，遷司農少卿湖廣總領，除宣撫司參謀官。後以寶謨閣待制副宣撫置司北岸，未幾奪職。罷後復知江州。韓侂冑死，和議已決，復罷奉祠。嘉定九年卒，年七十三。著有《易庵集》、《永寧編》、《雁山詩紀》。(《水心文集》二五〈朝請大夫陳公墓誌銘〉;《宋史》三九六)

按:萬里與陳謙初識當在淳熙十一年冬萬里入朝任尚左郎官後。十二年五月萬里除吏部郎中，上〈荐士錄〉云:「陳謙，學問深醇，文辭雄俊，聲冠兩學，陸沉下僚。」顯然相知已深。十三年暮春，萬里招陳謙、李沐二主管小酌，陳謙指蠶豆云未有賦者，萬里乃戲作七言(本集二○)。

82. 李兼濟

李沐，字兼濟，湖州德清人。乾道八年進士，治詩賦。紹熙元年除秘書丞;二年三月為浙東提舉。歷知鎮江、潭州、慶元等府。(《南宋館閣續錄》七;《宋元學案》九七)慶元中與一時臺諫排趙汝愚，善類一空，公論醜之。(《宋史》三八六〈李彥穎傳〉附;《宋元學案》九七)

按:萬里初識李沐，當在淳熙十一年冬入朝任尚左郎官後。十二年萬里上〈荐士錄〉云:「李沐，大臣之子，綽有寒酸之操，甲科之雋而益厲文辭之工。」(李沐父為李彥穎，《宋史》有傳。)知之已深。十三年暮春，萬里招陳謙、李沐二主管小酌，有詩紀之(本集二○)。李沐與陳謙同年進士，并受知於萬里，至於李沐於慶元中排汝愚等，則非萬里始料所及。

83. 應仲實

應孟明，字仲實，婺州永康人，登隆興元年進士第，調臨安府教授，繼為浙東安撫司幹官，樂平縣丞。拜大理寺丞，出為福建提舉常平，尋除浙東提點刑獄，改江東。後進直秘閣知靜江府兼廣西經略安撫。光宗即位，遷浙西提點刑獄，尋召為吏部員外郎，改左司，遷右司，再遷中書門下省檢正諸房公事。寧宗即位，拜太府卿兼吏部侍郎。慶元初，權吏部侍郎，卒。(《宋史》四二二；《南宋館閣續錄》九；《金華賢達傳》四；《金華先民傳》三)

按：萬里與孟明初識當在淳熙十一年冬後，時孟明殆在大理寺丞任，與萬里並在臨安。十三年，萬里在樞密院檢詳任，仍在臨安，「福建提舉應仲實送新茶」，萬里以詩謝之，中有「聞道閩山官況好，何時乞得兩朱輪。」(本集二〇)，時應明已出爲福建提舉。

84. 孫德操

孫楙，字德操，太平人。紹興二十四年進士，歷判池、眞、穎三州。累遷知溫州，朱熹稱其爲古良吏。紹熙四年以直龍圖閣知溫州。後以韓侂冑用事而謝官歸隱。(《南宋文範》四四)

按：萬里與孫楙同年進士，二人相識疑在紹興二十四年。淳熙十三年秋，萬里有〈送孫檢正德操龍圖出知鎭江〉(本集二〇)，知孫楙是時官履。詩有「看花走馬紹興間，彼此春風各少年，黃甲諸儒今幾許，白頭同舍省東偏。」二人同年復同舍，關係甚密。

85. 京仲遠 (1138～1200)

京鏜，字仲遠，豫章人，紹興二十七年進士。乾道三年星子縣令。淳熙五年擢監察御史，十三年遷右司郎中，轉中書門下省檢正諸房公事。高宗喪，受命使金報謝來弔，不受宴樂，使還，擢權工部侍郎。四川闕帥，爲安撫制置使兼知成都府，召爲刑部尙書。寧宗立，累遷爲左丞相。當是時，韓侂冑權勢威震天下，京鏜既得位，一變其素守，唯奉侂冑風旨而已。又荐引劉德秀，排擊善類，於是有僞學之禁。慶元六年八月卒，年六十三。謚文穆，改謚文忠，復改莊定。(本集一二三〈文忠京公墓誌銘〉；《宋史》三九四)

按：萬里與京鏜初交始於書函往還，時萬里守荊溪，京鏜爲監察御史。本集一〇二〈祭太師文忠京公左相文〉云：「我聞公名，十年之先，我守荊溪(淳熙四～五年)，公察朝端。我浢一書，公答拳拳。我識公面，十年之後；偕掾公府，我左公右，公使朔犹，我出筠守（淳熙十五～十六年）。自此一別，不再盍簪。十三年間，一昇一沈。公冠台鼎，我老山林。公使犹時，大節玉立。公以哀往，彼以娛接。夷樂雷起，花帽雲集。日旰肉乾，公辭秩筵。以死自誓，挽之不前。金節來皈，名重於山，公皈自蜀，逢國多故。」又本集四〇挽京鏜辭云：「柏府公峨豸，荊溪我把麾；聞風無半面，折簡兩相知。」皆詳二人交游。淳熙十二年，萬里上〈荐士錄〉云：「京鏜，性資靜愨，文辭工致。」（本集一一三）已深知之。十三年秋，二人會唔，有〈跋京仲遠所藏楊補之紅綾上所作著色掀篷梅〉（本集二〇）。是年十一月二十五日萬里除左司郎中，時京鏜任右司郎中，所謂「偕掾公府，我左公右」者指此。十五年，京鏜使金，萬里守筠州。自是宦海浮沈，不復面晤，然契誼永固。慶元六年八月京鏜卒，萬里撰文祭之（本集一〇二），有云：「嗟我與公，同居江西，分第鄉友，情如孔懷……我以老病，不克哇只。寓辭往奠，有淚如水。」時萬里年七十有四，悼念故人，老淚縱橫。嘉泰元年十一月萬里爲撰墓誌銘。二年，并撰挽歌三章（同時追挽京鏜配盧氏），其一有云：「至今死諸葛，虜使胆猶寒」，言使金事；其二有云：「鎭蜀雙清獻，回天再子明」，言知成都府事；其三有云：「偕掾膠投膝，分襟雲與泥；樓成扁山浦，灑淚欠題詩」，言二人交誼深情。基於二人深摯友誼，對於京鏜「既得位，一變其素守，於國事謾無所可否，但奉行侂胄風旨而已，又荐引劉德秀排擊善類，於是有僞學之禁。」（《宋史》本傳）萬里詩文皆諱言之。京鏜有《雜著》三十卷，《經學講義》五卷，見諸墓誌銘。又有《松坡樂府》一卷，《全宋詞》輯之。

86. 喻叔奇

喻良能，字叔奇，義烏人，登紹興二十七年進士。補廣德尉，遷國子監主簿，復以國子監博士召，兼工部郎中，除太常丞兼舊職，出

知處州，尋以朝請大夫致仕。（《金華先民傳》七；《金華賢達傳》八；《宋史翼》二八）

按：良能，《宋史》無傳。《金華先民傳》載其仕履頗詳。良能有兄良倚（伯壽）、良弼（李直），俱以古文詞有聲於時，良能著有《忠義傳》二十卷，《諸經講義》五卷，《家帚編》十五卷，久佚不傳。陳亮《龍川集》〈題喻季直文編〉云：「喻叔奇于人煦煦有恩意，使人別去三日念之輒不釋。其爲文精深簡雅，讀之愈久而意若新，是良能之文亦有可自成一家者。」據此可畧知其文風，惜其文已湮沒無傳，而僅存詩曰《香山集》，其次韻李大著春日雜詩中有「青夢到香山」句，自注云：「余所居山名」，蓋以地名集，與白居易無涉。萬里與良能初識疑在淳熙十一年冬，萬里任官臨安。十二年二月二十四日寺丞田丈清叔及學中同舍諸友拉萬里同屈祭酒顏丈幾聖學官諸丈集於西湖，雨中泛舟，座上二十人，用遲日江山麗四句分韻賦詩，萬里得融字呈同社（本集一九）。良能以小疾未至，分韻得子字（《香山集》四）。夏六月，大司成顏幾聖同舍招遊裴園，泛舟繞孤山，賞荷花，晚泊玉壺，萬里得十絕句（本集一九）。良能次韻，有〈次韻楊廷秀郎中遊西湖十絕〉（《香山集》一三）。又萬里有浣花圖歌，良能次其韻（《香山集》三）。十三年，萬里寄題喻良能園亭二十六詠（本集二一）稱良能「國博郎中」，蓋良能時任國子監博士兼吏部郎中。十四年冬，良能知處州，萬里作詩送之，有「括蒼山水名天下，工部風煙入筆端」之句（本集二三），頗見推許之意。《四庫提要》云：「（喻良能）多與萬里酬唱，故其詩格約略相近，特不及萬里之博大。」讀二人詩，知紀昀所云，中乎肯綮。

87. 張功父（甫）（1153～？）

張鎡，字功父，舊字時可，號約齋，成紀人，居臨安，張俊諸孫。生於紹興二十三年。隆興二年爲大理司直。淳熙五年，以直秘閣通判婺州。慶元元年任司農寺主簿，三年，任司農寺丞。開禧三年爲司農少卿，坐事追兩官送廣德軍居住。嘉定四年，坐扇搖國本，除名象州編管。〔註 33〕有《南湖集》、《玉照堂詞》。(《宋詩紀事》、《全宋詞》小傳)

按：本集八〇〈約齋南湖集序〉云：「初予因里中浮屠德璘談循王（張俊）之曾孫約齋子有能詩聲，余固心慕之，然猶以爲貴公子，未敢即也。既而訪陸務觀於西湖之上，適約齋子在焉，則深目顰蹙，寒肩臞膝，坐於一草堂之下，而其意若在岩岳雲月之外者，蓋非貴公子也，始恨識之之晚。」考楊、陸西湖之會在淳熙十三年春（本集一九〈雲龍歌調陸務觀〉）據此知楊張初識在是年。又云：「既而又從尤延之京仲遠過其所居曰『桂隱』者，於是盡出其平生之詩，蓋詩之臞又甚於其貌之臞也。」此則楊、張二度之會晤。考本集二一萬里淳熙十三年冬詩，有〈跋張功父通判直閣所惠約齋詩乙稾〉云：「苦處霜爭澀，臞來鶴校強。」張鎡有詩和之（《南湖集》四〈次韻楊廷秀左司見贈〉）。又有〈張功父舊字時可，慕郭功父故易之，求予書其意，再贈五字〉云：「只今張桂隱、絕慕郭青山。」並有〈走筆和張功父玉照堂十絕句〉，爲楊、張二人唱和之始。張功父有〈園梅未花〉之韻，萬里於立春後一日和之（同卷），嗣後二人往還日益頻繁。十四年夏，萬里以《南海》、《朝天》兩集詩惠張鎡，張鎡因書七律於卷末，有「筆端有口古來稀，妙悟奚須用力追」之句（《南湖集》六），萬里和之（本集二二）。秋，木犀初發，萬里有詩呈張鎡，并和六首（本集二三）。九月有〈和張功父病中遣懷〉、〈和張功父夢歸南湖〉（同卷）。是時張鎡請祠甚力，終得春祠雲台，萬里

〔註 33〕《齊東野語》：「張鎡功甫，號約齋，循忠烈王諸孫，能詩，一時名士大夫莫不交游。其園池聲妓服玩之麗甲天下。功甫於誅韓（侂胄）有力，賞不滿意，又欲以故智去史（彌遠），事泄，謫象台而殂。」其誅韓有力，《宋史》失載。

簡以長句，中有「老夫不及張約齋，乞得華州仙觀名雲台」之句（同卷）。是年除夜，張鎡惠詩索《荊溪集》（按：未見於《南湖集》，或已佚。）萬里次韻送往（同卷）。十五年春，萬里在秘書少監任，有〈和張功父梅詩十絕句〉、〈謝張功父送牡丹〉、〈張功父送牡丹續送酴醾且示酴醾長編和以謝之〉、〈和張功父送黃薔薇並酒之韻〉、〈和張功父聞子規〉諸詩（本集二四）。十六年萬里在筠州高安，張鎡寄詩千餘篇曰《南湖集》，請序於萬里。萬里序之（本集八〇），時張鎡並有〈有懷新筠州楊秘監寄贈八絕兼桂隱茶〉（《南湖集》七）。八月萬里召赴行在，張鎡作〈喜楊誠齋赴召詩〉申賀，中有「朝天續集開新詠」之句（《南湖集》六）。十月萬里任秘書監，冬銜命郊勞使客，船過蘇州、常州，舟中追和張鎡申賀赴召詩，有「兩歲千愁寡一欣，故人多問謝張君」之句（本集二七）。自萬里補外至赴召恰爲兩年，故有斯語。此外，又有〈又追和功父病起寄謝之韻〉（同卷）。紹熙元年春，萬里二度出使，歸返都下後，又與張鎡相唱和，有〈觀張功父南湖海棠杖藜走筆〉、〈和張功父榿木巴欖花韻〉、〈走筆謝張功父送似酴醾〉諸詩（本集三〇）。冬，萬里漕江東，張鎡作〈楊秘監補外贈送〉，並注云：「秘監之欲求去，數月前命伯子主簿（按：萬里子長孺，字伯子。）歸葺故廬。」（《南湖集》四）二年春，萬里仍在金陵，作〈代書呈張功父〉，有「不見子張子，令人夢亦思」之句（本集二〇），頗見二人相交之深。五年夏，萬里吉水家居，有詩寄張鎡（本集三六）。慶元五年，張鎡新長鳳雛，萬里申賀，題稱「寺丞」（本集三八），蓋張鎡時任司農寺丞。六年十一月，張鎡送近詩集，萬里以詩謝之，有「近代風騷四詩將，非君摩壘更何人」之句（本集三九）以稱美之。慶元間，萬里以幼子幼輿入京換授，致書〈與張寺丞〉（本集一〇六）請予關照。嘉泰二年，萬里在吉水，有〈和張寺丞功父八絕句〉（本集四〇）。三年春，有〈答張功父寺丞書〉（本集六八）云：「今功父號我以師，而自號以弟子，詰其實，則朝同朝，游同游也，志同志也。友云者實也，師弟子云者浮也，浮而非實，無乃欺乎，無乃諛乎！功父固非欺且諛者，然而云云若爾者，尙古人敬老之意，而欲行之以厚俗也。……他日賜書，惟無曰師弟子云者，則老友之盛福也……《南湖》第三集詩老而逸，夷而工。」查張鎡少萬里二十六歲，有師事萬里之意，唯萬里則交之以忘年。冬，萬里作〈進退格寄張功父姜堯章〉，中有「尤蕭范陸四詩翁，此後誰當第一功；新拜南湖爲上將，更差白石作先鋒」之句（本集四一），其推崇之意，直躋白石之右。《誠齋詩話》並謂其詩寫物似晚唐。而張鎡對萬里詩尤見稱賞，其〈攜楊秘監詩一編登舟因成二絕〉中有「造化精神無盡期，跳騰踔厲即時追。目前言句知多少，罕有先生活法詩。」（《南湖集》七）洵爲萬里知音。綜觀二人以詩文相許，忘年相交，唱和特多。

88. **陸子靜**（1139～1192）

陸九淵，字子靜，撫州金溪人，乾道八年進士，初調隆興府靖安縣主簿，丁母憂服闋改建寧崇安縣。以荐除國子正，敕令所刪定官。未幾除將作監丞，爲給事中王信所駁，詔主管台州崇道觀。還鄉，學者輻湊。自號象山翁，學者稱象山先生。嘗與朱熹會鵝湖論辨所學，多有不合。光宗即位，差知荊門軍。紹熙三年十二月卒，年五十四。謚文安。著有《象山集》、《外集》、《語錄》。門人楊簡、袁燮、舒璘、沈煥能傳其學。（《象山先生全集》三三〈象山先生行狀〉；袁燮《陸象山年譜》；《宋史》四三四）

按：萬里與九淵初識疑在淳熙十一年冬後，時萬里任官臨安。十三年冬，萬里有〈衝雪送陸子靜〉，又有〈送陸子靜刪定宮使〉，云：「苦憶去年郊祀日，與渠並轡笑談春；何時相趁滄州去，雪笠風蓑釣白蘋。」（本集二一）查《象山先生全集》三六〈年譜〉；「淳熙十三年丙午先生四十八歲在敕局……轉宣義郎除將作監丞，給事王信疏駁，十一月二十九日得旨主管台州崇道觀……和楊萬里廷秀送行詩。」《象山先生全集》二五〈和楊廷秀送行〉云：「學粗知方恥爲人，敢崇文貌蝕誠眞。義難阿世非忘世，志不謀身豈誤身。逐遇寬恩猶得祿，歸衝臘雪自生春。君詩正似清風快，及我征帆故起蘋。」同卷又有〈送德麟監院歸天童和楊廷秀二首〉，足見二人深厚交誼。唯九淵還鄉之後，未見二人往還之迹。

89. 趙民則（1128～1202）

趙像之，字民則，秦悼王之六世孫，居高安。紹興十八年進士，年二十有一。授修職郎撫州司戶參軍。以荐，陞從事郎郴州軍事判官，以平賊受知於劉珙。劉珙首荐以改秩，且請擢以不次之位。後帥張孝祥至，亦有荐意，且召入府，爲十日飲。時侍講張栻朱熹，相與講習，皆與之遊，文名詩聲焯於朝野。後改左宣教郎知鄂之蒲圻縣，未幾，除知漢陽軍。以蕭燧荐，除知郢州。後造朝，論事剴切，除軍器少監。未幾補外，除湖南常平使者，徙移江東常平使者。尋拜福建路提點刑獄公事，未幾請爲祠官。嘉泰二年四月二十三日以疾卒，官至朝請大夫賜紫金魚袋，享年七十有五。（本集一一九〈朝請大夫將作少監趙公行狀〉）

按：萬里〈趙公行狀〉末尾自署云：「公某之鄉舉明有司也……門人通議大夫……楊萬里謹狀。」自稱爲趙像之門人。《宋詩紀事小傳補正》四：「趙民則……授臨川（撫州）司戶，校藝廬陵，得周益公、楊誠齋爲門生。」考萬里與必大於紹興二十年赴試臨安，二十一年春放榜，必大中第，萬里落第。二人鄉舉於廬陵時，殆在紹興二十年。時像之任撫州參軍，得必大、萬里爲門生即在此時。淳熙十二年，萬里任吏部郎中，上〈荐士錄〉云：「趙像之，能文練事，淡如寒畯，今爲隨州通判。」蓋知之已深。十四年像之補外，除湖州常平使者，萬里有詩送之（本集二一〈送趙民則少監提舉〉）云：「（先生）又持一節去湖南，政是三湘雁北征，但使遠民蒙福了，早歸詞禁賦新鸎。」又云：「座主門生四十年，江湖契濶幾風煙；同朝再接鴛行裏，握手相看鶴髮前。」計自紹興十九年至此恰爲四十年，故作斯語。嘉泰二年四月像之卒，萬里撰文祭之，有云：「維孟之夏，辰乎何辰，月弨其弦，奄奠兩楹。門人小子，淹若涕零。高安語離，倏逾一星。誰謂此別，契濶死生。」（本集一〇二）十一月，像之次子公括，移書請行狀於萬里。萬里撰行狀，中云：「公性淵靜，不見澄撓，遇物傾豁，洞見表裏。然剛而不褻，介而不崖，雖貴介公子而臞然退然，若寒畯焉。故其爲詩，平淡簡遠，如清泉白石，蒼松翠竹，初無鈎章棘句之苦心，而有絕塵拔俗之逸韻，其文尤長於論事。」（本集一一九）其人其文，據此可見一斑。

90. 李元德（1128～1201）

李祥，字元德，常州無錫人。隆興元年進士，爲錢塘主簿，調濠州錄事參軍。累官太學博士、國子博士、司農寺丞、樞密院編修官兼刑部郎官、大宗正丞、軍器少監。後出爲提舉淮東常平茶塩、淮西運判。遷國子司業、宗正少卿、國子祭酒。丞相趙汝愚以言去國，祥上書爭之，除直龍圖閣湖南運副。請老，以直龍圖閣致仕。嘉泰元年八月卒，年七十四。謚肅簡。（《水心文集》二四〈李公墓誌銘〉；《宋史》四〇〇）

按：楊萬里與李祥初識疑在淳熙十一年冬後，時萬里立朝臨安。十四年春，李祥餉家釀，萬里有詩二首謝之（本集二二），中有「至今太白一舡酒，不飲還將飲子雲」之句。「太白」，指李祥，「子雲」則自比，蓋取同姓。

91. 王順伯（1131～1204）

《寶慶會稽志》五：「王原之，字順伯，世本臨川人，左丞安禮四世孫也。祖榕始遷徙居於諸暨。紹興二十六年，原之以越鄉荐爲舉首，尋入太學，登乾道二年進士第，由秘書郎出爲淮南轉判官，召爲度支郎，兩浙轉運判官，知臨安府提點坑治鑄錢，提點江東刑獄，上章乞致仕，詔進直寶文閣，從所請。原之好古博雅，富藏先代彝器及金石刻，與尤袤俱以博古知名於時，嘗取古今碑刻參訂而詳著之，號《復齋金石錄》。嘉泰四年卒，年七十四。」

按：萬里與原之初識，疑在淳熙十一年冬後，時萬里立朝臨安。十四年上巳日萬里同沈虞卿、尤延之、王原之、林景思等游湖上得十絕句呈同社（本集二二）。時原之在臨安，唯官履不詳。十五年春二人仍在臨安，萬里有〈跋王順伯所藏歐公集古錄序眞蹟〉（本集二四），中有「遂初欣遇兩詩伯，臨川先生一禪客」之句，并自註云：「遂初欣遇，尤延之沈虞卿自號也。二公與順伯，皆喜收碑刻，各自誇尙。」是年四月萬里出臨安返吉水。五月原之除秘書郎，十六年正月除直秘閣淮南路轉運判官（《南宋館閣續錄》八）。嗣後交游無考。王原之傳，《宋史》無載。《寶慶會稽志》外，《宋史翼》二八、《咸淳臨安志》四八並有原之傳。

92. 林景思

林憲，字景思，吳興人，少從侍郎徐度遊。度得句法於魏衍，實後山嫡派。卓犖有大志，參政賀子忱奇其才，以孫女妻之。賀既亡，挈其孥居蕭寺，屢瀕於餒而不悔，讀書著文不改其樂。喜哦詩，落筆立就，渾然天成，一時名流，皆願交之。與徐敦立、芮國器、莫子及、毛平仲相爲莫逆。楊誠齋、樓攻媿皆稱其詩似唐人。其人高尙清談，五言四韻古句，殆逼陶謝。淳熙五年尤延之爲作〈雪巢記〉及〈雪巢小集序〉。（《宋史翼》三六；〈嘉定赤城志〉三四）

按：楊萬里與林憲初識，當在淳熙十一年冬後，時萬里立朝臨安。十四年上巳萬里同沈虞卿、尤延之、王順伯、林景思游西湖得十絕句呈同社（本集二二）。時林憲官履未詳。同年，林憲寄贈萬里五言，萬里謝以長句，有「華亭沈虞卿，惠山尤延之。每見無雜語，只說林景思。試問景思有何好，佳句驚人人絕倒」之句（同卷），林憲《雪巢小集》成，尤袤序之，萬里爲作後序，以爲其詩似唐人（本集八一）。林憲有廬字以雪巢，尤袤爲作記，萬里爲作賦（本集四四〈雪巢賦〉）。

93. 謝子肅

謝深甫，字子肅，台州臨海人。乾道二年進士，調嵊縣尉，又調崑山丞，爲浙曹考官。知處州青田縣，以荐，孝宗召對，以爲其奏對雍容有古人風，除藉田令、遷大理丞。江東大旱，擢爲提舉常平。光宗即位，以左曹郎官借禮部尚書爲賀金國生辰使。紹熙改元，除右正言，遷起居郎。二年知臨安府，三年除工部侍郎，進吏部侍郎。四年兼給事中。寧宗即位，除煥章閣待制知建康府。慶元元年除端明殿學士簽書樞密院事，遷參知政事，再遷知樞密院事兼參知政事。後進金紫光祿大夫，拜右丞相，封申國公，進岐國公。後拜少保，力辭，改封魯國公。嘉泰元年，累疏乞避位。明年，拜少傅致仕。卒諡惠正。編有《嘉泰條法事類》八十卷。（《宋史》三九四；《嘉定赤城志》三三、《南宋館閣續錄》七）

按：萬里與深甫初識，疑在淳熙十一年冬後，時萬里立朝臨安。十四年萬里有〈送謝子肅提舉寺丞〉（本集二二）云：「交情頃刻雲翻手，古意淒涼月印空；可笑能詩今謝朓，也能載酒過揚雄。」二人相知似乎未久。是年深甫除提舉常平。（《宋史》未詳何年，可據此補之。）慶元後，深甫官顯，萬里吉水家居而屢得加官進爵，蓋有得於深甫之力。

94. 姜堯章（1155～1221）

姜夔，字堯章，鄱陽人。父噩，紹興三十年進士，以新喻丞知漢陽縣，卒於官。夔孩幼隨宦，往來沔鄂幾二十年。淳熙間客湖南，識閩清蕭德藻。德藻以其兄之子妻之，携之同寓湖州。永嘉潘檉字之曰白石道人。嘉定十四年卒於西湖。著有《詩集》、《詩說》、《歌曲》、《續書譜》、《絳帖平》等。嚴杰擬傳云白石於寧宗慶元三年詣京師，上《大樂議》一卷，《琴瑟考古圖》一卷；五年作《鐃歌鼓吹曲》一十四章。（嚴杰〈南宋姜夔傳〉；夏承燾輯〈白石道人傳〉及〈行實考〉）

按：淳熙十四年三月姜夔遊杭州，以蕭德藻之介，袖詩謁萬里。萬里以詩送往見范成大，有「吾友夷陵蕭太守，逢人說君不離口：袖詩東來謁老夫，慙無高價當璠璵。翻然却買松江艇，徑去蘇州參石湖」之句（本集二二）。姜夔和之，有「一自長安識子雲，三歎郢中無白雲」之句（《白石道人詩集》卷上），以「長安」指杭州，「子雲」指萬里。紹熙二年萬里在江東轉運副使任，駐金陵。夏，姜夔往謁，有〈送朝天續集歸誠齋時在金陵〉（按其〈醉吟商小品〉序云：「辛亥之夏，予謁楊廷秀丈于金陵邸中。」可相參證。）除夕，姜夔自石湖歸湖州，成十絕句，題曰〈除夜自石湖歸苕溪〉并云：「此詩錄寄誠齋，得報云：所寄十詩，有裁雲縫霧之妙思，敲金戛玉之奇聲。」嘉泰三年十月，萬里在吉水，作〈進退格寄張功父姜堯章〉，云：「新拜南湖爲上將，更差白石作先鋒。」（本集四一）頗見推崇之意。

95. **錢仲耕**（1126～1187）

錢佃，字仲耕，第進士，歷官臨安尹，擢吏部郎中，累遷吏兵工三部侍郎，出爲江西路轉運副使，繼使福建，再使江西。淳熙八年任婺州守，州飢，勸分移粟，活七十餘萬口，政爲諸郡最，朱熹陳亮並稱之。佃忠信篤厚，根於天性，臨政不求赫聲，恆以字民爲先。官至中奉大夫、秘閣修撰。年六十二卒，著有《易解》，《詞科類要》等。（《朱文公文集》七九〈江西運司救濟院記〉；《吳中人物志》五；《重修琴川志》八）

按：萬里與錢佃初識，疑在淳熙十一年冬後，時萬里立朝臨安。十四年，萬里作〈錢仲耕殿撰侍郎挽詩〉，云：「不應踰耳順，便返白雲鄉。」（本集二二）則錢佃卒於是年。查《重修琴川志》

八：「錢佃字仲耕，弱冠入太學，登紹興十五年進士……卒年六十二，終於中奉大夫。」則錢佃生於徽宗宣和七年。

96. 趙彥先

《宋詩紀事》八五：「趙子覺，字彥先，號雪齋，太祖六世孫，令衿子，爲嚴倅時，放翁爲郡守。誠齋以詩寄放翁，有『幕中何幸有詩人』之句，謂子覺也。有《雪齋集》。」

按：淳熙十三年，萬里有〈簡陸務觀使君編修〉二首（本集二○）。其二云：「員外治中高帝孫，幕中何幸有詩人，主人不減西湖長，青眼無妨顧德麟。」下注：「故人趙彥先願託翁歸，故云。」時子覺爲嚴倅，陸游爲郡守。《宋詩紀事》所言者據此。至於楊、趙何時初識未詳。十五年，萬里有〈和嚴州添倅趙彥先寄四絕句〉（本集二二）云：「不見王孫今九春，新詞麗曲爽心神。」據此知二人初識不晚於淳熙五年。子覺善墨法，《負暄野錄》云：「近世言墨法，蓋推吾鄉雪齋趙彥先子覺，彥先乃故安定郡王超然居士令衿表之之子也。其墨法本無師承，但自少時篤好製造，招延良工，參合眾技，遂造其妙，中興三廟，咸見推重，名播遐邇。」《墨史》亦有相類記載。

97. 周子及（？～1185）

周洎，字子及，臨海人。乾通二年進士，授新昌尉，辟淮西總領所酒官。淳熙五年中博學宏詞科，差江東憲司幹官，除太學正，以憂去。後起爲國子監簿，將召試館職，於淳熙十二年五月二十九日得疾卒。（《水心文集》一九〈國子監主簿周公墓誌銘〉）

按：萬里與周洎初識疑在淳熙十一年冬後，時萬里立朝臨安。十二年周洎卒，十四年萬里作〈周子及監簿挽詩〉二首，中有「投老欣相得，論心恨較遲，披文流涕疏，分韻泛湖詩。」（本集二二）知二人相識甚晚。

98. 洪景伯（1117～1184）

洪适，字景伯，紹興十二年中博學宏詞科，除敕令所刪定官，秘書省正字。孝宗時，遷司農少卿，權直學士院，除中書舍人。乾道元年五月遷翰林學士，八月拜參知政事，十二月拜尚書右僕射同中書門下平章事兼樞密使。未幾，罷爲觀文殿學士。家居十六年，以著述自娛，淳熙十一年卒，年六十八。諡文惠。著有《隸釋》，《隸續》、《盤洲集》。(《盤洲文集》附錄〈洪公行狀〉;《文忠集》六七〈洪公神道碑〉;《宋史》三七三；錢大昕〈洪文惠公年譜〉)

按：洪适卒於淳熙十一年。十四年萬里作〈洪丞相挽詞〉(本集二二)二首，其一有「乾道扶初旭，中台煥五雲，纔登右丞相，已拜大觀文」之句記洪适官履。至於二人交游詳情無考。

99. 李仁甫（1115～1184）

李燾，字仁甫，眉州稜人。紹興八年擢進士第，調華陽簿，再調雅州推官，改秩知雙流縣。倣《資治通鑑》例作《長編》。乾道三年除兵部員外郎，兼禮部郎中。四年，上《續通鑑長編》。五年遷秘書少監兼權起居舍人，尋兼實錄院檢討官，除直顯謨閣湖北轉運副使。八年，直寶文閣帥潼川兼知瀘州。淳熙改元，乞祠，除江西運副，進秘閣修撰同修國史，權實錄院同修撰。三年，除權禮部侍郎。累遷秘書郎，秘書省正字，著作郎。進敷文閣學士兼侍講。十一年乞致仕，年七十卒。諡文簡。(《宋史》三八八；王德毅〈李燾父子年譜〉)

按：淳熙十一年李燾卒。十四年，萬里作〈李仁甫侍講閣學挽詩〉三首(本集二二)，唯二人交游之迹可考者甚罕，查本集五四〈謝李壁通判啓〉:「伏以荊溪假守嘗識李君父子……」，據此知二人初識在淳熙四、五年間，時萬里在常州任。

100. 林子方（1130～1192）

林枅，字方，莆田人。紹興二十一年趙逵榜進士出身，治《禮記》。乾道九年二月除正字。淳熙元年六月除校書郎；二年六月知信州。後調江西運判，又知福州。年六十三卒。(《復齋先生文集》二一〈知福

州林公墓誌銘〉;《南宋館閣錄》八)

按:淳熙十四年夏,萬里有〈曉出淨慈送林子方〉(本集二三)、〈送林子方直閣秘書將漕閩部〉(同卷)。查〈南宋制撫表〉;「林枅,紹熙二年十二月以直徽閣知福州,三年十二月卒,鄭僑代枅以顯謨閣學士知福州。」(頁44)與萬里詩相差五年,疑其間林枅改知他州,至紹熙二年方知福州。萬里送林枅將漕閩部詩中有「梅花國裏荔枝村,頗記張燈作上元。一別頻蒙訪生死,七年再見劣寒溫。」知二人相識頗早,疑不晚於乾道九年,蓋其時二人列官於朝。

101. 李伯珍(附大性、大理)

李大異,字伯珍,隆興府新建人。乾道八年黃定榜進士及第,治《書》。歷官司農寺丞,知平江府。嘉泰三年除監,四年為中書舍人。仕至諫議大夫,知建康府。(《南宋館閣續錄》七:《吳郡志》一一;《宋詩紀事》五四)

按:淳熙十四年萬里在臨安,有「送李伯珍主管西歸」(本集二三),云:「向來寄我〈南樓賦〉,不減古人〈東武吟〉。」又云:「李家兄弟鵷鸞侶,一日雙飛入上林。」頗推崇大異之賦與李家兄弟。「李家兄弟」者,殆指大異及其兄大性、弟大理。淳熙十二年萬里上〈荐士錄〉云:「李大性,四六詩句,甚有律令。李大異,嘗冠別頭,仕優進學,作文下語,準柳儀曹。李大理,學問彈洽,吏事通明。」知萬里與李家兄弟相知在淳熙十二年之前。大異能詩,本集一〇〇〈跋李伯珍詩卷〉稱其「癸丑詩一卷,清新俊逸」,唯撰跋年月未詳。

102. 姜邦傑

姜特立,字邦傑,麗水人。淳熙中累遷福建路兵馬副都監。以趙汝愚荐,除閣門舍人,命充太子宮左右春坊,由是得幸於太子。太子即位,除知閤門事。留正為右相,論其招權納賄,遂奪職與外祠。帝

念之，復除浙東馬步軍副總管，以留正諫，未至，寧宗受禪，遷和州防禦使，再奉祠，俄拜慶遠軍節度使，卒。（《宋史》四七○）

按：萬里與特立初識當在淳熙十一年冬後，時萬里立朝臨安。十三年秋萬里有〈跋姜春坊梅山詩集〉二首（本集二○），其二有「身到梅山得梅魄，老夫更借一枝看。」此詩《梅山續稿》八亦蒐錄之，題曰〈楊誠齋惠詩〉，并有〈和詩二首〉。十四年秋，特立有〈續麗人行〉之作，萬里和之，題曰〈和姜邦傑春坊續麗人行〉，并作小序云：「即東坡集中周昉畫背欠伸內人，東坡賦之，韓子倉又賦之，今姜君又賦之，予因和姜韻。」（本集二三）詩惠特立，特立有〈謝楊誠齋惠長句〉（《梅山續稿》一）云：「平生久矣服時名，況復親聞玉唾聲。便擬近師黃太史，不須遠慕白先生。巨編固已汗牛棟，長句猶能倚馬成。今日詩壇誰是主，誠齋詩律正施行。」可謂推崇至極。萬里步其韻，作〈和姜邦傑春坊再贈七字〉（本集二三）并自注云：「姜有梅山集。」考特立有《梅山詩稿》六卷、《續稿》五卷（《四庫珍本》輯爲十七卷）。《直齋書錄解題》云：「特立累舉不第，晚爲閤職，春坊攀附，己酉龍飛，恩至節度使。周益公留衛公皆爲其所間。特立詩亦粗佳，韓旡咎、陸務觀皆愛之，本亦士人也，塗轍一異，儼然卌御之態，豈其居使之然耶。」特立爲人，據此可見。萬里之與交游，蓋以詩文。

103. 朱叔正

朱軧，字叔正（一作叔止），鄞縣人，翌子。慶元三年官贛州通守，嘉泰間知南劍州。（《宋史翼》二七；《宋詩紀事》五九）

按：萬里與朱軧何時初識未詳。淳熙十四年萬里在臨安，有〈朱新仲舍人灊山詩集，其子軧叔止見惠且有詩和以謝之〉（本集二三）。考朱新仲（1097～1167）名翌，灊山居士。政和八年，年二十三以太學生賜第，乾道三年卒，年七十一，有《灊山文集》四十卷。《宋史翼》二七有傳。同時萬里又有〈再和朱叔止機宜投贈獎及南海集之句〉(同卷)。二人之交誼，大抵止於詩文之往還。

104. 徐衡仲

徐安國，字衡仲，號春渚，浙江富陽人。乾道二年進士，受業于呂祖謙。六年知華亭縣。紹熙中知廣西橫州。慶元二年，提舉廣東茶塩。嘉泰二年，授湖南提舉，放罷。有《西窗集》，佚。(《宋詩紀事小傳補正》四；《全宋詞》小傳)

按：淳熙十四年秋，萬里有〈題徐衡仲西牕詩編〉(本集二三)云：「江東詩老有徐郎，語帶江西句子香。秋月春花入牙頰，松風澗水出肝腸。居仁衣鉢新分似，吉甫波瀾併取將。嶺表舊游君記否，荔枝林裏折桄榔。」知安國西牕詩大抵歸江西一派。其與萬里相識，據詩意所示，疑在淳熙七、八年間，時萬里在廣東任官，故詩有「嶺表舊游君記否，荔枝杯裏折桄榔」之句。(考本集一五淳熙七年詩有「四月八日嘗荔枝」；本集一六淳熙八年詩有〈題桄榔樹〉，可資參證。)十四年秋末冬初，安國惠詩，萬里和之，有「安得與君幽討去，一觴一詠惱西湖。」時萬里在臨安任秘書少監；安國疑并在臨安，唯官履不詳。

105. 程　侅

程侅，眉山人。(本集二三)

按：萬里與程侅初識當不晚於淳熙十三年，時程侅游都下，見知於萬里。十四年，萬里有〈題眉山程侅所藏山谷寫杜詩帖〉(本集二三)云：「公車獻策五十篇，玉札國體航化源。遠謀小扣囊底智，環詞未出海內傳。三年抱璞咸陽市，子虛無因達天帝。如今却買巴峽船，峨眉山月秋正圓。丈夫身健恐不免，即召枚皋未渠晚。」時程侅似尚未入仕途，所獻策五十篇爲萬里所賞識。紹熙三年，萬里荐之，上〈舉眉州布衣程侅應賢良方正科同安撫司奏狀〉(本集七〇)云：「眉州布衣程侅，經明行修，通達國體，其探索王霸，有仲舒師友淵源之淳，其議論古今，得蘇洵父子治亂之學。淳熙十三年嘗游都下，有所著帝王君臣論及時務利害策凡五十篇，皆造於義理，切於事機，非腐儒文士之空言。朝士爭傳，爲之紙貴。未幾歸蜀。計其年齒，今亦五十許歲。」程侅事不多載，據此略見一二。

106. 李子經

李孚，字子經，江西宜黃人。觀書一覽輒記，爲文援引浩博。淳熙中徧遊江淮，人號書厨。有《緯文瑣語》及《文集》數十萬言。（《宋詩紀事補遺》五七）

按：萬里與李孚初識年月未詳。淳熙十四年冬，萬里有〈題臨川李子經文稿〉（本集二三）云：「都城一日紙增價，天下幾人貧似君。不要綈袍却歸去，平生笑殺送窮文。」據此知李孚未得志於仕途。

107. 譚德稱

范成大《吳船錄》：「淳熙丁酉秋七月，送客至嘉州歸盡。獨楊商卿父子，譚季壬德稱三人，送至此踰千里矣。乃爲留一宿以話別。」

按：德稱事不多載，唯其人與南宋初大詩人有交誼。其一如范成大。成大淳熙四年丁酉自蜀歸，德稱與楊商卿父子送至瀘南合江縣始分袂，成大爲三人各題扇一絕（《石湖居士詩集》一九）。其一如陸游。陸游與德稱初識於成都（詳本師王靜芝先生〈劍南詩稿族友考〉）并有詩酬唱（《劍南詩稿》三）。陸游嘗致書介紹德稱於萬里，謂爲西蜀名士。淳熙十五年春，萬里有〈謝譚德稱國正惠詩〉（本集二三）云：「詩將好手挽春回，割取錦江春色來。」詩中舉蜀地，知德稱蜀人無疑。題「國正」，詩云：「國子先生」，蓋德稱其時官履。

108. 段季成

段昌世，字季成，衡陽人。有《龍湖遺稿》。（本集八二〈龍湖遺

稿序〉)

按：慶元四年萬里作〈龍湖遺稿序〉云：「吾友衡陽段昌世，字季成……淳熙乙未大對，有卓詭切至之忠言當聖心者，擢第在甲科之四……不幸蚤逝，終官于水衡都內而止耳。」略可見其生平大略。又云：「予嘗與季成同朝且同官，又嘗唱和詩卷，其詩清婉，而其文清潤。」略可見昌世詩文。昌世有子光朝，慶元四年詮次其父詩文得十四卷曰《龍湖遺稿》，請序於萬里(本集八二)。查本集二四有〈和段季承(成)左藏惠四絕〉(本集二四)爲僅見之楊、段酬唱詩篇，作於淳熙十五年春，時二人並立朝臨安。

109. **袁起巖**(1140～1204)

袁說友，字起巖，建安人，寓居湖州，年二十四，登隆興元年進士，調建康府溧陽縣主簿。淳熙四年官秘書丞兼權左司郎官。五年差充浙西安撫司參議。六年召至行在賜對，除知池州，尋坐事罷。紹熙中入爲侍左郎中加直顯謨閣知福安府，遷太府少卿權戶部侍郎。寧宗即位，落權正職兼侍講。慶元二年除敷文閣學士出爲四川制置使知成都府。復入爲吏部尚書兼侍讀，尋知紹興府兼浙東路安撫使。嘉泰初復召爲吏部尚書兼侍讀。二年除同知樞密院事。三年正月拜參知政事，九月罷，以資政殿學士知鎮江府，辭，提舉臨安府洞霄宮加太學士致仕。四年卒於湖州，年六十有五，著有《擇善易解》、《東塘集》。(《東塘集》附錄家傳；《福建通志》三七四；《宋史翼》一四)

按：萬里與說友初識於何時未詳。淳熙十五年春萬里在臨安，有〈和袁起巖郎中投贈七字〉二首(本集二四)，中有「故人一別兩相思，不但平生痛飲師；胸次五三眞事業，筆端四六更歌詩。」時二人相識已久。查《東塘集》未見說友原韻，殆已佚。同年，萬里有〈跋袁起巖所藏後湖帖並遺像一軸，詩中語皆檃括帖中語也〉(同卷)云：「先生向東落異縣，故人十載不相聞。」亦見二人相識已久。三月萬里有《春雨呈袁起巖》二首，云：「顧我江湖釣竿客，識君臺閣步雲人；柯山不患無人作，便合留中作近鄰。」（同卷）說友和之，有「十年此袂與君分」之句（《東塘集》四〈和楊誠齋喜雨韻〉）知二人十年前已相識。淳熙十五年，萬里以論張浚配享高廟事外貶筠州，說友有詩送行，云：「抗章寧奪三軍帥，去國尤輕一葉身。」（《東塘集》五）萬里贈《南海集》，說友以詩謝（同卷），稱美萬里「持節廣中盪平寇盜」，并頌揚其詩爲「四海聲名今大手」，並作〈題楊誠齋南海集二首〉（《東塘集》一）。紹熙元年春，萬里爲接伴金國賀正旦使，經姑蘇，有〈走筆和袁起巖元夕前一夜雪作〉、〈再和袁起巖韻〉（本集二九）。說友原韻見《東塘集》四，原題〈誠齋指簷頭雪爲詩材二首〉。冬，萬里泊姑蘇城外，有「跋袁起巖所藏蘭亭帖」（本集三一），并於謁范成大袁起巖郡會坐中熾炭周圍，遂中火毒，得疾垂死，有詩以紀其事（同卷）。慶元二年說友除敷文閣學士出爲四川制置使；六年寄贈葯物與萬里，時萬里家居吉水，作詩以謝，云：「拋官歸隱七經年……只有錦城表閣學，寄詩贈葯意悁悁。」（本集三九）計萬里紹熙壬子掛冠，至此恰爲七年，故有斯語。嘉泰二年說友除同知樞密院事，二人交往仍密，萬里有〈寄袁起巖樞密賀新除仍謝送四縑並詩集兼求陳婿荐書〉（本集四一）云：「公即專堂印，儂方理釣緡。」並請舉荐陳婿履常。此外，並作書〈答袁起巖樞密〉云：「反復百折，卷舒三過，語如對面，情如家書。峻極之位彌高，而勞謙之詞彌卑，雲泥之勢愈疏，而金石之誼愈親。」（本集六八）頗見二人深摯交誼。說友能詩，四庫提要云：「與萬里倡和頗多，五言近體，謹嚴而微傷局促；七言近體，警快而稍嫌率易，至於五七言古體，則格調清新，意境開拓，置之《石湖》《劍南》集中，淄澠未易辨別矣。」據此可見其詩之一斑。

110. 邵德稱（1130～1193）

邵驥，字德稱，婺州蘭溪人。紹興二十六年入太學，舉乾道二年進士第，調隆興府豐城尉。淳熙三年爲潭州醴陵丞。以才擢善化令，攝衡山安化。八年改宣教郎知衢州開化縣，皆稱治。十二年差監都進貢院，尋爲大理寺丞主簿，遷丞。十六年改知大宗丞。紹熙元年，權尚書都堂郎官。明年以疾請出知南安軍。四年二月卒，年六十四。(《鶴山大全集》七五〈知南安軍宗丞都官邵公墓誌銘〉)

按：萬里與邵驥相識，當在淳熙十一年冬後，時萬里立朝臨安。十五年春，邵驥有淳熙聖孝詩示萬里，萬里作詩以謝，中有「廷尉簿正邵夫子」稱其官職。(本集二四)。查〈邵公墓誌銘〉;「淳熙十六年光宗皇帝受內禪，公進紹興淳熙聖孝二頌以侈兩朝之盛。」知邵驥示淳熙聖孝詩後一年，進獻紹興聖孝二頌與上。

111. 曹宗臣

曹冠，字宗臣，號雙溪居士，東陽人。居秦檜門下，教其孫埍，爲十客之一。紹興二十四年中進士。二十五年自平江府學教授擢國子錄，尋除太常博士兼權中書門下檢正諸房公事。秦檜死，放罷。尋被論駁放科名，乾道五年再應舉中第。淳熙元年，臨安府通判改太常寺主簿，被論罷新任。紹熙初，任至郴州守，轉朝奉大夫致仕。年六十八卒。有《燕喜詞》。(《宋詩紀事補遺》四六;《金華賢達傳》九;《金華先民傳》七)

按：萬里與曹冠同年進士，二人初識或即在紹興二十四年。淳熙十五年春，曹冠惠《雙溪集》，萬里以詩謝(本集二四)。紹熙初年曹冠守郴州，九月既望萬里作〈郴州仙居轉船倉記〉(本集七三)載曹冠郴州事，自稱「同年生」。

112. 劉平甫(1138～1185)

劉玶，字平甫，建之崇安人，屏山先生子翬之子。自始即仕爲南嶽祠官，雖曾出爲邵武軍司戶參軍，然力祠未赴，老於林泉。自名其室曰七者之寮。淳熙十二年夏六月二十三日卒於家，年四十八，有《詩集》十卷。(《朱文公文集》九二〈從事郎監潭州南嶽廟劉君墓誌銘〉)

按：劉玶與朱熹關係甚密。淳熙十二年劉玶卒，朱熹往哭者三，并撰文祭之（《朱文公文集》八七〈祭劉平甫文〉）又爲作墓誌銘（《朱文公文集》九二），蓋朱熹嘗受學於子翬，乃得與劉玶相交。淳熙十五年春，萬里在臨安，作〈劉平甫挽詩〉二首（本集二四），有「君也孤傳業，天乎獨短生。」歎其早逝。

113. 朱子淵（1133～1200）

朱晞顏，字子淵，休寧城北人，登隆興元年進士。授當陽尉，歷知永平、歷濟二縣，皆著政績，陞知興國軍，入對，孝宗嘉之，除知靖州，改知吉州。赴闕，擢廣西運判，升京西轉運判，擢廣西安撫。以勞加秩召爲太府少卿總領江東軍馬錢糧。遷權工部侍郎兼知臨安府。慶元六年卒於官，年六十八。有《秀軒集》。（《新安文獻志》八二〈朱公行狀〉；《宋史翼》二一；《咸淳臨安志》四八）

按：淳熙十五年四月萬里補外，返吉水，時晞顏任吉州太守。秋，晞顏造朝，萬里作詩二首送之，其二云：「公在鄉邦我在京，百書終不慰生平；西歸一見還傾蓋，夜坐相看話短檠。老去可堪頻送客，古來作惡是離情。雲泥隔斷從今始，肯倩征鴻訪死生。」（本集二五）頗見深厚交誼。

114. 劉子思

劉儼，字子思，安福人，學於楊萬里。周必大曾於嘉泰二年壬戌作〈書贈安福劉儼子思〉，云：「往年楊廷秀歎劉儼子思才名，二十年躓場屋，今又十五年，未遇如初，予安能知，盍問諸嚴君平乎，不然，讀房千里骰子選格序爲一晌之歡，洗積年之滯可也。」（《文忠集》五五；《宋元學案》四四）

按：劉儼，萬里門人。紹熙五年萬里作〈李氏重修遺經閣記〉（本集七四）、〈五美堂記〉（本集七五），皆稱劉儼爲「門人」。淳熙十五年秋，劉儼往衡湘，萬里有詩送之（本集二五），有「浩齋先生第一孫，秀峰後進第一人」之句。浩齋先生即劉廷直，字諤卿（參本集七三〈浩齋記〉，一二二〈新喻知縣劉公墓表〉），萬里嘗從之學。

115. 彭文昌（1133～1195）

彭元亨，字文昌，其先自九江徙居吉州之安福縣。性孝謹，父疾篤禱於神，乞捐己壽以益親，父尋愈。事嫠姑如事母，家庭熙然。待制楊萬里榜其書樓曰春風，興以新詩，工部謝尚書諤亦賦焉。慶元元年正月卒，年六十三。（《文忠集》七二〈彭元亨墓誌銘〉）

按：彭元亨有書樓，淳熙十五年萬里榜曰「春風」並有詩〈寄題安福彭文昌春風樓〉（本集二五）云：「不到安成二十年，故人相憶兩依然；彭家樓上春風裏，夢倚危欄俯百川。」時萬里在臨安，元亨在安福。自萬里題詩上溯二十年，二人初識當在乾道四年之前。

116. 曾無逸（1144～1210）

曾三聘，字無逸，臨江新淦人。乾道二年進士，調贛州司戶參軍。累遷軍器主簿、秘書郎。寧宗立，兼考功郎，後知郢州。會韓侂胄爲相，指三聘爲故相趙汝愚腹心，坐追兩官。久之，復元官，與祠，差知郴州，改提點廣西湖北刑獄，皆辭不赴。嘉定三年卒，年六十七。謚忠節。（《宋史》四二二）

按：淳熙十二年萬里上〈荐士錄〉云：「曾三聘，刻意文詞，雅善論事，蕭榜選人，前西外宗學教授。」時知之已深。十六年三聘入爲掌故，萬里時在筠州，有詩送之（本集二五）。紹熙二年初秋，萬里有〈戲用禪觀答曾無逸山谷語〉（本集三二），時在江東轉運副使任。

117. 張幾仲（？～1190）

《吳中人物志》一○：「張子顏，字幾仲，循王俊之子，寓居平江。乾道九年以敷文閣待制知信州。淳熙八年移知紹興，除顯謨閣直學士，與祠，再知鎮江府，奏蠲丹陽夫役，民甚樂之。」

按：萬里與子顏何時初識未詳。淳熙十六年冬，萬里銜命郊勞使客，經新豐市（江蘇丹徒東南），有「題連滄觀呈太守張幾仲」（本集二七），時子顏蓋知鎮江府（治丹徒）。紹熙元年，萬里作〈張幾仲侍郎挽詞〉三首（本集三〇），有「京口連滄觀，洪都孺子亭」蓋指淳熙十六年二人交游處；「烈考同心德，中興異姓王」蓋指循王張俊。又按：宋代有張幾仲二人，其一名近，宋哲宗時開封人，《宋史》三五三有傳。劉譜以為其人與萬里相識，蓋有失考。

118. 霍和卿

霍篪，字和卿，京口人。隆興元年進士。授揚州泰興簿。秩滿解淮南節度推官，後改秩秀州嘉興縣。進備邊十五策，言當世急務，除提轄左藏庫，遷軍器監丞。光宗卽位，除知盱眙軍。以言者罷，起知澧州，遷利州路提點刑獄，移成都府路轉運判官，卒於官。（《京口耆舊傳》二；《宋史翼》一二）

按：本集八一〈霍和卿當世急務序〉云：「予淳熙甲辰十月初識霍和卿於監察御史謝昌國之賓堦。」據此知二人初識於淳熙十一年，時萬里任尙左郎官。十六年冬，萬里銜命郊勞使客，至盱眙，有〈盱眙軍東山飛步亭和太守霍和卿韻〉（附案：此詩《宋詩紀事補遺》五一誤題作「霍篪飛步亭」），原韻未詳。時霍篪在盱眙。霍篪著有《當世急務》，請序於萬里，萬里於同年十二月十三日為作序，並云：「（霍篪）自軍器監丞出知盱眙軍，今在盱眙。」

119. 何同叔

何異，字同叔，撫州崇仁人。紹興二十四年進士，調石城主簿，歷兩任知平縣丞。孝宗時，以荐遷國子監主簿，遷丞，擢監察御史。後拜命遷右正言。光宗時，授湖南轉運判官，尋為浙西提點刑獄，以太常少卿召改秘書監兼實錄院檢討官，權禮部侍郎。予祠，起知夔州兼本路安撫。乞祠，以寶謨閣待制提舉太平興國宮。後四年，起知潭州，乞閑予祠者再。嘉定元年召為刑部侍郎。明年權工部尚書，告老抗章，以寶章閣直學士知泉州。後從所乞予祠，進寶章閣學士轉一官致仕。卒年八十有一，有《月湖集》行世。(《宋史》四〇一)

按：萬里與何異同年進士，二人初識在紹興二十四年。淳熙十六年冬葉叔羽集同年九人於櫻桃園，錢襲明、何同叔即席賦詩，萬里追和其韻，有「天門金牓出槐宸，四海同年骨肉親」之句（本集二八），時萬里在臨安任秘書監。紹熙初元九月萬里為何異作〈建昌軍麻姑山藏書山房記〉（本集七三）云：「同叔方策第時，年最少，出拜同年生，一坐皆屬之目。余與之合而離，離而合，三十七年矣。今乃為國子主簿，蓋其孤懷勝韻，與山林作緣也厚，故身退而詩彌近，位下而人彌高，觀山房之舉，可以得其槩矣。」自紹興二十四年至紹熙元年，二合離合恰為三十七年。相交既久，相知乃深。慶元間，萬里有〈答提刑正言同叔〉（本集一〇四），謝何異餽贈，並略敍退休生活，頗見二人深厚交誼。

120. 李君亮

李寅仲，字君亮，廣漢人，淳熙五年進士。十五年除正字。十六年除秘書郎。紹熙元年五月除著作郎，二年正月知眉州。嘉泰元年二月以右司員外郎兼實錄院檢討官，八月為左司員外郎，十月為國子司業。二年十二月為祭酒。三年二月以工部侍郎兼實錄院同修撰。四年四月為禮部侍郎。(《南宋館閣續錄》八及九；〈宋蜀文輯存作者考〉)

按：萬里與李寅仲初識，疑在淳熙十六年十月二十九日稍後，時萬里入朝為秘書監，李寅仲為秘書郎。次年（紹熙元年）春，寅仲贈萬里陳中正墨，萬里以詩謝之（本集二八）。紹熙二年，李寅仲出守眉州，萬里時在江東轉運副使任，駐金陵，作詩送之（本集三一），云：「老夫匃外自緣老，復聞建鄴江山好；不應夫子亦翩然，一䊚江花更江草……峨眉山月却入手，影落庭闈一杯酒。」題稱「大著」，蓋李寅仲於紹熙元年五月嘗除著作郎。慶元間寅遠寄文繡四種，萬里致〈答普州李大著君亮〉（本集一○四）并以建本誠齋詩八集爲報，皆見交誼。

121. 倪正甫（1147～1220）

倪思，字正甫，湖州歸安人。乾道二年進士，中博學宏詞科。淳熙十一年除校書郎。十三年除秘書郎。十四年除著作郎。十六年遷將作少監。紹熙元年十月以中書舍人兼實錄院同修撰。三年爲禮部侍郎，兼權吏部侍郎，尋出知紹興府。寧宗即位，改婺州，未上，提舉太平興國宮。後除吏部侍郎兼直學士院，以劾，出知太平州，歷知泉州建寧府。久之，召還試禮部侍郎兼直學士院。嘉定元年正月除吏部尚書，五月爲禮部尚書，以忤史彌遠，出知鎭江府，移福州。嘉定十三年卒，年七十四，謚文節。著有《齊山甲乙稿》、《兼山集》、《經鉏堂雜志》。（《宋史》三九八；《南宋館閣續錄》八、九）

按：萬里與倪思初識疑在淳熙十一年冬後，時萬里倪思並立朝臨安。紹熙元年正月，萬里有〈贈倪正甫令子阿麟〉，時「阿麟」年方十二（本集二八）。十一月萬里漕江東，倪思上劄留之，云：「竊見秘書監楊萬里，學問文采，固已絕人，及若剛毅狷介之守，尤爲難得！夫遇事輒發，無所顧忌，雖未合中道，原其初心，思有補於國家，至惓惓也。」（周密《癸辛雜識》前集引）其事雖未果，而深厚之友誼，歷歷在目。

122. 朱元晦（1130～1200）

朱熹，字元晦，徽州婺源人，紹興十八年進士，主泉州同安簿。孝宗初，召爲武學博士，未就。乾道三年除樞密院編修官。五年丁憂，七年免喪復召，以祿不及養，辭。九年授左宣教郎主管台州崇道觀，再辭。淳熙元年始拜命。三年，授秘書郎，辭，請祠，差管武夷山仲祐觀。五年，差知南康軍。八年，除提舉江西常平茶塩公事，又改提舉兩浙東路。十年，差主管台州崇道觀。十二年祠秩滿，復請祠，主管華州雲台觀。十四年改南京鴻慶宮。十五年主管西太乙宮。十六年改知漳州。紹熙二年除秘閣修撰，主管南京鴻慶宮。三年，除知靜江府廣西經略安撫使，辭。四年，除知潭州，荊湖南路安撫使。五年，寧宗即位，赴行在，上疏忤韓侂冑，罷歸。慶元元年詔依舊秘閣修撰，提舉南京鴻慶宮。二年，落職罷祠。四年，引年乞休。五年有旨致仕。六年三月初九卒，年七十一。所著有《易本啓蒙》，《大學中庸章句或問》，《論語孟子集註》、《詩集傳》、《通鑑綱目》、《名臣言行錄》、《河南程氏遺書》、《伊洛淵源錄》等。(《勉齋集》三六〈文公先生行狀〉；《宋史》四二九；朱玉《朱子年譜》；王懋竑《朱子年譜》；錢穆《朱子年譜略》)

按：本集一○二〈祭朱侍講文〉云：「我未識公，得之欽夫，云今傑魁，舍我則無。我初識公，玉山道間。我病補外，公徵入關。平生相聞，恨不相識。既曰識只，一見相得。我欲從公，臨水登山……借曰不款，亦慰懷抱。自此與公，好如弟昆。」最詳二人交游。據此知萬里之敬仰與瞭解朱熹，乃緣於張栻之推介；而所謂「我初識公，玉山道間」，疑指淳熙六年暮春，朱熹在南康軍任，適萬里自常州任滿西歸而得相識於斯。十二年萬里上〈荐士錄〉，列朱熹第一，云：「學傳二程，才雄一世，雖賦性近於狷介，臨事過於果銳，若處於儒學之官，涵養成就，必爲異才。」其時已深知之。祭文中「我病補外，公徵入關」，疑指淳熙十五年四月萬里以張浚配享高廟事出知筠州，六月朱熹奏事延和殿而言。二人會晤雖少，而契誼篤厚。紹熙元年，萬里在臨安，有〈寄題朱元晦武夷精舍十二詠〉(本集二八)時朱熹知漳州。二年，朱熹離漳州歸建陽。三年築室於建陽之考亭，時萬里漕江東，行部過新安江，望紫陽山懷朱熹，有七絕云：「紫陽山下紫陽翁，今住閩山第幾峯；退院歸來罷行腳，被他强占一江風。」(本集三四)四年春，萬里家居，有〈寄朱元晦長句以牛尾貍黃雀冬猫笋伴書〉(本集三六)，時朱熹主管南京鴻慶宮。五年秋朱熹赴行在奏事，曾致書萬里(己佚)，慶元元年春萬里覆之，有〈答朱侍講〉，云：「辱書語離之日，嘗稟及病廢之人，書問不應至朝貴矣。向丈忽以所賜手札來，得之驚喜。當其入也，固知其不久也，執古之道以强今之踐，持己之方以入時之圜，是能久乎？不久何病，不久然後見晦老，甚歎甚賀，若老夫者，不但老而已，眞成一病夫矣。」（本集六六）六月朱熹有書托程糾轉交萬里（已佚），萬里覆之，又托言老病，不欲復仕，並以「悟夢中事」答朱熹（本集六八〈答朱晦菴書〉）。朱熹覆書云：「程弟轉示所惠書教，如奉談笑，仰見放懷事外，不以塵垢粃糠累其胸次之超然者，三復歎羡，不得已已……時論紛紛，未有底止，契丈清德雅望，朝野屬心，切冀眠食之間，以時自重，更能以樂天知命之樂，而忘與人同憂之憂，毋過於優游，毋決於遁思，則區區者猶有望於斯世也。」（《朱文公文集》三八）復勸其入仕。慶元二年八月詔令禁止道學，十二月朱熹落職罷祠。三年春，萬里聞之，致書云：「近見邸報，果若所慮，此醞釀久矣。堤久必決，其勢然也。道眼學力，豈待外人開釋者！」（本集一〇四〈答朱侍講〉）五年四月，萬里致書朱熹云：「天下之事，固有蹉跌如此者，莫之致而至者命也。浮雲去來，想能安之無待於開譬也。」（本集一〇六）頗歎事之變化無常。稍後，朱熹有〈跋周益公誠齋送甘叔懷詩文卷後〉（《朱文公文集》八四）（附案：慶元四年萬里有〈酌閣皀山碧崖道士甘叔懷贈美人不及佳句法如何十古風〉，見本集三八）是年朱熹完成《楚辭集注》、《後語》、《辨正》。秋，萬里有〈戲跋朱元晦楚辭解〉（本集三八），朱熹和之，有〈戲答楊廷秀問訊離騷之句〉二首（《朱文公文集》九）皆見二人交誼之深與關懷之切。萬里研易，崇尚史證，與朱熹宗義理相異。萬里〈答袁機仲寄示易解書〉云：「元晦一無所可否也，但云『蒙示易傳之秘』六字，某茫然莫解其意焉。」（本集六七）殆朱熹學術源委於李侗、羅從彥、楊時、程頤一系，肩二程道統，得伊洛正傳；萬里則源委於劉世臣、劉廷直、王庭珪、劉才邵、張浚、胡銓一系，雖亦宗程，實爲別派。此朱熹之所以不加可否者。然二人畢生相敬，情誼永固。萬里荐士，列朱熹第一而加推崇；朱熹云：「楊誠齋廉介清潔」(《朱子語類》一二〇）皆見相知之深。慶元六年三月，朱熹卒，萬里爲文祭之，痛失良朋，深情流露，二人友誼之篤，可據此以觀。

123. 劉德修（1142～1222）

劉光祖，字德修，陽安人。乾道五年進士，除劍南東川節度推官，辟潼川提刑司檢官。淳熙五年除太學正。六年十月除正字，八年閏三月除校書郎，九年十二月除秘書郎。光宗即位，除軍器少監兼權左郎官。後徙太府少卿，求去不已。除直秘閣潼川運判，改江西提刑，又改夔州。寧宗即位，除侍御史，改司農少卿。入對，進起居舍人；遷起居郎。以劾，出爲湖南運判，不就，主管玉局觀。後起知眉州，進直寶謨閣，除潼川路提刑，權知瀘州。侂胄誅，召除右文殿修撰知襄陽府，進寶謨閣待制，知遂寧府，改京湖制置使，以寶謨閣直學士知潼川府。升顯謨閣直學士，嘉定十五年卒，年八十一，諡文節。著有《後溪集》。(《南宋館閣續錄》八及九；《宋史》三九七）

按：萬里與光祖初識在淳熙十六年十月二十九日後，時萬里除秘書監後，光祖在軍器少監任。次年（紹熙元年）正月，萬里爲送伴使，劉光祖用黃文叔韻贈行，萬里有詩和之（本集二八），是爲二人酬唱之始，同年五月，光祖坐論吳端事忤旨出爲潼川路轉運判官（事詳《兩朝綱目備要》一）。萬里聞光祖徙太府少卿，又聞光祖即欲出國門，作〈上皇帝留劉光祖書〉（本集六二）。書上無效，光祖終出國門漕潼川，萬里作詩二首送之（本集三〇），中有「半世西風吹盛名，晚同朝路慰平生。一言半語到金石，四海九州成弟兄」之句，顯示相識雖短，相知卻深。

124. 祝汝玉

《宋元學案補遺》六九：「祝禹圭，字汝玉，信安人。淳熙中知休寧縣事，爲政清簡，下民安之。嘗注東西銘解。朱熹爲作〈新安道院記〉。」

按：萬里與禹圭初識不晚於淳熙十二年。是年萬里上〈荐士錄〉云：「祝禹圭，氣節正方，議論鯁挺。」已知之甚深。十五年月，朱熹作〈徽州休寧縣廳新安道院記〉（《朱文公文集》八○），有云：「予故邦人，且汝玉，予舊也。」知禹圭時知休寧縣，與朱熹有舊。紹熙元年禹圭作舉子語之句，萬里有詩和之（本集三○），嗣後二人交游無考。

125. 馬莊父

馬子嚴，字莊父，建安人。自號古洲居士。淳熙二年進士，嘗爲岳陽守。撰《岳陽志》二卷，不傳。（《宋詩紀事小傳補正》四）

按：萬里與子嚴初識年代未詳。紹熙元年，子嚴游金陵，萬里作詩送之（本集三○）。《詩人玉屑》一九云：「古洲馬莊父嘗賦烏林詞云：（從略），辭意精深，不減張籍王建之樂府，惜世無知者。」知子嚴頗擅詞章，惜名不彰，作品罕見。

126. 李季允（1161～1238）

李𡌴，字季允，號悅齋，眉州丹稜人。燾第七子。紹熙元年進士，知常德府，改知夔州。召爲禮部侍郎，以言論侃直出爲沿江制置副使，兼知鄂州，復與諸司爭曲直，不相能，罷去。後累遷刑部尚書、資政殿學士知成都府。嘉熙二年卒，年七十八。謚文肅。著有《悅齋集》，《皇宋十朝綱要》。（《宋史翼》二五；王德毅《李悅齋先生年譜》）

按：萬里之識李𡌴或以李燾之故，其初識當在淳熙四、五間。淳熙十一年李燾卒，十四年萬里作詩二首挽之（參李燾條）。《南宋館閣續錄》八：「李𡌴，紹熙元年余復榜進士出身。」李𡌴擢第，將赴蜀任，萬里有詩送之，并序云：「（季允）名𡌴，仁甫之季子也。其兄通判壁，同登庚戌第。壁除將作監簿，𡌴赴蜀地。兄弟五人，今存者三人，其長即賢良公垕。」（本集三○）又有〈謝李亶制幹啓〉作於稍後，云：「恭惟制幹，傳學奕葉，摛文載英，伯仲並游於上都，聲名傾動於朝著。雪山藥園之賦，轥轢莊騷，雲溪草堂之詩，盪摩甫白。」（本集五四）稱美其兄弟才學。

127. 吳敏叔

吳博古，字敏叔，暨陽人。淳熙十五年以宗正少卿兼左諭德，除權刑部侍郎。（《宋中興東宮官僚題名》）

按：萬里與博古何時初識未詳。紹熙元年萬里在臨安，有〈送吳敏叔待制侍郎〉（本集三〇）中云：「玉殿松班唐次對，竹宮茅立漢祠官。」殆博古請祠致仕。博古事不多載，考《象山先生全集》一九〈敬齋記〉：「貴溪，信之大縣，綿地過百里，民繁務劇，暨陽吳公爲宰於茲，吏肅矣而事未始不辦，民蘇矣而公未始不足，姦治直信，民莫不悅而惴惴焉，惟恐不能宣天子勤恤之意，是其本心之所發而不遏於其事者耶？然公之始至，則修學校，延師儒，致禮甚恭，余屢辱其禮不敢受。今爲齋於治之東偏，名之以敬，請記於余。」記作於淳熙二年十月，時陸九淵新除隆興府靖安縣主簿。博古爲宰於信之貴溪，其治績可據此而觀。

128. 鞏仲致（1148～1217）

鞏豐，字仲致（一作仲至），號栗齋，其先鄆州須城人，渡江爲婺州武義人，少游呂祖謙之門。淳熙十一年，以太學上舍對策第進士。嘗知臨安縣，遷提轄左藏庫。嘉定十年卒，年七十。著有《東平集》。葉水心稱其文無險怪華巧而以理屈人，片詞半牘，皆清朗得言外趣，尤工爲詩。多至三千餘首。（《水心文集》二二〈鞏仲至墓誌銘〉；《朱文憲公全集》四八〈鞏豐傳〉；《金華賢達傳》八）

按：萬里與鞏豐之初識疑在淳熙間。紹熙元年萬里在臨安，有〈題鞏仲至修辭齋〉（本集三〇）云：「修辭齋中子鞏子，年少詩狂狂到底。」時萬里年六十四，鞏豐年四十三。又云：「東萊一翁印斯人，世人皆憎翁不嗔。」「東萊」指呂祖謙，鞏豐嘗從之游。

同年冬十一月，萬里補外漕江東，鞏豐送之。本集八一〈江東集序〉載其事甚詳：「既出脩門，友人鞏豐追送予于舟次，因舉似胡公語，且自笑曰：『金陵六朝故國，句固未易著，又經半山品題，著句亦未易。』豐曰：『先生何畏焉？鍾山吾師也。石城大江豈欺我哉！金陵之勝絕固也，抑詩家未有勍者歟！有勍者，則與半山並驅詩壇，未知風月當落誰手，先生何畏焉？』」嗣後二人交游無考。

129. 汪季路（附汪聖錫）

《宋元學案》四六：「汪逵，字季路，玉山（應辰）子。乾道進士，官國子司業。韓侂胄用事，斥僞學，善類皆不自安，劉德秀因乞考核邪正眞僞，所逐多名士。先生入箚子辯之，德秀以先生爲妄言並斥之。閑居七年，參政李壁力言於朝。嘉定初召爲太常卿，遷至禮部尚書，端明殿學士。」

按：汪逵事不多載。據《南宋館閣續錄》七及九載：汪逵，乾道八年黃定榜進士出身。淳熙十五年太常博士。十六年仍任太常博士。紹熙元年太常丞。五年禮部郎官。慶元元年國子司業。嘉定元年二月除秘書少監，六月權工部侍郎。二年十月除禮部侍郎。三年正月爲吏部侍郎。四年三月爲權工部尚書，四月爲權吏部尚書。萬里與汪逵初識疑在淳熙十一年冬萬里再度立朝之後。紹熙元年，萬里仍在臨安，汪逵任太常丞，亦在臨安，萬里有〈題汪季路太丞魏野草堂圖〉、〈題汪季路所藏李伯時飛騎所槊射楊枝及繡毬圖〉（本集三〇）。

又按：汪逵父應辰，字聖錫（1119～1176），《宋史》三八七有傳。本集四九有〈代福建何提刑與汪福州聖錫〉，未詳撰作日期。紹熙元年萬里爲汪逵圖題詩後，有〈題汪聖錫墳菴眞如軒在玉山常山之間〉（本集三〇）蓋受汪逵所請題。

130. 周敬伯

《南宋館閣續錄》七：「周直方，字敬伯，吉州吉水人。開禧元年國學釋褐進士出身。嘉定十七年除將作少監。紹定元年除秘書監。三年權禮部侍郎。」

按：萬里爲周直方同里長輩，初識或在吉水。紹熙元年萬里在臨安，有〈贈周敬伯〉詩，并序云：「鄉里親黨周敬伯補入太學，散遣僮僕，歲晚不歸，嘉其有志，贈以長句。」（本集三〇）慶元間，周直方以幸學恩免省，萬里以啓申賀云：「恭惟新恩省學士，以凡蔣邢茅之冑，傳翼康師伏之詩；論正而葩，回狂瀾於既倒；詞麗以則，謝朝花於已披。二十辭家，八千鼓篋，將軍百戰，久矣……自憐衰病而未能，鸞風沖霄，更期摩厲而待敵。」（本集六〇）頗有推許之意。

131. 張季長（？～1207）

《南宋館閣錄》八：「張縯，字季長，唐安人，木待問榜進士出身，治詩賦。乾道九年九月除正字。淳熙元年十一月丁憂。」

按：張縯於乾道九年造朝除正字，時萬里任將作少監，二人並在臨安，其初識殆在其時。本集六八〈答張季長少卿書〉：「自乾道之季年，執事初來，落筆中書，一日聲名震于京師，一何偉然也。迨及紹熙之初載，執事再至，握蘭省戶，二老相對，鬢髮蒼浪，又何頹然也。居亡幾何，僕使江東，公歸岷嶺，兩舟解后，一揖而別，一何黯然也。居亡幾何，僕歸林下，公牧漢中，一書遠來，訪問生死，又何登然也。楚星蜀月，萬里相望，自此遠矣。」此書最詳二人交游。乾道九年，二人尚無酬唱。淳熙十四年冬，萬里有〈利州提刑秘書張季長送洮研發視乃一段柏木也，作詩謝之〉（本集二三），中云：「別去十年眞一夢，書來萬里寄相思。」時張縯入朝，二人重見，乃有「二老相對，鬢髮蒼浪」之歎。同年十一月萬里漕江東，有〈和陸務觀用張季長吏部韻寄季長，兼簡老夫補外之行〉（本集三一）中云：「絕憐張與陸，百戰角新功。」

張縯與陸游交誼甚厚（詳本師王靜芝先生撰〈劍南詩稿族友考〉）張縯卒於開禧三年（《渭南文集》:〈跋劉戒之東歸詩〉）陸游爲文祭之云：「一產岷下，一家山陰，邂逅南鄭，異體同心。公既造朝，眾彥所欽。我南入蜀，九折嶔崟。公以憂歸，我亦陸沉；久乃相遇，重涕霑襟。宿好未遠，舊盟復尋，駕言造公，公已來臨。我倡公和，如鼓琴瑟。送我東歸，握手江潯。公還爲卿，華路駸駸。我方畏讒，潛恐不深。公去我召，如商與參。此乃聞公，請投華簪。旋又聞訃，天乎難諶。」（《渭南文集》四一〈祭張季長大卿文〉）最詳一生蹤跡。張縯有飾菴，取意於「學足以自飾」，萬里於嘉泰四年題詩以贈（本集四二）；此外並有「答張季長少卿書」（本集六八），時萬里在吉水，張縯在四川，故書中有「楚星蜀月，萬里相望」之語。張縯著有《中庸辨擇》，陸游作跋云：「此書大槩似陳瑩中初著《尊堯集》，識者當自得之。」（《渭南文集》三一）

132. 劉覺之

劉覺之，安世季子。（本集三一）

按：紹熙二年春，萬里漕江東，駐金陵，有〈送劉覺之皈蜀〉（本集三一），並序云：「余少時，師事清純先生雩都知縣朝奉劉世臣（安世）。世臣復令其子三人從余學，其季則覺之也。覺之留落大寧監，後二十九年，復相見於金陵，爲留十日而別，贈之長句以寫悲喜。」查本集一一八〈朝奉劉先生行狀〉，知劉安世有男四人：格非、去非、勝非、知非。知非爲季子，覺之蓋其字。又查本集七七〈送劉景明游長沙序〉：「始予生二十有一，自吉水而之安成，拜今雩都大夫公劉先生爲師。」據此，疑萬里初識劉安世之同時，亦並識劉覺之，時在紹興十七年。

133. 傅景仁

傅伯壽，字景仁，晉江人，自得（字安道）長子，登隆興元年木待問榜進士。乾道八年應博學宏詞科入選，由三館歷知道州，入爲吏部郎官，出知漳州。紹熙元年爲禮部員外郎，晉直煥章閣，改浙西提點刑獄。慶元元年五月以將作大監兼直院，七月除中書舍人。二年除翰林學士。三年二月除禮部尚書，七月除寶文閣學士差知紹興府。嘉泰二年以寶文閣學士提舉佑神觀。三年二月除端明殿學士簽書樞密院事。（《宋史翼》四〇；《南宋館閣錄》七及八；《續錄》九；《宋學士院題名》）

按：傅伯壽父自得與萬里舊識（詳傅安道條），職是之故，二人得以相識。至於相識年代約在乾道八年，時萬里與自得皆在臨安，伯壽亦在臨安應博學宏詞科。紹熙二年夏，萬里在江東轉運副使任，駐金陵，有〈陪留守余處恭總領錢進思提刑傅景仁游清涼寺即古石頭城〉、〈和傅景仁游清涼寺〉（本集三一）時伯壽除浙西提點刑獄。

134. 黃元章

黃黼，字元章，臨安餘杭人，乾道五年進士，累遷太常博士。淳熙十五年進秘書郎，提舉江東常平茶塩，召爲戶部員外郎。尋除直秘閣兩浙路轉運判官，進直龍圖閣升副使，辭，改直顯閣。後除中書門下檢正諸房公事守殿中侍御史兼待講，遷侍御史行起居郎兼權刑部侍郎。後以劉德秀論劾奏祠而卒。（《宋史》三九三；《南宋館閣續錄》八）

按：萬里與黃黼初識疑在淳熙十一年冬後，時萬里立朝臨安。紹熙二年秋，萬里在江東轉運副使任，駐金陵，有〈從提舉黃元章登齊山寺後上清巖翠微亭望郡城左清溪右大江蓋絕境云〉詩（本集三三），題稱「提舉」，蓋黃黼時在提舉江東常平茶塩任。

135. 孫從之（1135～1199）

孫逢吉，字從之，吉州龍泉人。隆興元年進士，授郴州司戶。乾道七年黃鈞荐之，將處以學官；李燾等相繼荐之，知萍鄉。後除諸軍審計司、國子博士、司農寺丞。紹熙元年遷秘書郎。二年二月爲右正言，改國子司業。求去，爲湖南提刑。四年九月除秘書少監。五年權吏部侍郎。後以忤韓侂胄，出知太平州。慶元五年以疾卒，年六十五。諡獻簡。有弟逢年、逢辰，皆有文學行義，時稱孫氏三龍。（《宋史》四〇四；《南宋館閣續錄》七及八及九；《宋中興百官題名》）

按：萬里與逢吉相識甚早。考本集八二〈定齋居士孫正之《文集》序〉云：「始予與從之尊公立誼大夫同荐于鄉；既又與從之同荐，相識最早。晚乃識正之（逢年字）於中都。是時歲在辛卯（乾道七年）。」則萬里與逢吉之初識在乾道七年之前。淳熙十二年，萬里上〈荐士錄〉云：「孫逢吉，學邃文公，吏用明敏，沈介德和，黃鈞仲秉以國士待之。梁牓陞朝，前知袁州萍鄉。」已知之甚深。紹熙二年暮秋，逢吉爲湖南提刑，萬里作詩送之，有「白頭燈火共書林，自少論奕老慰心」之句（本集三三）。二人長久友誼可見。逢吉有弟逢年，識萬里於乾道七年，終官從政郎，自號定齋居士，享年四十五，有文集，萬里於慶元乙卯十二月朔爲之序。又有弟逢辰，萬里上〈荐士錄〉，云其「儒術飾吏，廉操痛人。」蓋知之已深。

136. 王仲言（1127～？）

《至元嘉禾志》一三云：「王明清，字仲言，本汝陰人，寧宗慶元間，寓居是邦，官至朝散郎，有史才，嘗著《揮麈錄》及《玉照新志》。」

按：王明清，《宋史》無傳。《至元嘉禾志》與《宋史翼》二九雖有傳，然甚簡略，本師王靜芝先生撰〈劍南詩稿族友考〉王仲言條，考訂詳盡。明清，王銍次子，曾紆公衮之外孫，官朝請大夫。兄仲信，名廉清（《宋史翼》二七有傳）。明清生於建炎元年，紹興間受知於朱希眞、徐敦立。紹興二十九年，館於張安國家，春日嘗同遊西湖。淳熙十二年爲朝請大夫，主管台州崇道觀。紹熙三年爲朝散郎，十二月到提轄官任。四年任簽書寧國節度判官。五年倅泰州。慶元元年官於吳陵。嘉泰二年任浙西參議官。卒年不詳。錢大昕〈疑年錄〉以爲享年七十四，誤（詳余季豫先生著〈疑年錄稽疑〉）。紹熙二年九、十月間，萬里在江東轉運副使任，有〈跋天台王仲言乞米詩〉（本集三三），時明清爲朝散郎。陸游亦有〈跋王仲言乞米詩〉，見《渭南文集》二七。

137. 王謙仲

王藺，字謙仲，淮之廬江人。乾道五年擢進士第，爲信州上饒簿、鄂州教授、四川宣撫司幹辦公事、武學諭。後遷樞密院編修官、宗正丞，尋出守舒州。後以鯁直敢言除監察御史，遷起居舍人，除禮部侍郎兼吏部。以母憂去官，服除帥江西。不期年召還，爲禮部尚書，進參知政事。光宗即位，遷知樞密院事兼參知政事，拜樞密使。後以罷去，起帥閫易鎮蜀，皆不就。後領祠，帥江陵。寧宗即位，改帥湖南。久之，臺臣論罷，歸里奉祠者七年，以疾卒。（《清獻集》一九〈王藺傳〉；《宋史》三八六）

按：萬里與王藺過從甚密。本集一〇二〈祭王謙仲樞使文〉云：「淳熙作噩，我守荊溪（淳熙四年），公職璧水，一見異知。厥後八載，公爲小宰，我入郎署（淳熙十一年），刮目相待。自此投分，以漆傅膠，顧我奚取，辱公定交。歲在涒灘，我以戆出，公尹豫章，館我勤卹。來歲之冬，我長道山，公持鈞樞（淳熙十六年），再見解顏。我既孑立，公亦孤峙，寒栖獨巢，胥存胥尉。其後一年（紹熙元年十一月後），我使江東，公歸淮壖，尊酒再同。夜闌秉燭，追驩不足。一揖而別，日月轉轂。誰謂此別，遂千其秋，忽聞公薨，我淚滂流。」此文最詳二人交游。紹熙二年，萬里送《江東集》與王藺，王藺和〈至後睡覺〉一首（原韻與和詩并見本集三三）。慶元間，萬里以「增秩一階，進職四等」致書〈答王樞使〉（本集一〇七），以表謝意，蓋有得力於友朋之挈攜，方能增秩進職。

138. 徐子材

徐木，字子材（一作子才），永康人。登乾道二年進士，仕至寺丞。輕財好義，朋友有喪不能舉者，爲撤門樓助之。嘗與陳同甫爲友，盛有文名；又因同甫交于朱晦翁。同甫與晦翁書云：徐子材不獨有可用之才，而爲學之意亦甚篤。晦翁過其家爲書家人卦辭于廳事之壁。（《宋元學案補遺》五六）陳同甫稱其人「才子特立」「高明奇偉」。（《龍川文集》一五〈送徐子才赴富陽序〉）

按：萬里在江東任，初識徐木。紹熙三年萬里在江東轉運副使任，有詩〈答徐子材談絕句〉（本集三五），中有「受業初參且半山，終須投換晚唐間」之句，知其時萬里論詩標舉晚唐爲學詩之途徑。是年三月萬里上荐舉徐木政績奏功（本集七〇）云：「朝散郎知饒州樂平縣徐木文學有聲，而能諳練民事……初知富陽……及來樂平，豈弟之聲爲一縣之冠……近過樂平，其人……有近古循吏之風。」嗣後往還無考。

139. 王道父（1134～1192）

王自中，字道父，溫州平陽人。淳熙中登進士第，主舒州懷寧簿、嚴州分水令。以樞密使王藺荐，召對，帝壯其言，改秩爲籍田令。後通判郢州，除知光化軍，改信州。光宗時知邵州興化軍。慶元五年卒，年六十。著有《王政紀原》、《列代年紀》、《孫子新略注》、《厚軒集》。（《鶴山大全集》七六〈知信州王公墓誌銘〉；《水心集》二四〈王道父墓誌銘〉；《宋史》三九〇）

按：萬里在江東副漕任，嘗於紹熙三年行部各地，舟經上饒，有〈和王道父山歌〉，並序云：「夜臥舟中，聞有唱山歌者，倚其聲作二首。」和韻前附有自中原韻二首：「生來不識大門邊，一片丹心石樣堅；聞道阿郎難得婦，無媒爭得到郎前。」「種田不收一年事，取婦不著一生貧。風吹白日漫山去，老却郎時懊殺人。」

萬里和云：「東家娘子立花邊，長笑花板脆不堅，却被花枝笑娘子，嫁期已是蹉春前。」「阿婆辛苦住西鄰，豈愛無家更願貧，秋月春風擔閣了，白頭始嫁不羞人。」原韻與和韻並佳，皆見本集三五。萬里與王藺過從甚密，而自中嘗受王藺所荐，疑萬里之知自中，乃緣於王藺之關係。

140. 曾無疑

《宋元學案補遺》六九：「曾三異，字無疑，新淦人，忠節公三聘之弟也。自號雲巢先生。少有詩名，楊文節公深嘉之。尤專經學，屢從朱文公問辨，因扁讀書之堂曰仰高。魏鶴山爲之記（按：見《鶴山大全集》四七〈仰高堂記〉。鶴山又嘗爲三異作〈歸全庵銘〉，見《鶴山大全集》五七）。三舉鄉貢，當補官弗就。嘗著《新舊官制通考通釋》，部使者荐于朝，授承務郎。端平初，召以秘書校勘，辭。再召奏事，除社令（按：《南宋館閣續錄》九：「（端平）二年九月除太社令。」）力求去，時年八十一。」

按：萬里與三異初識不晚於紹熙三年，時萬里有〈題曾無疑雲巢〉（本集三五）。慶元四年，曾三異贈詩語及歐陽公事，萬里和之，中有「三千里外還家後，七十二回看月生」之句（本集三八），時萬里家居，年七十二，故如是云。《鶴林玉露》一一云：「端平初，（楊東山）累辭召命，以集英殿修撰致仕家居，年八十。雲巢曾無疑，益公門人也，年尤高，嘗攜茶袖詩訪伯子。」據此則三異爲萬里後輩，並與萬里子楊東山（名長孺）相善。

141. 黃巖老

黃景說，字巖老，自號白石居士，福州閩清人。乾道五年鄭僑榜進士及第，治詩賦（《南宋館閣續錄》七）。嘉定二年帥靜江（《南宋制撫年表》頁61）。三年七月戶部郎中，九月爲軍器監，兼國史院編修官及實錄院檢討官（《南宋館閣錄》九）。與姜夔學詩於蕭東夫，並號白石，工詩，時人號雙白石。有《白石叢稿》，宋曾豐爲之序（曾豐《緣督集》一八〈白石叢稿序〉)。

按：萬里與景說何時初識未詳。景說學詩於蕭東夫，或因此而得識萬里。紹熙四年，萬里吉水家居，有〈答賦永豐宰黃巖老投贈五言古句〉(本集三六)知其時景說知永豐。詩云:「吾友蕭東夫，今日陳后山。道肥詩彌瘦，世忙渠自閑……鄰邑黃永豐，與渠中表間。黃語似蕭語，已透最上關。道黃不是蕭，蕭乃墮我前。佳句鬼所泣，盛名天甚慳。詩人只言黠，犯之取飢寒。端能不懼者，放君據詩壇。」景說自刻詩稿即以此詩冠其編首。朱熹評云:「黃巖老中間過此，亦嘗相訪。惠詩一篇甚佳。亦見其刊行小集，冠以誠齋之詩，稱其似蕭東夫；且謂東夫似陳后山，而平生未見東夫詩也。此事至爲淺末，然看却魏晋以前諸作，便覺無開口處，甚可笑耳。」(《朱子大全集》六四〈答鞏仲至第六札〉)慶元二年春夏間，景說通判全州，萬里作詩送之，有「瀟湘之山可當一枝筆，瀟湘之水可充一硯滴；白石得官斑竹林，天賜筆硯供醉吟……皈來肯過誠齋裡，分似錦囊新句子。」(本集三七)景說通判全州事，諸書多失載。四年，萬里晉太中大夫，景說致啓申賀，萬里有〈答全州黃通判〉云:「丁(叢)稿新詩，酷似千岩。昔黥布陣似項羽，見者惡之，老夫之于此集云荷荷……」(本集一○五)皆可見二人文字交游之一斑。

142. 蕭彥毓

《宋詩紀事》六三:「蕭彥毓，號梅坡，楊誠齋有句跋其詩卷云：西昌有客學南昌，蓋西昌人也。」

按：紹熙五年，萬里〈跋蕭彥毓梅坡詩集〉:「西昌有客學南昌，衣鉢眞傳快閣旁。坡底詩人梅底醉，花爲句子蘂爲章。想渠蹋月枝枝瘦，贈我盈編字字香。若畫江西後宗派，不愁禽賊不禽王。」(本集三六)南昌指黃庭堅，此云彥毓爲「江西後宗派」。庭堅有登快閣詩，彥毓「衣鉢眞傳快閣旁」亦言其詩承江西一路，得庭堅之流風。彥毓，西昌人，陸游《劍南詩稿》五〇〈題彥毓詩卷〉云：「廬陵蕭彥毓秀才。」

143. 陳師宋（1139～1202）

陳公璟，字師宋，新蔡人，居袁之宜春，以父任歷鄂之蒲圻、韶之曲江主簿。遷澧州司理參軍，未赴。丁母憂，除喪，爲贛之會昌令，又爲靜江府義寧令。以荐者改宣教郎知筠州高安縣，通判德安府，知開州、西和州。未赴西和，請爲祠官，主管建昌軍仙都觀。嘉泰二年卒，年六十四，終官朝散大夫。（本集一三二〈西和州陳使君墓誌銘〉）

按：萬里與公璟初識於淳熙十五年，是年冬萬里以直秘閣知筠州，在高安。其時，公璟亦任官高安，並新高安縣學。十六年萬里爲作〈高安縣學學記〉（本集七三）記新建學舍情況。本集一〇二〈祭西和州太守陳師宋文〉云：「淳熙之季，我守高安。小邦槁乾，遠民勤艱，慨莫助之，同流上恩。郭內之邑，有宰則賢。辨訟也恕，治賦也寬。民氣穆如，民譽藹然，惜也及僚，未朞其年，我召君滿，君後我先。復會中都，義均弟昆，屢以治行，升聞于天。言輕乎羽，推之不前，竟老於外，不登不騫。君皈自西，屢書相溫。屬聞先驅，于征塞坦。再竹其符，再朱其轓。如何不淑，一夕九原……」此文最詳二人交游。慶元元年，萬里吉水家居，有〈寄題開州史君陳師宋柴扉〉（本集三七）。嘉泰二年公璟卒，萬里爲文以祭。三年，作〈西和州陳使君墓誌銘〉，中云：「（公璟）睦家庭，篤親故，上信誼，下勢利，聞人一善若己有，見人之急難若身逢焉。」可以想見其人。公璟有二子：元勲、元老。元勳著有《思賢錄》，萬里於嘉泰元年四月爲之序（本集八三〈陳簽判思賢錄序〉）

144. 吳仁傑

《宋元學案》六九：「吳仁傑，字斗南，一字南英，自號蠡隱。其先洛陽人，居崑山。博洽經史，講學于朱子之門。登淳熙進士第。

歷羅田令，國子學錄，有《古周易》、《洪範辯圖》、《漢書刊誤補遺》等書。」

按：吳仁傑有玩芳亭。慶元元年萬里在吉水，有詩寄題之（本集三七）。周必大與陸游亦有詩題之，分別見諸《文忠集》與《劍南詩稿》。

145. 侯子雲

侯子雲，宜春名醫侯世昭之子。（本集八三〈送侯子雲序〉）

按：子雲事不多載，與萬里何時相識亦未詳。慶元元年秋，嘗與萬里溪上晚步，萬里有詩送之（本集三七）。嘉泰元年六月，萬里有〈送侯子雲序〉，勉子雲以「三勿視而二視」，並期以「後數年，有宜春之良醫，名震于大江之西，復如世昭者，必吾子雲也。」

146. 錢文季

錢文子，字文季（《溫州舊志》載：原名宏，字文子，以字行，更名文季。）溫州樂清人，紹熙三年上舍釋褐出身，治《春秋》。嘉定三年九月以吏部員外郎兼國史院編修官。四年四月爲宗正少卿。後退居白石山下，因號白石山人（《直齋書錄解題》）。學者稱白石先生。有《白石詩集傳》二十卷，魏鶴山爲之序。（《南宋館閣續錄》九；《鶴山大全集》五四；《宋元學案》六一）

按：萬里與文子何時初識未詳。慶元二年萬里吉水家居，有「送錢文季僉判」，中有「鳳池雞樹只咫尺，致君堯舜更努力」之句勉文季（本集三八），蓋勉後輩而作斯語。此外有書〈答錢判官文季〉、〈答醴陵知縣〉、〈與醴陵錢知縣〉（本集一〇四、一〇六、一一〇），語多勖勉，亦慶元間所作。

147. 萬元亨

《南宋館閣續錄》七：「萬鍾（一作鐘），字元享（一作亨），臨安錢塘人。紹興二十四年張孝祥榜進士出身，治詩賦。慶元五年二月除監，五月爲吏部侍郎。」

按：萬里與萬鍾同年進士，二人或即初識於紹興二十四年。考《尊白堂集》五，有〈萬鍾中書舍人制〉、〈兼侍講制〉；卷三並有〈送萬舍人將漕江東詩〉，知其嘗爲中書舍人、侍講，唯未詳年月。又《攻媿集》三七有〈萬鍾除司農卿制〉；卷二八有〈徼萬鍾除起居郎兼權中書舍人〉；卷四三有〈萬鍾中奉大夫直龍圖閣學守本官致仕制〉，略知其官履，唯皆未詳年月，慶元三年春，萬里吉水家居，有〈寄題萬元享舍人園亭七景〉（本集三八）。又有書一通〈與江東萬漕元亨〉（本集一○四），懇請關照大兒長孺。萬鍾事不多載，樓鑰《攻媿集》二八〈徼萬鍾除起居舍人兼權中書舍人〉云：「萬鍾之爲人，臣所深識。性資浮薄，舉止輕儇，少有不檢之名，老無自艾之意。世居京邑，日偶賤倡。至今市井之間，咸知姓字。」據此略見其人。

148. **陳安行**（1129～1197）

陳居仁，字安行，興化軍莆田人。紹興二十一年趙逵榜進士出身。移永豐令，入監行在，與范成大並充檢討官。魏杞使金，辟幕下。後轉承議郎授諸王宮大小學教授，徙軍器少監簿，遷將作監丞轉國子丞。乾道九年進秘書丞。入對，權禮部郎官。請外，淳熙元年八月知徽州，秩滿，入對，留爲戶部右曹郎官，轉朝議大夫兼權度支，又兼權禮部，授樞密院檢詳文字。尋爲右司，遷左司；又遷檢正中書門下省諸房公事歷兼左藏諸庫。後假吏部使金，還遷起居郎，兼權中書舍人。後以集英殿修撰知鄂州。鎮江大旱，又移知鎮江，後加寶文閣待制知福州，再進華文閣直學士提舉太平興國宮。慶元三年卒，年六十九，諡文懿。有《奏議制稿》二十卷、《詩文雜著》十卷。學者稱菂坡先生。（《攻媿集》八九〈陳公行狀〉及八三〈祭陳閣學〉；《南宋館閣錄》七；《宋史》四○六）

按：萬里與居仁初識，疑在乾道七年至九年間，時二人並在臨安。居仁卒於慶元三年，萬里作挽詩三首（本集三八），其三云：「我昔游璧水，公時宿石渠。重來十鑽火，兩省共周廬。小語趍丹陛，嘉招煮雪蔬。破心搜誄些，淚落不能書。」頗見二人深厚友誼。

149. 周從龍

《宋元學案補遺》四四：「周雲，字從龍，吉水人，以詩文受知于周益公。開禧間，眞西山德秀奉使，辟掌箋，奏受行在同知主管樞密機宜文字。領兵北歸，調荊襄，累有功，擢廣西兵馬鈐轄。二親喪，即以所居立院守其墓。」

按：《宋元學案補遺》四四梓材云：「解學士表周處世墓言先生（周雲）與益公周文忠公、誠齋楊文節公相師友。其子從東山（萬里子長孺），則以先生爲誠齋門人可也。」又所引《解春兩集》云：「周商英，字□□，吉水人，路鈐雲之子也，官制置機宜，路鈐諸子，皆受學於楊東山。」周雲不僅爲萬里之門人，且有同鄉之誼。慶元五年，萬里吉水家居，有〈送談命周從龍〉詩（本集三八）。

150. 黃伯庸（1154～1222）

黃疇若，字伯庸，隆興豐城人。淳熙五年進士。歷祁陽主簿，柳州教授，靈川令。知廬陵縣堂審察差監行在都進奏院。開禧元年，遷太府寺丞主簿，又遷將作監丞兼皇弟吳興郡王府教授。遷太府寺丞，又遷秘書丞。三年（據《南宋館閣續錄》七）遷著作郎，拜監察御史。嘉定初元，擢殿中侍御史兼侍講，權戶部侍郎。進華文閣待制知成都府、成都路安撫使。以父諱辭，改寶謨閣。三年至蜀，進龍圖閣待制，華文閣直學士再仕，復以諱辭，改寶謨閣。七年召對延和殿，權兵部尙書。七年春知貢舉試禮部尙書。請外，以煥章閣學士知福州。祠，提舉南京鴻慶宮。臺疏落職，罷祠，俄提舉鳳翔府上清宮，以足疾告老，復職致仕。十五年正月卒，年六十九。自號竹坡，有《竹坡集》、《奏議》、《講學》、《經筵故事》。其文律高，丞相周公稱其正大恢閎，詳雅溫醇。誠齋楊公以爲得山谷單傳。（《後村大全集》一四二〈煥章

尚書黃公神道碑〉；《南宋館閣續錄》七及九；《宋史》四一五）

按：萬里與疇若相識當在慶元間，時疇若知廬陵，萬里吉水家居。慶元五年萬里有「答廬陵黃宰」（本集五六）；又有〈書黃廬陵伯庸詩卷〉，云：「句法何曾問外人，單傳山谷當家春。」（本集三八）後村作〈黃公神道碑〉，稱疇若「得山谷單傳」者據此。六年，萬里有〈回廬陵黃宰謝得審察指揮啓〉（本集五九）。嘉泰元年，疇若赴召，萬里有詩送之（本集四〇）。

151. 彭孝求（1135～1207）

彭惟孝，字孝求，太和人。甫冠而孤，事母盡子道。稍長，力於學，聚書萬餘卷，號彭氏山房，延老師宿士主講說，命子姪執弟子禮惟謹。自亦造其席，旦暮不懈。每自勵曰學而不施于事猶不學也。於是賙鄉閭之急，赴公上之難，必行其志乃已。自號求志居士，或曰玉峯老人。開禧三年卒，年七十三。初從艮齋（謝諤）、平園（周必大）、誠齋（楊萬里）三先生遊，其卜築也，三先生賦詩屬文以表之。（《渭南文集》三九〈求志居士彭君墓誌銘〉；《宋元學案補遺》三八）

按：萬里與惟孝何時初識未詳。慶元五年，萬里吉水家居，有詩〈題惟孝碧雲飛觀〉（本集三八）。

152. 丁卿季

丁常任，字卿季，晉陵人，博學强記。孝宗時，累官戶部侍郎，極論復仇大義。嘉泰元年任司農卿。三年除兵使。後以太中大夫寶謨閣待制致仕。（《咸淳臨安志》四八；《南宋制撫年表》頁5）

按：萬里與常任何時初識未詳。慶元五年，常任赴召，萬里作詩送之（本集三九），云：「吾州使君五十年，不曾召節來日邊。老夫送人作太守，不曾送人上九天。玉皇去年選丁寬，遣求螺浦蘇熒鰥。玉皇今年喚渠還，州民遮道不得前。」知常任時守吉州，有善政，赴召。又考常任與蔡戡相知，卒後，蔡戡有文祭之（《定齋集》一三）。

153. 周起宗

《西山先生眞文忠公集》三五〈題跋〉:《江峯文集》下云:「周伯起,字起宗,自號江峯野夫,集二十卷。」

按:伯起事不多傳。《西山先生眞文忠公集》三五云:「嘗官赤縣,會中貴人以事至有司,挾權勢求必勝,君(伯起)毅然弗之顧,卒明辨曲直而後已。」知其人剛直明辨。伯起有《江峯文集》二十卷,眞文忠公以爲「評論古人多中理,獨其辯靈均制行一節顧有取於揚雄反騷之言,予所未諭。」伯起與萬里何時初識未詳,慶元六年,萬里有〈送周起宗經幹赴桂林帥幕〉(本集三九),嗣後往還無考。

154. 張子智

張貴謨,字子智,處州遂昌人,上舍免省,乾道五年鄭僑榜進士出身,治詩(《南宋館閣續錄》九)。主吳縣簿,教授撫州,宰江山縣(《宋元學案補遺》九七)。光宗朝除吏部郎中使金,轉朝散大夫(《宋詩紀事》五四)。慶元三年七月以左司郎中兼實錄院檢討官。八月爲起居郎仍兼(《南宋館閣續錄》九)。慶元末,守贛州。嘉泰中,以直敷文閣知靜江府(《宋詩紀事》五四)。官至朝議大夫。有《九經圖述》,《韻略補遺》、《詩說》(《宋史》:〈藝文志經義考〉)。

按:萬里與貴謨初識在淳熙間,唯不晚於淳熙十二年。是年萬里上〈荐士錄〉云:「張貴謨,上庠名士,有才謀,可應時須。」蓋已深知之。慶元六年,貴謨守贛,曾寄詩送酒與萬里,萬里和韻謝之(本集三九),並致書〈答贛守張舍人〉(本集一〇七),中有「一別十五年」之句,略言交誼。又有〈答贛州張舍人〉(同上),中云:「諏及《易》《書》,此意尤厚。蓋耄者無營,癃者無俚,則聊復呻槁簡,繙蠹篋,且以永日,且以遣心而已……李簿云,張先生《詩傳》已脫稿成書矣,黿鼎之側,倘可染于公之指乎?」略言有關《易》《書》《詩》傳。十月八日,萬里作〈章貢道院記〉（本集七六）記張貴謨守贛治績及燕喜之堂易扁曰章貢道院之經過。是年冬貴謨離贛，以函饋酒，萬里復書謝，井詠〈送贛守張子智左史進直敷閣移帥入桂〉（本集三九），中有「贛江府主憐逋客，尊酒綈袍故人情。」頗見厚誼。

155. 曾文卿

曾煥，字文卿，吉州吉水人，紹熙元年余復榜進士，治詩賦。嘉定七年九月除秘書郎。八年正月爲著作佐郎。九年八月爲丞，十一月爲廣西運判。十七年四月除少監，六月與宮觀。（《南宋館閣續錄》七及八）

按：萬里係曾煥同鄉長輩，初識或甚早。慶元六年，曾煥入京，萬里作詩送之，有「文透退之關捩子，騷傳正則祖家風」之句（本集三九），可畧見曾煥文風。

156. 高德順

高德順，高守道子。（本集三九）

按：紹興十年萬里年十四，初識高德順。慶元六年，萬里贈詩與德順，並序云：「予年十有四，拜鄉先生高公守道爲師，與其子德順爲友，同居解懷德之齋房。予既謝病免歸，德順杖藜躡屩訪予於南溪之上，留之三日告歸，贈以長句。」（本集三九）

157. 曾伯貢（1136～1193）

曾震，初名括，字禹任，一字伯貢，後更名震，字東老。其先金陵人，五季徙袁，又徙吉之吉水，里曰南溪。晚試集英，非其雅意。萬里與謝諤皆勉之，相與荐諸朝，調德慶府端溪縣主簿。紹熙四年以疾卒，年五十八。著有《群玉集》。（本集一三〇〈端溪主簿曾東老墓誌銘〉）

按：萬里與曾震同鄉。初識甚早。本集一三〇〈曾東老墓誌銘〉云：「予生二十七，因入州府謁友人郭克誠……主人子出，年可十七八許，頎然玉立，眉目如畫，即之似不能言，與之言，泉迸雷出，予驚喜自失，遂與定交。」則二人初識於紹興二十三年，時萬里年二十七，長曾震九歲。紹熙四年，曾震卒，萬里爲作墓誌銘。慶元六年，萬里作詩挽之，中有「我壯君初冠，相逢便定交；即今俱白首，赴告忽黃茅。」（本集三九）頗見故友深情。

158. 曾景山（1134～1197）

曾光祖，字景山，南豐人，徙居吉州安福。淳熙二年進士，以迪功郎主潭州善化簿，未上，丁父憂；再主道州江華簿。以荐升從政郎，移徽州錄事參軍，決讞精明，寃伸誣伏。以存擢知臨江軍新喻縣。紹熙末，調通判袁州，垂赴而卒。時慶元三年正月六日，享年六十四。（《文忠集》七二〈朝請郎曾君墓誌銘〉）

按：萬里與景山同鄉，初識當甚早。慶元六年，景山已卒，萬里有〈題曾景山通判壽衍堂〉詩（本集三九）。查〈曾君墓誌銘〉：「今相國京公大書壽衍二字以揭所居之堂，士咸爲賦詩，鄉人榮之慕之。」萬里所題詩，亦表榮慕之意。

159. 蕭照鄰（1117～1193）

蕭燧，字照鄰，臨江軍人，紹興十八年進士，授平江府觀察推官。三十二年授靖州教授。孝宗初，除諸王宮大小學教授。淳熙二年，累遷至國子司業兼權起居舍人，進起居郎，擢右諫議大夫。五年同知貢舉。徙刑部侍郎，補外，出知嚴州。治郡有勞，除敷文閣待制移知婺州。八年召還，除吏部右選侍郎，旋兼國子祭酒。九年爲樞密都承旨，除刑部尚書充金使館伴。十年兼權吏部尚書，兼侍講。十五年任參知政事，尋兼監修國史。十六年知樞密院，尋除資政殿學士，與郡，提舉臨安府洞霄宮。紹熙四年卒，年七十七。諡正肅。（《文忠集》六七〈蕭正肅公神道碑〉；《宋史》三八五）

按：萬里與蕭燧何時初識未詳。蕭燧卒於紹熙四年，後七年（慶元六年）萬里有詩二首追挽（本集三九），蕭燧子達，字景伯，嘗於慶元六年五月請記於萬里，萬里爲作〈靜菴記〉，云：「故資政殿學士參知政事清江蕭公照鄰，紹熙十八年甲科第五，而其子景伯又以淳熙十四年甲科第四，弓治奕葉，名第趾美，其不又盛矣哉！中興以來，一家而已。」（本集七六）故萬里挽蕭燧詩中有「父子雙晁董，中興只一家」之句，同期，萬里并作蕭燧妻〈太寧郡夫人張氏挽詞〉二首（本集三九）。

160. 胡仲方

胡榘，字仲方，廬陵人，銓孫。淳熙間監慶元府北較務，嘗攝象山縣。入爲樞密院編修官，累官工部尚書，改兵部，出知福州。寶慶二年以煥章閣學士知慶元府兼沿海制置使，以龍圖閣直學士致仕。（《寶慶四明志》一；《宋詩紀事》六一）

按：萬里與胡銓父子有深厚交誼。孫榘係晚輩，其初識萬里蓋自幼始。慶元六年，萬里吉水家居，有〈寄題荊南撫幹胡仲方公廨信美樓〉（本集三九）時胡榘殆在荊南。開禧元年，胡榘贈詩與萬里，萬里有詩答之（本集四二）。並致書〈答胡撫幹仲方〉（本集一〇九）云：「龍山十詩其味黯然而長，殊有后山風致。」頗爲稱美。

161. 虞壽老

虞儔，字壽老，寧國人。隆興元年進士。紹熙元年國子監丞、直秘閣。五年知湖州。慶元二年知婺州。六年以太常少卿使金，十月爲起居郎兼實錄院檢討官。嘉泰元年八月以中書舍人兼實錄院同修撰；十一月除權兵部侍郎。二年任兵部侍郎兼同修國史，奉祠卒。著有《尊白堂集》，蓋慕白居易之爲人，尊以名堂，兼以名集。（《南宋館閣續錄》九；《尊白堂集》序卷首；《吳郡志》七）

按：萬里與虞儔初識當在紹熙元年，時萬里任秘書監，虞儔任國子監丞，二人並在臨安。是年十一月萬里漕江東，後十年（即慶元六年），萬里有〈謝淮東漕虞壽老寶文察院寄詩〉二首（本集三九），其二云：「鶺行接翼復分襟，酒病詩愁老不禁。十載江湖千里月，一生金石兩心知。悼亡君有安仁戚，歸隱儂為梁父吟。早晚故人天上去，未應廊廟忘山林。」並致書一通候問（本集一〇四），時萬里吉水家居，離京十年，隱於南溪。是年「五月八日，小男幼輿歸自中都，（萬里）因問昔朝故人今在列者幾人？抑有未忘老朽者否？幼輿首出朝請大夫太常少卿虞公書二札，其一問暄涼訪生死寄葯物；其一則曰儔不天喪，所恃蝴七年矣。」（本集一三一）乃請銘於萬里，萬里為作《太宜人郎氏墓誌銘》（同上）。虞儔母郎氏卒於紹熙二年九月二十四日，享年八十五。

162. 程泰之（1123～1195）

程大昌，字泰之，徽州休寧人。紹興二十一年進士第，擢太平教授。孝宗即位，累遷著作佐郎、國子司業，兼權禮部侍郎，直學士院，除浙東提點刑獄，徙江西轉運副使，進秘閣修撰，召為秘書少監，權刑部侍郎，升侍講兼國子祭酒。遷權吏部尚書。後出知泉州、明州，尋奉祠。紹熙五年以龍圖閣學士致仕，慶元元年卒，年七十三。諡文簡。有《禹貢論》、《易原》、《雍錄》、《易老通言》、《考古編》、《演繁露》、《北邊備對》、《書譜》等行世。（《文忠集》六三〈程公神道碑〉；《宋史》四三三）

按：大昌卒於慶元元年。六年，萬里作詩二首以挽，其二云：「公弭江西節，儂橫南浦舟。相逢便金石，一別幾《春秋》，問訊頻黃耳，歸休各白頭。豊碑那忍讀，未讀涕先流。」（本集三九）署詳二人交游。考《宋中興百官題名》：「程大昌乾道五年八月除直龍圖閣江西運副。」乾道六年春，萬里為邑於洪之奉新（洪州治在南昌），二人初識，疑在其時。

163. 俞子清

《宋詩紀事補遺》六〇：「俞澂，字子清，號且軒，吳興人。以伯祖俟蔭入仕，中刑法科，累官福建檢法。光宗時，為刑部侍郎、大理卿。慶元中知常德府，官至刑部侍郎，卒年七十八。」

按：俞澂事不多載。嘉泰元年春，俞澂赴召，萬里作詩二首送之，中有「愛我從來兩膠漆，與公別是一親情。」（本集三九）頗見深厚交誼。

164. 劉仲洪（？～1208）

劉德秀，字仲洪，隆興府豐城人。隆興元年木待問榜進士。淳熙八年，戶部犒賞酒庫所幹辦公事。慶元元年，右正言，二年，諫議大夫。開禧元年，簽書樞密院事。嘉定元年卒。著有《退軒遺稿》。（《南宋館閣續錄》九；《宋元學案》九七；《全宋詞》作者小傳）

按：淳熙十二年萬里上〈荐士錄〉，云：「劉德秀議論古今，切於世用，鄭榜京官，今知湘潭縣。」（查《南宋館閣續錄》九云木待問榜進士，與萬里所云鄭榜相異，未審孰是。）知是年德秀在湘潭，已受知於萬里。慶元六年，德秀爲蜀帥（《南宋制撫年表》頁48）。嘉泰元年，貽書萬里，萬里覆以一書一詩。書中謝所惠《通鑑》、《唐書》、《太平御覽》，並言京鏜之逝；「京丈當國，天下之士，受陰賜多矣，當時未必知也；乃今知之矣，而九京不可作矣。煎膠續弦，不在門下，而焉在乎！」（本集一○八〈答蜀帥劉尚書〉）詩中則頌揚德秀：「今是國西天一柱，早歸斗下位三能。」（本集三九）皆見對京鏜與德秀友誼之契合，洵非尋常頌詞而已。

165. 王文伯

《宋元學案》七七：「王允文，字文伯，豐城人。乾道中進士，從象山遊，尤爲彭子壽所知，嘗介之於楊誠齋，示以所作〈虞雍公碑〉，有諒彼高宗之語。先生引詩諒彼武王正之。誠齋謝曰：一字師也。子壽以論韓侂胄死貶所，嘉定初，袖諫章謁樓攻媿于京師，具劄籲寃。攻媿爲請于上，得邀贈卹，時人義之。有《棲碧類稿》。」

按：萬里與允文交游已略詳於《宋元學案》，所云〈虞雍公碑〉，見諸本集一二○，原題〈宋故左丞相節度使雍國公贈太師諡忠肅

虞公神道碑〉。嘉泰元年，萬里有〈送王文伯上舍歸豐城兼簡何侍郎〉（本集四〇）

166. 趙嘉言

《宋詩紀事補遺》九三：「趙汝謨，字嘉言，南昌人，太宗八世孫。博學能詩文。嘉定中知泰和縣事，有政聲。」

按：萬里與汝謨何時初識未詳。嘉泰二年春，萬里有〈寄題太和宰趙嘉言勤民二圖〉（本集四〇），知汝謨時任太和宰，《宋詩紀事補遺》作「嘉定中」誤。是年冬，汝謨上印赴闕，萬里作詩送之，有「從來美政人難絕，二君雙美今誰似？卓令已作中都官，趙令也合即綴卓令班。」（本集四一）「卓令」，蓋指卓士直，慶元六年萬里有「題太和宰卓士直新刻山谷快閣詩眞蹟」（本集三九）。在泰和任，汝謨頗有政聲，《文忠集》五九〈泰和縣龍洲書院記〉畧載其事。

167. 張伯子

《宋元學案補遺》四一：「張孝伯，字伯子，自號篤素居士，和州人，祁從子，隆興元年進士，官至參知政事。時韓侂胄當國，孝伯勸弛僞學黨禁，一時賢人貶斥者，得漸還故職。」

按：陸游《渭南文集》三七〈朝議大夫張公墓誌銘〉：「子六人：孝伯，朝請大夫，權禮部尚書兼侍講，兼實錄院同修撰。」《南宋館閣續錄》九：「張孝伯，字伯之，和州烏江人。隆興元年木待問榜同進士出身，治詩。（慶元）四年正月，以權刑部侍郎兼實錄院同修撰。八月爲吏部侍郎。五年十月除權禮部尚書並兼。」《江西通志》一〇〈職官表〉：「張孝伯，歷陽烏江人，孝祥弟。華文閣學士，知隆興府。府志，慶元六年任。」乾隆《紹興府志》四六〈人物志〉六：「張孝伯本歷陽人，父寺丞來寓蕭山，因家焉。登進士。仕至華文閣待制知隆興府，又知鎭江府。召同知樞密院。嘉泰四年，進參知政事。尋罷歸。韓侂胄方嚴僞學之禁，貶斥正人無虛日；孝伯謂侂胄曰：『不弛黨禁，恐后不免報復之禍。』侂胄然之。自是黨禁寖解，正人始有所容。」《續資治通鑑》：「（嘉泰）二年甲寅，弛僞學，僞黨禁。張孝伯知韓侂胄已厭前事，因謂之曰：不弛黨禁，恐后不免報復之禍。」「（嘉泰三年冬十月）癸卯，以費士寅參知政事；華文閣學士知鎭江府張孝伯同知樞密院事。」「（嘉泰四年夏四月）乙巳，以張孝伯參知政事……八月戊午，參知政事張孝伯罷。」〈宋大臣年表〉：「嘉泰四年四月孝伯除同知樞密院事兼參政。」又按萬里與孝伯兄孝祥有同年之誼，然過從甚疏。孝伯知隆興府，嘗與萬里數通書問。慶元間萬里子長孺任南昌縣令，在孝伯治下，萬里致書懇請關照云：「某塵忝正出令兄安國舍人榜末，亦嘗婁參拜，蒙顧眄，則此兒或者猶在門闌子姪之后塵乎！」（本集一○七〈與隆興府張尚書〉）時萬里婿陳經任泰寧丞，萬里亦致書懇請關照（本集一○九〈與隆興張帥〉）。自是二人書函往還甚密。孝伯嘗舉荐長孺，萬里謝之（本集一○九〈謝隆興府荐大兒〉），並致書云「先生以不忘于湖榜尾之陳人，申之以尙憶蹇叔坐上之半面……某與老妻相語府公恩斯若此深厚，感甚至泣……大兒察其索居無聊，於是投其隙而進迎養之說。」（本集一一○〈答本路安撫張尚書〉）長孺擬迎養父母至南昌，孝伯實慫恿之。嘉泰二年孝伯自隆興府移鎭京口，萬里詩以餞之（本集四○）。其前並嘗爲孝伯畫像作贊，中云：「一別十年，千里面見。」（本集七九〈張伯子尚書畫像贊〉）上推十年，殆淳熙間二人已然相識。

168. 鍾仲山

鍾將之，字仲山，潭州善化人。嘗爲編修官。慶元二年監登聞鼓院。四年軍器監丞。開禧二年江西提刑兼權贛州；又嘗爲江南路轉運判官。有《岫雲詞》，今不傳。（《全宋詞》作者小傳）

按：萬里與將之初識於何時無考。本集八○〈《荊溪集》序〉云：

「今年備官公府掾，故人鍾君將之自淮水移書於予曰：荊溪比易守，前日作州之無難者，今難十倍不啻，子荊溪之詩未可以出歟；予一笑抄以寄之。」序作於淳熙十四年丁未四月三日，知是時二人交誼已密，故序稱「故人」。同年六月十五日作〈西歸《詩集》序〉，云錄《詩集》與鍾將之（本集八〇）。嘉泰二年，萬里有〈題長沙鍾仲山判院岫雲舒卷樓〉詩（本集四一）。又按南宋又有鍾將之字仲山者，丹陽人，慶元二年卒，年七十，與萬里無交游。

169. 王式之

王栻，字式之，婺州金華人，王淮子，嘗官南康知府，寄理將士郎。（本集一二〇〈王公神道碑〉；《昌谷集》一五〈白鹿書院重建書閣記〉）

按：萬里之得識王栻，蓋以王淮之故。據萬里撰〈王公神道碑〉，王淮有子八人：模、樞、機、樸、棟、櫼、橚、栻。模、機、樸先王淮卒。王淮卒於淳熙十六年。「既葬十四年，栻走二千里以其兄樞之書來廬陵謁萬里曰：『先生非先公故人乎？墓隧之碑未立，先生而不爲，尙以誰諉？』萬里則按其諸子所作家傳及起居郎熊公克所作行狀，摭其繫天下國家之者書之。」（〈王公神道碑〉）王栻至廬陵謁萬里在王淮既葬十四年，亦即嘉泰二年。是年春，萬里吉水家居，有〈王式之直閣不遠千里來訪野人贈以佳句次韻奉謝〉詩（本集四〇）。同年秋，萬里有〈瑞慶節日同王式之詣雲際寺滿散〉、〈王式之命劉秀才寫予眞因署其上〉（本集四一）知是時王栻仍在吉水，尙未返金華。

170. 歐陽伯威（1126～1202）

歐陽鈇，自號寓菴，世爲廬陵人，少與周必大同場屋，連戰不利，遂篤意於詩。瀘溪王敷文庭珪，西溪劉孝廉承弼、楊愿皆教官詩豪，或以孟襄陽、賈長江比之。嘗著〈遇諫詞〉，〈絳螯蜘蛛賦〉，胡忠簡公極口稱獎，名公推重如此。嘉泰二年六月卒，年七十七。有《脞辭

集》、《見聞錄》。(《文忠集》七四〈歐陽伯威墓誌〉)

按:萬里與歐陽鈇交游具詳於本集七七〈歐陽伯威脞辭集序〉云:「始予識歐陽伯威於傅彥博之坐中,見其揚眉吐氣,抵掌論文,落筆成詩,屈其坐人。予敬之慕之,私竊自媿其不如也。後二十年,聞吾里蕭岳英爲子弟擇師,得異人焉,急往謁之,則吾故人伯威也。方吾二人相識時,皆年少氣銳,豈信天下有老哉。予既涉患難,鬚髮之白者十二,而風霜彫剝之餘,落然無復故吾矣。伯威之氣凜凜焉,不減於昔,獨其貧增焉耳,不以增於貧而減於氣,如伯威者鮮矣哉。予因索其詩文,伯威顰且太息曰:子猶問此耶!是物也,昔人以窮而吾不信。吾既信而窮已不去矣。子猶問此耶,已而出《脞辭》一編……乃書其說以序其詩。」萬里此序未署撰作年月,編於〈送王才臣赴秋試序〉與〈送劉景明游長沙序〉之間,蓋作於乾道二年。是序並云:「伯威名鈇,吾州永和人,其族與文忠公同系,其先策第者凡七人,有曰中立者附入元祐黨籍,其尊公彥美終於廣州經幹。伯威事母至孝,中書舍人周公子充愛其文行,稱之曰奇士。」鈇卒於嘉泰二年,周必大作墓誌(《文忠集》七四)、萬里作挽詞(本集四一)。此外,本集九八萬里有〈跋歐陽伯威句選〉,云其手抄歐陽詩數紙。《詩人玉屑》六九載有萬里所抄警句,歐陽鈇名其居曰寓菴,嘗徵銘於萬里,萬里爲作〈寓菴銘〉(本集九七)。

171. 袁機仲(1131～1205)

袁樞,字機仲,建安人,隆興元年試禮部詞賦第一。調溫州判官教授興化軍。乾道七年爲禮部試官。補外,出爲嚴州教授。淳熙六年遷太府寺丞。七年爲秘書郎、著作郎。九年爲軍器少監。除提舉江東常平茶塩,改知處州。入闕,除吏部員外郎,遷大理少卿,權工部侍郎。兼國子祭酒。光宗立,知常德府。寧宗立,擢右文殿修撰知江寧府,尋劾罷,奉祠,閑居十載。開禧元年卒,年七十五。有《易傳解

義》、《童子問》等。(《宋史》三八九；鄭鶴聲《袁樞年譜》)

按：萬里與袁樞初識於乾道七年，時萬里受國子博士任，袁樞爲禮部試官，二人並在臨安。本集七八〈袁機仲通鑑本末序〉云：「初予與子袁子同爲太學官，子袁子錄也，予博士也。志同志，行同行，言同言也，後一年，子袁子分教嚴陵。後一年（淳熙元年正月）予出守臨漳，相見於嚴陵，相勞苦相樂且相楙以學。子袁子因出書一編，蓋通鑑之本末也。」（序末未署年月，考萬里淳熙元年春出守臨漳，未赴，返吉水，途經嚴陵，與袁樞相見，序殆作於其時。）又云：「子袁子名樞，字機仲，其爲人也，正物以己，正枉以直，有不可其意，憤怒見於色辭。蓋折而不靡，躓而不悔者。孔子曰剛毅木訥近仁，子袁子有焉。」最詳二人初期交游。淳熙十二年，萬里上〈荐士錄〉云：「袁樞，議論堅正，風節峻整，今知處州。」其時知之已深。嘉泰二年，萬里有〈答袁機仲寄示易解書〉（本集六七）云：「某今月二十二日入城郭謁新尹趙文。趙文一見，某因首問機仲、元晦、宋臣皆故人無恙外，趙文因取機仲易書五編及辯歐陽子易說一紙，云機仲小忙，不暇作書，託以此文面授，而口諗某焉。」（考本集四一有〈至後入城雜興〉，知是書撰於是年。）顯見二人仍保持聯繫。此外，萬里並作「跋袁機仲侍郎易贊」（本集一○○）及〈答袁侍郎〉（本集一一○），皆見二人論易情況。四年春，袁樞家居，有建溪北山四景，曰妙淨菴、冰壺閣、玉虹橋、杭雲亭。萬里時在吉水，有詩寄題之（本集四二），稱「殿撰」，蓋袁樞嘗於寧宗初立任右文殿修撰，尋臺諫劾罷，奉祠閑居，家居建州。寄題詩外，萬里並作〈答袁機仲侍郎書〉（本集六八），中云：「某狗馬齒七十有八矣……示教北山四詠新作，朗誦未既，忽乎追參步趁，陟降林岳，攀上巖之刺天，俯中巖之保空，冰壺清寒以逼人，玉虹飛動而奪目……牽課四絕句呈似，第公輸之門，乃敢揮其斤；西子之牖，乃敢衒其醜；不如是則公輸不哂，西子不矉爾。」次年，袁樞卒。後一年，萬里亦卒。

172. 胡平一

胡元衡，字平一，隆興武寧人。淳熙八年黃由榜上舍進士出身，治書（《南宋館閣續錄》九）。慶元二年，教授撫州（《文忠集》六○〈撫州學記〉）。開禧二年，以右司員外郎兼國史院編修官及實錄院檢討官（《南宋館閣續錄》九）。嘗除大理正（《尊白堂集》五〈除大理正制〉）

按：萬里之識元衡，時在元衡守廬陵之前。元衡守廬陵事不多載。嘉泰三年，萬里在吉水，有〈賀胡守寺正禱雪響應〉。又有〈十山歌呈太守胡平一〉（本集四二）並序云：「螺岡市上惡少為群，剽掠行旅，民甚病之。太守寺正胡公命賊曹禽其魁，杖而屏之遠方。道路清夷，遂無豺虎，塗歌野詠，輒摭其詞櫽括為山歌十解，庶采詩者下轉而上聞云。」頗稱美元衡治績。嘉泰間，萬里妻父故承事郎羅天文墓盜葬斷罪，判以賊人羅十六發。萬里以啓謝元衡，云：「某嘉興外家，同沐膏澤。」（本集六一）開禧元年秋，元衡赴召，萬里作詩送之（本集四二），云：「憶昔乾道遊碧水，君為秀孝儂博士。逮今嘉泰歸青原，儂為州民君刺史。人生離合風中雲，白髮相逢有幾人。與君相逢又相別，不待折柳眉先顰。如君豈弟民父母，春風風人夏雨雨……」畧詳二人交游情況。考萬里乾道七年春任國子博士，楊胡二人或即初識於其時。

173. 李季章（1159～1222）

李璧（壁）字季章，眉之丹陵人。父燾典國史。紹熙元年進士第。三年除少監、宗正少卿。五年除正字、校書郎。寧宗慶元元年除著作佐郎。三年四月知閬州。嘉泰四年，歷宗正少卿、兵部侍郎、禮部侍郎。開禧二年權禮部尚書、參知政事。韓侂冑既誅，兼同知樞密院事。御史葉時論璧反復詭譎，削三秩，謫居撫州。後復除端明殿學士，知遂寧府，奉祠。嘉定十五年卒，年六十四。謚文懿。有《雁湖集》、《消塵錄》、《中興戰功錄》、《中興奏議》、《內外制》、《援毫錄》、《臨汝閑書》等。（《南宋館閣續錄》七及八及九；《宋中興學士院題名》；《宋史》三九八；王德毅《李燾父子年譜》）

按：萬里與李壁初識於淳熙四年，時萬里在常州任內。本集五四〈謝李壁通判啓〉云：「伏以荊溪假守，嘗識李君父子。」紹熙元年李壁中進士，初或爲通判，「詒我五七之篇，重以四六之語」，萬里乃作啓以謝。嘉泰四年正月，李壁任宗正少卿，七月兵部侍郎，八月禮部侍郎（「南宋館閣續錄」九）。是年夏，萬里有詩題李壁石林堂（本集四二）。次年（慶元元年）五月陸游亦有詩題石林堂（《劍南詩稿》六三）。

174. 項聖與

項夢援，字聖與，龍泉人。（《宋元學案補遺》四五）

按：嘉泰二年，萬里〈寄題龍泉項聖與盧溪書院〉（本集四一）自注云：「忠簡胡先生與項德英同師蕭子荊先生，傳《春秋》學。蕭先生自號三顧隱客。」《宋元學案補遺》四五梓材案語云：「誠齋詩原注云：忠簡胡先生與項德英同師蕭子荊先生，是阿英即德英也。觀阿宜句，則先生蓋即其子而克傳家學者。周益公題項唐卿盧溪書院詩原注云：子名夢援，疑即先生，而聖與其字也。」考項唐卿，名汝弼，嘗築盧溪書院。周益公題之云：「往聞澹庵評鄉賢，有朋曰項如篪塤，是非褒貶乃枝葉，孝友忠信爲本根；姓名不願唱高第，詔旨特許旌高門。化行同邑得模楷，經授猶子留淵源。輕財重義續前烈，築屋貯書貽後昆……」（《宋元學案補遺》四五），可據此畧知其人。又考項德英，名充。《宋元學案補遺》四五載其「幼未知學，況洵美訓篤甚至。後與胡忠簡俱以《春秋》學馳聲。終父母喪，兄弟當析產，先生盡以遜兄，以報其教育之恩，詔旌表門閭。」萬里之得識夢援，疑以胡銓之故，蓋胡、項二家有深厚交誼，而萬里則師事胡銓。嘉泰四年，夢援詣太常，萬里作詩送之，中有「鵠袍詣闕柳袍歸，來年書院更光輝」之句以期許之（本集四二）。

175. 王晉輔

王峴，字晉輔，與劉黼爲友。朱熹答劉季章書嘗謂：晉輔亦開敏有志趣，不易得，但涉學尚淺，志氣輕率，須痛與切摩爲佳耳。可藉知其人。梓材案云：「朱子答季章又一書云：近得周益公書，聞且寓晉輔家，甚善，是先生已力致季章矣。」（《宋元學案補遺》五九）

按：王峴有桂堂，嘉泰四年萬里有詩題之（本集四二）；開禧元年陸游亦題之（《劍南詩稿》六五）。又有專春亭，萬里題之，并致書「答王晉輔」（本集四二、一○九）。陸游亦題之，唯作專春堂（《劍南詩稿》六五）。王峴嘗問學於朱熹，朱熹有答書五通：一論爲學之道，二論古禮，三論告子之說，四論務實好名之風，五論墓祭。皆答問論學之語，見《晦庵集》。

176. 胡伯圜

胡澥，字伯圜，銓次子。以蔭官承事郎監潭州南嶽廟，轉奉議郎爲沿海制置司幹辦公事。（本集一一八「胡公行狀」；《宋元學案》三四）

按：萬里與胡銓父子有深厚交誼。淳熙七年，胡銓卒，胡澥走書二千里請萬里撰行狀。其時萬里在廣東常平茶塩任。十二年，萬里上〈荐士錄〉云：「胡澥，名臣之子，修潔博習，州里有聞，能世其家，今爲撫州宜黃丞。其父字邦衡云。」知其時胡澥任官撫州。開禧元年，胡澥贈詩，萬里答之（本集四二）。胡銓有五子：泳、澥、浹、�、沖。澥乃次子。

附錄七十人

1. 蔡子平

蔡洸，字子平，仙遊人，以蔭補將士郎，遷寺丞，出知吉州。後

知鎭江府，除司農少卿、戶部侍郎、戶部尚書。卒年五十七，謚忠惠。（《宋史》三九〇）

按：本集五〇。有〈賀吉守蔡寺丞子平冬啓〉、〈賀蔡寺丞年啓〉，未詳年月，疑在乾道間萬里吉水家居所作，時蔡洸知吉州。

2. **陳應求**（1113～1186）

陳俊卿，字應求。興化人。紹興八年進士，授泉州觀察推官。秩滿，秦檜當國，察其不附己，以爲南外睦宗院教授，尋添通判南劍州，未上而檜死，乃以校書郎召。孝宗時爲普安郡王教授，著作佐郎。累遷監察御史、殿中侍御史，除權兵部侍郎、中書舍人。隆興初元，除禮部侍郎參贊軍事。乾道元年，除吏部侍郎。四年十月制授尚書右僕射同中書門下平章事兼樞密使。俊卿以用人爲己任，所除吏皆一時之選。虞允文宣撫四川，俊卿荐其才堪相。五年，上召允文爲樞密使，至則以爲右相，俊卿爲左相。六年罷相。淳熙二年，知福州，累章告歸，除特進起判建康府兼江東安撫，爲政寬簡，罷無名之賦。後以少師魏國公致仕。十三年卒，年七十四。有集二十卷。（《朱文公文集》六九〈正獻陳公行狀〉；《誠齋集》一二三〈正獻陳公墓誌銘〉；《宋史》三八三）

按：俊卿與張浚、張栻契誼深厚。萬里出浚門下，又友於栻，此萬里之所以見知於俊卿者。乾道三年春，萬里抵臨安，屢上書俊卿，並獻《千慮策》。其〈見陳應求樞密書〉有云：「思紫岩而不見，見紫岩之與，則如見紫岩焉。」「友人廣漢子張子曰：陳公不可不投以副，某是以來如樞密之門。」（本集六三）皆屢言張浚張栻父子，期因此得見用於俊卿。乾道五年八月，俊卿爲左相，萬里上〈與陳應求左相書〉，有云：「守而取者，非遇天下之大機，其法不可動。」（本集六三）並上〈賀陳丞相拜左相啓〉，有云：「置乾坤一擲之中，世豈不爲之快？然帝王萬全之舉，公必有處於斯。」（本集五〇）其論大抵與《千慮策》相同。乾道六年暮春，萬里抵奉新任，上〈與左相陳應求書〉，有云：「所願二相同心，不疑不忌，不躁不折，以濟登宋氏之中興。」（本集六三）對陳、虞（允文）之期許頗深。十月以陳、虞之交荐，萬里召除爲國子博士，自是初度立朝。淳熙間俊卿判建康，萬里致「賀陳丞相判建康啓」（本集五二）。既卒，萬里爲作墓誌銘。

3. **吳明可**（1104～1183）

吳芾，字明可，自號湖山居士，仙居人。紹興二年進士，遷秘書省正字、監察御史。孝宗時，累遷吏部侍郎、禮部侍郎，力求去，提舉太平興國宮。復起知太平州、隆興府。以龍圖閣直學士致仕。淳熙十年卒，年八十，諡康肅。有《湖山集》。(《朱文公文集》八八；《宋史》三八七)

按：萬里於乾道六年知隆興府奉新縣，既到任，有上〈知奉新縣到任謝吳帥啓〉，後又有〈謝吳帥舉陞陸陟啓〉（本集五一）。據《周益國文忠公集》：〈省齋文稿〉五〈奉新宰楊廷秀携詩訪別次韻送之〉自註：「吳明可帥豫章。」知吳帥即吳明可，時知隆興府。

4. **龔實之**（？～1178）

龔茂良，字實之，興化軍人。紹興八年進士，召試舘職，除秘書省正字，遷右正言，除直顯謨閣，江西運判知隆與府。江西大旱，疫癘大作，茂良全活數百萬。進待制敷文閣，賞其救荒之功。除禮部侍郎，拜參知政事。後因曾覿事，謝廓然劾之，安置英州。淳熙五年卒，諡莊敏。有《靜泰堂集》。(《宋史》三八一)

按：乾道六年萬里知隆興府奉新縣，有〈見龔實之運使正言書〉（本集六五），蓋初識時所上。稍後又有〈賀龔實之運使啓〉（本集五一），稱美其江西救荒之功。此外又有〈賀龔帥正言冬啓〉（同上）。及實之拜參知政事，萬里以啓申賀（本集五一〈賀龔參政啓〉），皆見交誼。

5. 鄭惠叔

鄭僑，字惠叔，號回溪，莆田人。乾道五年進士第一，寧宗時參知政事，進知樞密院事。後以觀文殿學士致仕。卒諡忠惠。（《莆陽文獻傳》二六）

按：萬里與鄭僑初識疑在乾道六年除國子博士之前，本集五一有〈與鄭惠叔簽判啓〉（編於〈除國子博士謝虞丞相啓〉之前），時已略有來往。淳熙十二年萬里上〈荐士錄〉云「鄭僑，立朝甚勁正，持節有風采。」蓋已深知之。慶元二年，萬里年七十，上〈陳乞引年致仕奏狀〉（本集七〇），并〈與鄭惠叔知院催乞致仕書〉（本集六七）。慶元五年，有〈答鄭樞使〉（本集一〇五）懇請荐舉大兒長孺妻兄承直郎禮州推官吳璪。

6. 方務德（1102～1172）

方滋，字務德，桐廬人。建炎間爲浙西提舉司幹官，遷廣西轉運判官。歷知靜江、廣州、福州、廬州、紹興、平江諸府。後以敷文閣待制知建康、荊南二軍。以疾提舉江州太平興國宮。乾道八年卒，年七十一。（《南澗甲乙稿》二一〈方公墓誌銘〉）

按：萬里與務德初識殆在乾道間，時有〈朝陵與方帥務德啓〉（本集五一），其時務德殆以敷文閣待制補外。

7. 陳時中

陳庸，字時中，仙居人。紹興二十一年進士，歷知常州、太府少卿，仕終江西提點刑獄。卒諡忠簡。（《嘉定赤城志》三三；《宋元學案補遺》四九）

按：萬里於淳熙四年赴常州任，有〈答常州守陳時中交代啓〉（本集五二），嗣後二人往還無考。

8. 蔣子禮

蔣芾，字子禮，宜興人，紹興二十一年進士第二。孝宗時累遷簽書樞密院事，拜右僕射同中書門下平章事兼樞密使。後以議論議和事

忤上，除觀文殿大學士知紹興府，提舉洞霄宮。尋落職建昌軍居住，再提舉洞霄宮卒。(《宋史》三八四)

按：乾道四年蔣芾拜右相，未幾，萬里有〈代羅武岡得祠祿謝蔣右相啓〉(本集五〇)，疑未相識。淳熙四年，萬里知常州，有〈與蔣丞相啓〉(本集五二)，疑其時蔣芾知紹興府。

9. **趙溫叔**(1129～1193)

趙雄，字溫叔，資州人。隆興元年類省試第一，虞允文荐于朝，除正字，後以中書舍人使金。淳熙五年累官參知政事，拜右相。紹熙四年卒，年六十五。諡文定，封衛國公。(《宋史》三六九)

按：趙雄於淳熙五年拜右相，萬里有〈上趙丞相啓〉(本集五二)。時在常州，啓云：「在延陵煎急之地，罷於奔命」「懷歸之念既動而莫收」「或畀廬陵近舍」。蓋是年母老妻病，常州又遠離家鄉，乃生歸鄉之念，而上啓致意。次年除廣東常平茶塩。既赴任，有〈廣東提舉到任謝趙丞相啓〉(本集五三)。

10. **王季海**(1126～1189)

王淮，字季海，金華人。紹興十五年進士，爲台州臨海尉。遷校書郎，歷監察御史、右正言、秘書少監兼恭王府直講、太常少卿、中書舍人兼學士院、翰林學士知制誥。淳熙二年除端明殿學士簽書樞密院事、同知樞密院事、參知政事。八年拜右丞相兼樞密院事，旋遷左相。淮力攻道學，不喜朱熹，其後慶元僞學之禁，肇始於此。十六年卒，年六十四。諡文定。(本集一二〇〈魯國王公神道碑〉;《攻媿集》八七〈王公行狀〉;《宋史》三九六;《金華賢達傳》四;《金華先民傳》三)

按：本集一〇二〈祭王丞相文〉云：「爰自乾道，壬辰仲冬，刺經頒臺，我初識公，公爲貳卿，我則負丞。葭玉六朏，傾豁悃誠。公自此升，雲騫漢騰。我自此退，契濶一星。我再郎署，公宅元輔。昔親近疏，遐不媚附……不寧不疑，以此予知。」據此，知二人初識於乾道八年，時萬里爲太常丞，王淮爲太常少卿。淳熙八年，王淮爲右相。九年，萬里除直秘閣，有〈除直秘閣謝宰相啓〉（本集五三），蓋有得力於王淮。十一年，萬里除吏部郎官，有〈除吏部郎官謝宰相啓〉（本集五三），亦得力於王淮之助而得以二度立朝。十二年萬里上〈荐士錄〉與王淮。楊長孺〈淳熙〈荐士錄〉跋〉云：「淳熙乙巳，誠齋爲吏部郎中時，王季海爲相。一日，丞相問誠齋云：宰相何事最急先務？誠齊答丞相云：人才最急先務。丞相云：安得人才而用之？誠齋筆疏六十人以獻，隨所記憶者疏之。退而各述其長，上之丞相，此卷是也。」（本集一一三）王淮自淳熙九年至十三年居相位凡五年，荐進人才頗盛，其政績爲萬里所敬佩。祭文云：「近世數公，豈無賢哲。匪才之矜，以量爲悅。公之在位，或者公誹；公既云亡，疇不公思？」對王淮之才量，推崇備至。萬里淳熙九年八月加直秘閣，淳熙十二年五月除吏部郎中，皆得力於王淮之提携，故對王淮畢生崇敬。淳熙間，萬里有〈答王季海丞相問爲嫡子報服書〉（本集六六），唯不詳年月。王淮既卒，萬里爲文祭之，并爲作神道碑，皆見深誼。

11. 余　復

余復，字子叔，福州寧德人，紹熙元年進士，射策，帝覽其對曰：余復直而不訐，擢置第一。後入史館，兼實錄院檢討官。終官秘書郎。（《淳熙三山志》三一；《宋元學案補遺》三一）

按：紹熙元年四月余復進士第一，萬里時任秘監，有「回余復狀元啓」（本集五四）。同時并有〈進和御製賜進士余復詩狀表〉呈光宗，見本集四七。

12. 曾　漸（1165～1206）

曾漸，字鴻甫，南城人，紹熙元年進士，官至工部侍郎。開禧二年卒，年四十二。謚文莊。有《武城集》。（《水心文集》二一〈工部

侍郎曾公墓誌銘〉）

按：紹熙元年曾漸登進士第，萬里時任秘書監，有〈答第二人曾漸殿元啓〉（本集五四）。

13. 王　介（1158～1213）

王介，字元石，號渾尺居士，金華人。從朱熹、呂祖謙游。登紹熙元年進士，除國子錄。光宗久不朝重華宮，介上書極諫。孝宗崩，又力請過宮執喪。寧宗立，以忤韓侂胄坐劾奉祠。後復官京西宣撫使。嘉定六年卒，年五十六。諡忠簡。（《宋史》四〇〇）

按：紹熙元年介登進士第，萬里時任秘書監，有〈答第三人王介殿元啓〉（本集五四）。

14. 劉伯協

劉恭，字伯協，南城人，紹熙元年進士，知瑞安縣。（《宋元學案》四）

按：嘉泰間，萬里吉水家居，有〈與新吉守劉伯協啓〉（本集六〇），又有〈與新吉守劉伯協〉（本集一〇九），知劉恭時守吉州。

15. 陳勉之

陳自强，字勉之，閩縣人。淳熙五年進士。寧宗時，以嘗爲韓侂胄童子師，於嘉泰三年拜右相。後以史彌遠建議誅侂胄，以自强阿附充位，不恤國事，罷右相，未幾詔追三官永州居住；又責武泰軍節度使；韶州安置，再責團練副使雷州安置。後死於廣州。（《宋史》三九四）

按：嘉泰三年八月十六日萬里除寶謨閣直學士，有〈答陳勉之丞相啓〉、〈除寶謨閣直學士謝陳丞相啓〉（本集六〇）；又〈上陳勉之丞相辭免新除寶謨閣直學士書〉（本集六八）以「使某上不犯於公議，下不隳其晚節」爲由請求辭免。

16. 張子韶（1092～1159）

張九成，字子韶，錢塘人。紹興二年廷對第一。歷官禮部侍郎。

以與秦檜不和，被謫。檜死，起知溫州。紹興二十九年卒，年六十八。（《宋史》三七四）

按：《澹菴文集》二五〈楊君文卿墓誌銘〉：「（楊芾）嘗携萬里見無垢先生侍郎張公九成……於贛。」時萬里年甫三十，仕贛州戶掾，以芾之携往晉謁而初識張九成，其〈上張子韶書〉（本集六三）蓋其時所呈，時在紹興二十六年，後三年，九成卒。

17. 蘇仁仲（1098～1177）

蘇師德，字仁仲，晉江人。紹興初以宣教郎監都進奏院，尋充樞密院計議官，以御史劾，奏削籍，編管汀州。秦檜死，赦還，復故官。官終湖南提舉常平。淳熙四年卒，年八十。（《南澗甲乙稿》二〇〈蘇公墓誌銘〉；《宋史翼》四）

按：萬里初見蘇師德年月難以確考，本集六四〈見蘇仁仲提舉書〉，疑即初見時所上，時或在紹興季年，萬里丞永州零陵之期間。

18. 章彥溥（1093～1174）

章燾，字彥溥，宣城人，以蔭補官。紹興十四年除大理司直，十五年除寺丞；十八年遷刑部員外郎；二十一年除大理少卿。後以忤秦檜除知復州。二十五年復召為大理少卿；二十九年起知蘄州；三十一年提點湖南刑獄。淳熙元年卒，年八十二。（本集一二五「刑部侍郎章公墓表」）

按：萬里初見章燾當在紹興季年，時萬里丞永州零陵，章燾任提點湖南刑獄。本集六四〈見章彥溥提刑書〉，疑即初見時所呈。章燾既葬二十八年，其子綡自宣城至廬陵請銘於萬里云：「先公之客，今惟先生在爾。」萬里為作墓誌銘，時在嘉泰二年，萬里年七十六。

19. 劉子和（1128～1178）

劉靖之，字子和，清江人。紹興二十四年進士，調贛州教授，既

去，改宣教郎。淳熙五年卒，年五十一。(《南軒文集》四〇；《朱文公文集》四〇；《宋史翼》一五)

按：萬里與靖之同年進士，初識或即在紹興二十四年。淳熙初，萬里有〈答劉子和書〉(本集六五)，中有「某少也賤，粗知學作舉子之業，以干斗升爲活爾，烏識夫古文樣轍」之句以自謙。

20. 徐　賡

徐賡，字載叔，衢州西安人，博學善屬文，學識卓然，聞於當世。(《渭南文集》二一〈橋南書院記〉)

按：淳熙間，徐賡問科目文詞利病，萬里有〈答徐賡書〉(本集六六)，云：「文者文也，在易爲賁，在禮爲績。」并設爲五譬以覆之。

21. 徐居厚

徐元德，字居厚，瑞安人，淳熙進士，爲建州軍學教授，已而添差通判徽州，民稱其明斷。以楊萬里荐，晉知通州。有《周官制度精華》二十卷。(《宋元學案》五二)

按：萬里初識元德，疑在紹熙漕江東時期。紹熙三年四月，萬里上〈荐舉王自中、曾集、徐元德政績同安撫司奏狀〉(本集七〇)，其中荐舉元德云：「宣教郎添差通判徽州徐元德，浙東名儒，朝列正士，持論鯁挺，特立不阿……民皆稱其潔廉……民皆稱其明斷……一路守倅之選。」則已深知。萬里是年掛冠返吉水，慶元間有〈答徐居厚史君寺簿〉(本集六七)，知二人仍保持往來。

22. 廖子晦

廖德明，字子晦，南劍人，受業於朱熹，登乾道中進士，知莆田縣，累官知潯州，徙知廣州，遷吏部左選郎官，奉祠卒。有《槎溪集》。(《宋史》四三七)

按：淳熙十二年萬里上〈荐士錄〉云：「廖德明，所學正，遇事能斷。」蓋已深知之。嘉泰間，萬里有〈答潯州廖子晦書〉(本集六八），中云：「聞子晦有青雲故人，籲焉而弗之往，啖焉而弗之享。」對德明受荐舉而辭，表示欽佩。

23. 劉起晦

劉起晦，字建翁，莆田人。淳熙五年進士，歷福清主簿、監建康府榷貨務，知貴溪縣。召爲秘書省正字，兼吳益王教授。開禧元年五月卒。（《水心文集》一八；《宋史翼》二四）

按：紹熙二年五月，萬里在江東轉運副使任，上奏狀荐舉劉起晦堪充舘學之任（本集七〇）云：「承直郎監建康榷貨務劉起晦，前秘書省正字劉朔之子，……初爲福州福清縣主簿。帥臣趙汝愚深器重之，今爲務場，責重事繁，從容而辦。知建康府章森亦嘗露章荐之，若置之舘學，必能上裨國論。」次年萬里返吉，嗣後往還無考。

24. 章　燮

章燮，早魁里選，高擢省闈。歷文林郎淮西總領所西酒庫，累遷直華文閣。開禧二年出知紹興府，以應辦成肅皇后山陵有劳，特轉朝議大夫。（《寶慶會稽續志》二）

按：紹熙元年五月，萬里在江東轉運副使任，上奏狀荐舉章燮堪充舘學之任（本集七〇）云「文林郎監淮西總領所西酒庫章燮，操行甚修，問學甚正，蚤魁里選，高擢省闈。其於文詞，尤工牋奏。不越駢四儷六之體，而行以古雅議論之文，有前輩風。至於吏能，尤復精敏……此亦舘學之奇才也。」次年萬里返吉，嗣後往還無考。

25. 袁　采

袁采，字君載，信安人。初爲縣令，以廉明剛直稱，官至監登聞鼓院。所著《袁氏世範》，後人推爲《顏氏家訓》之亞。（《宋元學案補遺》四四）

按：萬里初識采於江東任內。紹熙三年，萬里荐舉袁采政績奏狀

（本集七〇）云：「奉議郎知徽州婺源縣袁采，三衢儒先，州里稱賢，勵操堅正，顧行清苦，三作壯縣，皆騰最聲。及來婺源……采首摘其敝……自是諸邑之民皆得安堵。」未幾萬里返吉，嗣後往還無考。

26. 曾　集

曾集，字致虛，贛州人。楙孫，承其從祖開幾。曾從張栻學，于呂祖謙爲中表。紹熙間累官至南康軍。勤理庶務，篤信仁賢。慶元二年知嚴州。（《宋元學案補遺》二六）

按：萬里初識曾集於江東任內。紹熙三年萬里上奏狀荐舉曾集政績（本集七〇）云：「朝散郎知建康軍曾集，胄出名門，躬服寒素，少從名儒張栻《講學》，以爲士君子之學不過一箇實字……今守南康，大抵以撫字爲先，以辨集爲次，其政一遵朱熹之舊。」慶元二年曾集之嚴州。三年，萬里有「答嚴州知府曾郎中致虛」（本集一〇四），知二人江東別後，有書函之往還。又曾集與朱熹相識，紹熙三年五月朱熹爲曾集作〈壯節亭記〉，九月又作〈冰玉堂記〉（并見《朱文公文集》八〇）。

27. 王邦乂

王邦乂，字俊臣，官修職郎。（本集一二七〈夫人歐陽氏墓誌銘〉）

按：王邦乂既葬其父於某山，并作亭於前，於淳熙二年（或三年）問名於萬里，萬里名之曰春雨之亭，并作〈春雨亭記〉（本集七一）。邦乂妻歐陽氏（1127～1176）於淳熙三年卒，萬里爲作〈夫人歐陽氏墓誌銘〉（本集一二七）。時萬里吉水家居。

28. 劉元渤

劉渭，字元渤，喜客而樂教子，士之賢者多從之游。（本集七一〈宜雪軒記〉）

按：劉渭癖於竹、蘭、梅，聚三物而群植之，又開軒以臨之，取王元之竹樓記之辭名軒以「宜雪」。淳熙初，萬里爲作〈宜雪軒

記〉（本集七一）

29. 劉炳先，劉繼先兄弟

劉光祖，字炳先。弟述祖，名繼先（一作純先），安福人，寓長沙。（本集七二〈怡齋記〉）

按：乾道二年丙戌之冬，萬里自廬陵抵長沙，舘於張栻之南軒，鄉友炳先兄弟來見。「炳先一日約予與彥周過其家，予嘉炳先兄弟之始學，而又雍睦怡怡如也，索筆爲書其楣間曰怡齋。炳先求予記之，予以行不閒辭未能也。後九年，炳先試南宮，過廬陵。炳先不知予在，予亦不知炳先過也。又二年，友人周直夫歸自長沙，炳先遺予書曰：頃失一見甚恨，且促迫怡齋記，予得書喜甚，問訊長沙故人……當時南軒之集，惟侍講與予與炳先兄弟四人在耳。」淳熙三年萬里撰成〈怡齋記〉，畧述南軒之集。紹熙元年，劉純（繼）先來訪萬里，「因以此集并《江西道院集》，併舊《朝天集》遺之，俾携以示其兄炳先。」（本集八一〈朝天續集序〉）三年，輯成《江東集》，「寄劉炳先繼先伯仲。」（本集八一〈江東集序〉）皆見深誼。

30. 張德堅（1134～1201）

張鋼，字德堅，吉州永新人。初以迪功郎主荊門長林簿。後爲靜江府司戶，調廣州右司理參軍，移常德府教授，知靜州永平縣，遷福州兼西外宗正丞，擢守郴州。嘉泰元年卒，年六十八，有《橫江叢集》。（《周文忠公全集》七四〈郴州張使君墓誌銘〉）

按：張鋼與萬里有同鄉之誼，有堂取蘇軾〈赤壁賦〉：「是造物者之無盡藏也」而名「無盡藏」。萬里於淳熙三年（或四年）爲作記，述其取名經過（本集七二〈無盡藏記〉）

31. 韓　璧

韓璧，字廷玉，長樂人。淳熙八年以經畧使守瓊州。（《朱文公文集》七九〈瓊州學記〉、〈瓊州知樂亭記〉；《南軒文集》九〈宜州學記〉）

按：淳熙五年三月二十四日，萬里作〈宜州新豫章先生祠堂記〉（本集七二）云：「予去年十月致書桂林伯侍講張公，今乃得報，且諉予曰：宜州太守韓侯璧，直諒士也，初抵官下，他皆未遑，首新山谷先生祠堂……先生之祠，要自韓侯始，則侯之傳決也；而又得侍講張公名其閣，其傳益決也。因書其說寄侍講以遺韓侯。」據此則萬里之得識韓璧，蓋緣於張栻之關係。淳熙十二年，萬里上〈荐士錄〉云：「韓璧，直諒修潔，人稱其賢。」已深知之，乃上荐於丞相王淮。

32. 王信臣

王孚，字信臣，廬陵人，以承議郎知隆興府分寧縣。（本集一二九〈夫人趙氏墓誌銘〉）

按：萬里與王孚有同鄉之誼。淳熙七年正月，萬里爲作〈王氏慶衍堂記〉（本集七二）。王孚母蕭氏（1104～1190）於紹熙元年八月卒，萬里爲作〈太宜人蕭氏墓誌銘〉（本集一二九）。王妻趙氏（1153～1190）於紹熙元年十月卒，萬里爲作〈夫人趙氏墓誌銘〉（本集一二九），皆見交誼之厚。慶元二年，萬里有〈答王信臣〉（本集一〇四）云其上章告老，并謂「某平生狂直，太上聖語云：楊萬里直不中律，豈於故人而獨諂。」又見深誼。

33. 潘　燾

潘燾，字無愧，蘭谿人。累遷知邵州，仕至直秘閣，爲廣南東路經略安撫兼知廣東以終。（《金華先民傳》六；《宋元學案補遺》一二）

按：紹熙五年，萬里爲潘燾作〈邵州希濂堂記〉（本集七四），記中稱「故人邵陽史君潘侯燾」，蓋相識已久，唯不詳初識年月。前一年（紹熙四年）冬十月，朱熹爲潘燾作〈邵州州學濂溪先生祠記〉（《朱文公文集》八〇）

34. 黃　沃

黃沃，福建莆田人，公度子，以父任補官。終朝請大夫知邵州。

（《宋史翼》二四）

按：萬里與黃沃初識當不晚於淳熙初。淳熙初，萬里作〈黃御史集序〉（本集七九）云：「余在中都，於官書及士大夫家見唐人詩集，畧及二百餘家，自謂不貧矣。逮歸耕南溪之上，永豐明府莆陽黃君沃，又遺余以其祖御史公文集。」慶元初，黃沃知邵州，重復舊學，萬里為作〈邵州重復舊學記〉（作於慶元二年），中云：「盡復濂溪之舊，自今黃侯沃始也。」頗稱美其事。

35. 趙子顒

趙公稱，字子顒，紹興八年進士，歷典大郎，其治最天下，終正議大夫。（《寶慶會稽志》二）

按：萬里與公稱初識年月無考。據《盤洲文集》二三〈知贛州趙公稱復直秘閣制〉知公稱嘗知贛州，官直秘閣。既卒，萬里作〈祭趙子顒直閣文〉（本集一〇一）。祭文中稱美其紹興辛巳抗金之功。慶元二年，以公稱之子趙時侃之請，萬里為作〈趙氏三桂堂記〉（本集七五），中云：「正議公諱公稱，字子顒。正議公累治劇郡，紹興間其治最天下，晚守京口，獨當辛巳虜冠（寇）之鋒，其功不細，未報而沒，至今屈之。」公稱事不多載，據此可見一二。

36. 李　發（1097～1174）

李發，字浩然，廣漢人。嘗行救濟三十餘年如一日，所全活二百餘萬人。事得上聞，孝宗旌之，授以官。淳熙元年卒，年七十八。（《朱文公文集》九四〈承務郎李公墓誌銘〉）

按：本集七五〈廣漢李氏義槩堂記〉云：「予自少從紫巖先生父子間《講學》，則聞先生同郡有君子焉：李其姓，發其名，浩然其字也。讀書不為空言，業文不為篆刻……紹興丙辰之旱，傾家為食以食餓者……乾道二年則又旱，又行之如初……如是者三十餘年矣。……以聞，孝宗皇帝嘉之……迺錫贊書官以九品，時乾道九年閏正月九日……既拜上恩，扁其堂曰義槩。」據此知萬里早聞李發之名，唯是否有交往則乏考。慶元三年，李發之孫寅仲作義槩堂，請記於萬里，萬里記之。

37. 李去非（1131～1176）

李開，字去非，號小舟，資陽人，石子。初授以元祐諸公先天皇極之說，季父占則教以先秦古書章句，一本聖人之正，尤深於《易》《春秋》。淳熙三年卒，年四十六。有《愚言》六十九篇。（李石《方舟集》一七〈小舟墓誌銘〉）

按：乾道間，萬里爲李開所著作〈李去非愚言序〉（本集七八）。

38. 馮子長

馮頎，字子長，河南人，爲仁和縣丞，歷江州通判，官至京西安撫司參議官，時稱雙桂老人。（《周文忠公集》四九〈書馮頎自得集後〉）

按：淳熙初，萬里爲馮頎《詩集》作〈雙桂老人《詩集》後序〉（本集七八），云其詩「清麗奔絕」「慘澹深長」，并云：「子長名頎，洛人，今居嚴陵之雙桂坊，爲江州通判」。

39. 彭文蔚

彭郁，字文蔚，號鄉山漫叟，廬陵人。舉紹興二十二年解試，著《韓文外抄》八卷。（《宋詩紀事補遺》四三）

按：本集八○〈彭文蔚補注韓文序〉云：「永明尉彭君文蔚，與予同郡且同鄉舉，自紹興癸酉一別，至淳熙戊申七月二十五日，忽觸熱騎一馬來，訪予於南溪之上。道舊故相勞苦外，文蔚喟然曰：四民精其業者三而已，惟士獨否。……因出其補注韓文八帙以示予……屬予序之，因書其說。文尉尚有《春秋指掌》《集義》二書，予恨未見也。」是序作於淳熙十五年戊申，略述二人交游。

40. 劉子駒

劉芮，字子駒，號順寧，東平人，摯曾孫，徧遊尹和靖胡文定之門，所造粹然。其爲永州獄掾，與太守爭議，以疾求去。後復以刑部員外郎召，出爲湖南提刑。所著有《順寧集》二十卷。(《宋元學案》二〇)

按：萬里自聞劉芮其人乃至相識，皆詳於本集八一〈順寧文集序〉:「余紹興己卯之冬負丞永之零陵，則聞有大夫士爲永之決曹掾，以與太守爭議獄而棄官去者，曰劉子駒。余固起敬，恨未識也。偶過張敬夫談間及子駒。敬夫曰:『子駒之去無所於歸，亦無所於食，則之其先人之墓次而廬焉……。』……敬夫曰:『子駒行且來此。』未幾，果來。魏國忠獻張公時尙居永，舘子駒于所居之精舍日讀易堂，公未嘗館士于此也。余於是初識子駒。瞻其容，寂如也；聽其言，藹如也。初若不可親，而久若不可離。」萬里論其人云:「大氏子駒長於嗜古，而短於諧今，工於料事而拙於售世，遇合之詘而幽獨之伸，流靡之憎而强毅之悅，故其仕落落而其心優優。」子駒沒後十三年，萬里任官金陵(時在紹熙初)，以子駒之猶子無玷請序，萬里乃作〈順寧文集序〉。

41. 羅允中

羅惟一，字允中，廬陵人，與萬里爲友。著《尙書集說》，萬里序之。(《宋元學案補遺》四四)

按：紹熙慶元間，萬里爲友人羅惟一所著《尙書集說》作序(本集八二〈羅允中尙書集說序〉)。

42. 何德器

何侑，字德器，號存齋，括蒼人，有《覽古詩斷》。(本集八二〈存齋覽古詩斷序〉)

按：慶元五年已未，何侑之子子穎以其父所著《覽古詩斷》遺萬里，並請作序。萬里於十一月三日序之，云:「予嘗與公同朝。」唯不詳年月。

43. 趙無咎

趙善括，字無咎，號應齋，太宗七世孫，寓隆興。孝宗朝，登進士第。乾道七年知常熟縣；八年，通判平江府。又為潤州通判。淳熙六年，知鄂州，放罷。十年，差知廉州，又放罷。十六年，差知常州，被論兇暴，主管建府武夷山沖佑觀。著有《應齋雜著》。(《重修琴川志》三；《南宋文範作考》下；《全宋詞》小傳)

按：嘉泰二年壬戌萬里為善括所著撰〈應齋《雜著》序〉(本集八三)，序中略述二人相識經過：「自乾道辛卯(七年)在朝列時，無咎為蘇州別駕，已聞其名，後十八年，予再補外，過豫章始識之。至其家，見門巷蕭然，槐柳蔚然，知其為幽人高士之廬也，而其人老矣。」善括能詩文，萬里云：「其文大抵平淡夷易，不為追琢，不立崖險，要歸於適用而非窽洲浮也。至其詩皆感物而發，觸興而作，使古今百家景物萬象，皆不能役我而役於我。」頗見稱美。

44. 曾無媿

曾三英，字無媿，新淦人，三異弟。嘗考究三國六朝攻守事蹟，著《南北邊籌》十八卷。(《周文忠公集》五四〈曾無媿三英南北邊籌序〉；本集八三〈曾無媿南北邊籌後序〉)

按：萬里與曾氏兄弟相知（參本篇116及140條），至於何時與三英相識則無考。嘉泰初，萬里為三英著述作〈曾無媿南北邊籌後序〉(本集八三)，其時周必大為作〈曾無媿三英南北邊籌序〉(《周文忠公全集》五四)

45. 王正夫

王從，字正夫，大名人，嘗歷弋陽主簿、福州司理參軍、知麗水縣。乾道中添差台州倅，終知信州，主管建寧府武夷山沖佑觀，年六十終官朝散郎。有《三近齋餘錄》。(《宋詩紀事》五四；本集八三〈三近齋餘錄序〉)

按：王從與萬里初識年月無考，既卒，其子淹詮次其詩文請序於萬里，萬里乃作〈三近齋餘錄序〉，序中云：「其學以忠孝為根幹，以詩騷爲菁華，以議論爲穎栗。觀其詞，探其中，可以知其爲忠孝人也。」據此畧知其品學。

46. 劉文郁

劉文郁，字從周，南昌人，深於易學，初仕爲雷州之郡博士，雷之士及嶺海以南之士皆無遠近來學易。著《周易宏綱》。（《宋元學案補遺》四四；本集八三〈周易宏綱序〉）

按；萬里初識文郁於慶元六年。本集〈周易宏綱序〉云：「慶元庚申十一月，從周受署歸榮其親，首來謁予，予始識之。與之晤語，愛其壯而敏。」嘉泰四年甲子三月，文郁以其所著請序於萬里，七月庚午，萬里乃作〈周易宏綱序〉。

47. 吳必大

吳必大，字伯豐，興國人，以父任補官，爲吉水丞，屬權指朱文公爲僞學，遂致仕。必大早事張南軒、呂東萊，晚師文公朱熹，深究理學，議論操守，爲儒林所重。（《宋元學案》六九）

按：必大丞吉水，名齋房曰存，謁銘於萬里，萬里乃作〈存齋銘〉（本集九七），唯不詳年月。

48. 梁大用

梁大用，字器之，西昌人，有書室名省菴。（本集九七〈省菴銘〉）

按：梁大用篤志嗜學，命其讀書之室曰省菴，請銘於萬里，萬里乃作〈省菴銘〉，唯不詳年月。

49. 林黃中

林栗，字黃中，福州福清人。紹興十二年進士。孝宗時遷屯田員外郎，出知江州。除右司員外郎、太常少卿。除寶文閣知湖州、知興化軍、移南劍。後除夔提點刑獄，改知夔州。加直敷閣，罷歸。復直寶文閣，廣西南路轉運判官，改提點刑獄，又改知潭州。除秘閣修撰，進集英殿修撰，知隆興府。召對，除兵部侍郎，以論奏朱熹劾罷。出

知泉州，又改明州。奉祠卒。謚忠簡。（《宋史》三九四）

按：本集一〇〇「跋林黃中書忠簡胡公遺事〉云：「林侍郎黃中，一字寬夫，其所書澹菴先生遺事，當萬里作行狀時所未聞。」二人何時初識無考，此跋亦未詳撰作年月。

50. 王南强

王容，字南强，長沙湘陰人。淳熙十四年進士第一，官正字，除校書郎，遷著作佐郎。嘉泰二年以中書舍人兼同修國史。開禧初，以直煥章閣出帥靜江，累官禮部侍郎，卒贈銀青光祿大夫。（《宋詩紀事補遺》五六）

按：萬里退休家居，與王容有書函往還二通：（一）〈答王提舉大著郎中南强〉（本集一〇四），未詳撰作年月；（二）〈與提舉王郎中南强〉（同卷）中云：「今年犬馬之齒，已平頭七十」，知作於慶元二年。

51. 黃伯耆

黃艾，字伯耆，莆田人。乾道八年進士第二。光宗朝充嘉王贊讀。寧宗時，擢左司兼權工部侍郎兼侍講。官終刑部侍郎，有《尚書講義》。（《莆陽文獻傳》三六；《宋元學案補遺》七九）

按：慶元二年，萬里有〈答贛州黃侍郎伯耆〉（本集一〇四），其時黃艾蓋知贛州。

52. 劉國禮

劉琥，字國禮，家于湖州新寺，嘗監零陵戶部贍軍酒庫。及調臨安府壕寨官，居閑，無以自食，萬里乃以書荐於薛士龍太守。後以窮困終。（本集一一七〈劉國禮傳〉）

按：劉琥既卒，萬里爲作〈劉國禮傳〉，其中畧述二人交游情況：「余故人劉琥，字國禮，武臣也。始余爲永州零陵丞，國禮監戶部贍軍酒庫，居相近，情相好也。及余在朝列，國禮調福安府壕寨官，居閑，無以自食，家于湖州新市。一日來謁予，求荐於當塗士大夫，予無以塞也。獨念湖州太守薛士龍……因以書荐之，謂國禮之才於劇繁無所不可爲，薛信焉任焉，遂知焉。薛侯既死，國禮無所於歸。久之，臨安官期既至，國禮之官適與余並舍，每言及薛侯，國禮未嘗不泣也……並居一年，余以守臨漳而去焉，國禮留也。余行，國禮追送余於龍山白塔寺，載酒勞余，下及僮僕……及其別，國禮又泣。」「後三年，余守常州，與國禮所居新市不遠，欲問其消息，未能也。余子壽仁試南宮，問之故居之鄰鄭嫗者，則曰：嘻！國禮死矣，問其家則曰其妻執節而不嫁，顧嘗鬻屨於門以長育其子。」

53. 葉　顒（1100～1167）

葉顒，字子昂，仙遊人。紹興二年進士，爲《南海》主簿，除將作少監簿，知處州青田縣。孝宗初，除吏部侍郎，進尚書左僕射兼樞密使。乾道三年，提舉太平興國宮卒。年六十八。謚正簡。（本集一一九〈宋故尚書左僕射贈少保葉公行狀〉；《宋史》三八四）

按：萬里於慶元六年作〈葉公行狀〉，末云：「萬里嘗一識公於丞相府。」其初識疑在孝宗初，時萬里除臨安府教授任。

54. 劉德禮（1145～1199）

劉德禮，字敬叔，一字子深，吉州安福人。淳熙二年進士，授常德府司戶參軍，有能聲，以荐調賀州教授，丁母憂歸。後除涪州教授，遷臨川令。慶元五年卒，年五十五。（本集一一九〈奉議郎臨川知縣劉君行狀〉）

按：德禮與萬里有鄉誼，相識蓋甚早。既卒，萬里爲作行狀，末云：「予與君游久且厚。」唯二人交往詳情無考。

55. 張　奭（1127～1200）

張奭，子叔保，亳州譙縣人。南渡後徙家廬陵。乾道六年以蔭補臨賀縣主簿，累遷知袁州萍鄉縣，官終知永州。慶元六年卒，年七十四。（本集一一九〈朝奉大夫知永州張公行狀〉；《周文忠公全集》七

三〈永州張使君爽墓誌銘〉;《宋史翼》二一)

按:張爽既卒,萬里於慶元六年十二月二十日為撰行狀,末云:「萬里與公同生丁未,而公為長,又同鄉舉於紹興庚午,且相好。」知二人相識甚早,唯交往詳情無考。其妻王氏(1132~1192)既卒,萬里為作〈安人王氏墓誌銘〉(本集三〇)

56. 張大經(1114~1198)

張大經,字彥文,建昌南城人,紹興十五年進士,尉南陵、丞貴溪、晉江,宰吉之龍泉,簽書定江軍判官事,守眞州,提舉湖南常平,提點湖北江東刑獄,入為監察御史、大理少卿、殿中侍御史、右諫議大夫、侍講、禮部尚書、侍讀,出守建寧,提舉玉隆宮、鴻慶宮、太平興國宮,積官至正議大夫,贈銀青光祿大夫,享年八十五。(本集一二一〈宋故龍圖閣學士張公神道碑〉;《宋史》三九〇)

按:大經既卒,其子請銘於萬里云:「先公辱下執事與游久,故甚厚,非執事誰宜銘?」萬里乃作墓誌銘。唯張、楊交游詳情無考。

57. 王　晐(1125~1184)

王晐,字廣元,初名東里,字僑卿,登紹興十八年進士第。歷汀州連城尉,徽州休寧縣丞,臨安府教授、主管尚書禮兵部架閣文字、秘書省正字、校書郎、著作佐郎,知太平州,改知道州,尚書考功員外郎、右司員外郎、廣東提舉茶塩、提點刑獄、轉運副使,建寧府武夷山沖佑觀,官止朝奉大夫,年六十。(《紹興十八年同年小錄》;本集一二二〈右司王僑卿墓表〉)

按:王晐既卒,萬里於淳熙十四年八月十八日為作墓表,末云:「予乘傳領(嶺)表,與公實為同寮,又繼公提點刑獄(淳熙七年至八年),情義甚密。予喪母而歸(淳熙九年),公亦使事言還,過予敝廬,留一昔(宿)而別。甲辰冬十二月,予奉詔為尙書郎,寄徑上饒,欲謁公,而公死矣。升其堂哭之哀。見公二子,二子拜且泣曰：知先君之深，愛先君之厚，信先君之篤者，宜莫如子。」最詳二人交游與隆誼。

58. 權安節

權安節，字信之，九江人，累官福建轉運副使。嘉泰四年以朝散大夫司農卿充秘閣修撰，提點浙東刑獄，改差知鄂州，後知臨江軍。（《宋詩紀事》六二）

按：本集一二四〈樞密兼參知政事權公墓誌銘〉云：「淳熙十五年四月，予上章得補外，同郡今監察御史曾公三復餞送于西湖之上，監六部門權侯安節偕來，曾公坐定，忽跽而請曰：權侯將有請焉，願爲其祖樞密公追碣其竁。予曰：諾。後五年，予歸自金陵，過清江，其太守郊廷，乃權侯也。前請倥傯，予忘之矣，而侯獨不忘，再請庚（賡）前諾，予其可辞。」畧詳二人交游及權安節爲其先人權朝美（《宋史》三九六有傳）請銘於萬里之經過。

59. 程叔達（1120～1197）

程叔達，字元誠，徽之黟縣人，年二十三第進士，除興國軍、光化軍教授，以荐改宣教郎，除湖州教授、通判臨安府、知通州。遷監察御史、右正言，除直敷文閣知池州，改江西轉運副使。淳熙初元除浙西提點刑獄、除宗正少卿，七年除湖南轉運副使；九年再除浙西提點刑獄、除秘閣修撰知隆興府；十三年進敷文閣待制。慶元二年特除華文閣直學士；三年卒，年七十八。（本集一二五〈宋故華文閣直學士贈特進程公墓誌銘〉）

按：程叔達既卒，萬里爲作墓誌銘，有云：「淳熙甲辰（十一年）十月一日萬里既除先太碩人之表，又三日，江西安撫使給事程公遣騎踵門，遺以書曰：江西，詩人淵林也，祖于山谷先生，派於陳徐諸賢，謂之詩社。而社中多逸詩，某冥搜得之，今刻棗以傳，而序引缺焉，非君其誰宜爲。萬里辞不獲命，既呈似公，公不以爲不可，是時萬里未識公也。」考本集七九〈江西宗派詩序〉：「秘閣修撰給事程公……彙而刻之於學官……移書諗予曰：子江西人也，非乎序斯文者不在子其將焉在，多三辞不獲，則以所聞書之篇首……淳熙甲辰十月三日廬陵楊萬里序。」則請萬里作〈江西宗派詩序〉之程公即程叔達。墓誌銘又云：「自是（淳熙甲辰十月三日）書問還往益密，情益親厚。後八年，萬里將漕江東，被旨往上問囚，過新安，至休寧。公遣人送酒相勞苦；又遣其子鉉遮見于逆旅，是時以使事有指，欲見公而不敢也，私念歸塗當庚此願，既而山路崎嶔，難以再經，拏舟東歸，至今以不識公爲恨……不相識而相知者，公一人而已。公既沒，萬里遣家僮弔焉。」頗見二人雖未謀面，而情誼深厚。

60. 王　回（1121～1192）

王回，字亞夫，溫州瑞安人，紹興二十四年進士，歷婺州永康縣尉、吉州左司理參軍，知建寧府建安、安豐軍安豐二縣，監行在左藏西庫幹辨諸司糧料院，出守濠州。除提舉江西常平茶塩，改江西轉運判官，移福建轉運判官，召還爲尚書戶部郎官、將作少監、大理少卿、檢正、中書門下省諸房公事。除直徽猷閣浙西提刑，主管建寧武夷山沖佑觀，改知湖州。除江東提刑，以疾請老，再得祠祿，積官至朝議大夫。紹熙三年卒，享年七十二。（本集一二五〈提刑徽猷檢正王公墓誌銘〉）

按：王回既卒，萬里爲作墓誌銘，末云：「予於公爲同年且同朝，晚且親。」又云：「我入修門，公至自溫，我出建鄴，公藩苕霅。當其同朝，胥從逍遙。逮其補外，胥懋風退。我歸幾間，聞公塴期。」畧見二人交游情況。二人同年進士，初識於紹興二十四年。淳熙十二年，萬里〈荐士錄〉舉王回，云其「俊辯而敏乎而裕。」時蓋已深知之。

61. 吳松年（1119～1180）

吳松年，字公叔，永嘉人，以蔭補官，初主平江崑山簿。後入朝除將作監丞，未幾補外爲江西安撫司參議官，除知南劍州。淳熙七年，

孝宗以其治郡有聲，令知漳州，未之官而卒，年六十二。（本集一二五〈知漳州監丞吳公墓誌銘〉）

按：松年既卒，萬里爲作墓誌銘，末云：「予與公初定交長沙，中同官豫章……大兒長孺因得婿公之門，交莫厚焉，親莫厚焉。」據此二人定交於乾道二年，同官於乾道六年。松年有女六人，第五女適楊長孺，於是楊、吳乃有姻親關係。

62. 徐　詡（1123～1188）

徐詡，字元敏，浦城人，紹興間進士，官龍泉令。召對，授監察御史，以忤時宰，除廣南西路提點刑獄。後除湖北提點刑獄，成都府路轉運判官，知遂寧府，除直徽猷閣、知泉州、江東路轉運判官。淳熙十五年卒，年六十六，積官至朝議大夫。（本集一二五〈朝議大夫直徽猷閣江東運判徐公墓誌銘〉）

按：徐詡既卒，萬里爲作墓誌銘，中云：「淳熙有賢御史建寧徐公，予聞之舊矣，而願見莫之遂，立朝莫之同也。歲在庚子，予爲常平使者于嶺表之東，公爲刑獄使者于其西。是秋，澤官當貢士，公之子逸試于東漕之有司，首遺予書，其詞甚度，其意甚暱也。」據此知二人初度書函往還於淳熙七年之秋，嗣後交往無考。

63. 鄒應可（1112～1170）

鄒定，字應可，豫章新吳人。紹興十五年進士，授臨江軍司戶參軍，以丁父憂去官。服除，授湖南安撫司屬官。秩滿，調永州軍事判官。後以通直郎知潭之湘鄉。終以奉議郎知隨州。乾道六年卒。年五十九。（本集一二六〈鄒應可墓誌銘〉）

按：鄒定既卒，萬里爲作墓誌銘，末云：「予與應可皆江西人，且嘗同僚於永州，驩甚。」據此知二人相識於紹興末萬里爲永州零陵丞時期。

64. 彭叔牙（1129～1176）

彭周老，字叔牙，廬陵人，以蔭補將仕郎，轉迪功郎授德慶府端溪縣主簿，以親老未赴。後喪親服除，爲臨江軍新淦縣主簿，旋攝新喻令。淳熙三年調靜江古縣令，甫抵任而卒，年四十八。（本集一二七〈彭叔牙墓誌銘〉）

按：周老與萬里有鄉誼，相交或甚早。既卒，萬里爲作墓誌銘，中云：「叔牙者，晳而長身，美髯漆黑，稠人廣眾望見之者，不問而知其郎中之子……今年二月叔牙謁序，語離之官。一日，忽赴告至，予失聲驚悼。」略見交游情況。

65. **王叔雅**（1123～1175）

王頔，字叔雅，安福人，庭珪子。一再試於有司，不售即棄去。篤於孝友。庭珪謫夜郎，頔徒步從之，凡八年，以孝聞，朝廷欲旌之，力辭。淳熙二年卒，年五十三。（本集一二七〈王叔雅墓誌銘〉）

按：王頔既卒，萬里爲作墓誌銘，末云：「某少出先生門下，與叔雅有五十年之舊，晚復託昏焉。」考萬里紹興十三年師事王庭珪，蓋已得識王頔，其後數十年往還詳情無考。

66. **毛嵩老**（1196～1164）

毛惠直，字嵩老，吉水人。年五十三中紹興十八年進士，授左迪功郎主邵武縣簿，擢知漢川縣，撫民備至，以與太守不合，引疾去。後授鬱林州州學教授。隆興二年卒，年六十九。（《紹興十八年同年小錄》；本集一二八〈鬱林州教授毛嵩老墓誌銘〉）

按：萬里與毛惠直同鄉，既卒，萬里爲作墓誌銘，末云：「繼室羅氏，廬陵名儒天文之女。」又云：「某與嵩老有連。」考羅天文長女適楊萬里，故楊、毛二人有連襟關係。

67. **陳擇之**（1136～1184）

陳琦，字擇之，號克齋。臨江軍清江人。乾道二年進士，從張栻游。留正帥蜀，辟爲機宜。淳熙十一年朝議欲用爲郡，會病卒，年四十九。有《克齋集》。（本集一二九〈陳擇之墓誌銘〉；《宋史翼》二一）

按：萬里與陳琦之相識或緣於張栻故。琦卒，萬里爲作墓誌銘，末云：「某與君雅故。」唯二人詳細交游情況無考。

68. 鄒敦禮

鄒敦禮，字和仲，臨江軍新塗縣人，紹興初乙科登第，仕至通直郎贛州節度推官。（本集一三〇〈夫人鄒氏墓誌銘〉）

按：敦禮之女卒，萬里為作墓誌銘，末云：「予與和仲居則鄰郡，官嘗同寮。」唯二人詳細交游情況無考。

69. 劉　穎（1136～1213）

劉穎，字公實，衢州西安人。紹興二十七年進士，調溧陽主簿。張浚知其賢，遣張栻與游。教授全州，知鉛山縣，知常熟縣，簽判潭州。召監進奏院，進太常縣主簿，遷丞，兼兵部郎官提舉浙西常平茶塩。後除江西運判、直秘閣淮東轉運副使、戶部郎中淮東總領、司農少卿淮西總領，直寶謨閣江東運副知平江府、宗正少卿、起居郎兼實錄院檢討官、權戶部侍郎、升同修撰，以疾丐祠，提舉興國宮，除集英殿修撰知寧國府，改知紹興府、平江府、泉州，以敷文閣待制致仕。嘉定改元，進龍圖閣知婺州，以寶謨閣直學士致仕。六年卒，年七十八。（《水心文集》二〇〈寶謨閣直學士劉公墓誌銘〉；《宋史》四〇四）

按：劉穎之母董氏卒，萬里為作墓誌銘（本集一三一〈太恭人董氏墓誌銘〉），末云：「萬里與少卿君最故，且同官於金陵，雖未致升堂之拜，然嘗置生芻送美櫝。」畧見交誼。

70. 季仲承（1133～1200）

季槩，字仲承，吉水人，試禮部不第。淳熙十四年丁未以累舉試集英，初調武岡縣主簿，以丁母憂未赴。後調贛縣主簿，任滿歸。慶元六年卒，年六十八。（本集一三二〈贛縣主簿季仲承墓誌銘〉）

按：萬里與季槩有姻親關係，萬里中男次公妻為季槩之長女，且有鄉誼。季槩既卒，萬里為作墓誌銘，中云：「先君主簿（季槩）幼辱先生（萬里）與之游，又辱與之姻。」則二人相識甚早。